SHERIDAN ANNE

UNTIL US

AUTUMN

ROMANCE EDITION

UNTIL US: *AUTUMN*

Sheridan Anne

Aus dem Amerikanischen von Jennifer Kager

1. Auflage

Covergestaltung: © Sturmmöwen
Titelabbildung: © LightField Studios (shutterstock)
Redaktion & Korrektorat: Romance Edition

Printed in Germany

ISBN-Taschenbuch: 978-3-903413-10-8
ISBN-EPUB: 978-3-903413-11-5

www.romance-edition.com

1

Autumn

Was zum Teufel ist hier los?

Verblüfft trete ich durch die Türen der Notaufnahme hinein in das renommierteste Krankenhaus von ganz Nashville. Es ist überhaupt nicht das, was ich erwartet habe. Als ich hierher versetzt wurde, hatte ich das Bild einer wunderschönen Klinik und perfekter Abläufe vor Augen. Es sollten Ordnung und Struktur vorherrschen. Hier wollte ich die beste Zeit meines Lebens verbringen. Das alles ist jedoch weit davon entfernt.

Vor mir entfaltet sich eine Szene des reinen Chaos, wie aus einem schrecklichen Horrorfilm. Die Rufe der Krankenschwestern werden von dem Wehklagen einer hochschwangeren Frau begleitet. Der Raum ist überfüllt mit Menschen, die aus Platzmangel auf dem dreckigen Boden hocken. So etwas habe ich noch nie gesehen. Obwohl es in dieser Notaufnahme mehr Sitzgelegenheiten als in jedem anderen mir bekannten Krankenhaus gibt, ist die Menge an Patienten unüberschaubar.

Ich hätte es ahnen müssen. Spätestens, als ich fast von der Straße abgekommen wäre, weil ich all den überfahrenen Tieren ausweichen wollte. Oder als ich vom Personalparkplatz durch Regen und Sturm laufen musste, weil es keinen überdachten Zugang gibt. Seitdem kleben mein Kittelshirt und die weite Hose unangenehm auf meiner Haut. Spätestens da hätte mir klar sein sollen, dass noch einige unangenehme Überraschungen auf mich warten würden. Es ist nie so einfach, wie man es sich erhofft. Irgendwo lauert immer eine Unannehmlichkeit, um dir den Tag zu versauen.

Dieses Krankenhaus hat den besten Ruf im ganzen Bundesstaat, und ich bin so dankbar, hier unter einigen der großartigsten Ärzte des Landes arbeiten zu dürfen. Wahrscheinlich geht es normalerweise geordneter zu. Wenn all diese Leute in Scharen herbeiströmen, muss irgendetwas passiert sein. Was auch immer es sein mag, ich bin froh, hierfür nicht die Verantwortung zu tragen. Ich empfinde den höchsten Respekt gegenüber allen Krankenschwestern, Pflegern und Ärzten, die in der Notaufnahme ihren Dienst verrichten. Ihre Arbeit ist hart, aber jeden Einsatz wert.

Die automatischen Türen schließen sich hinter mir und schirmen mich vor dem draußen tobenden Sturm ab. Gefangen in dem Chaos erscheint mir alles noch lauter als zuvor. Ich blende den Lärm aus und konzentriere mich auf die schwangere Frau, die aussieht, als würde sie gleich ihren Mann erwürgen. Sie wartet in einer langen Schlange, und es ist klar, dass sie noch nicht untersucht wurde. Ihre schmerzverzerrte Mimik und der sorgenvolle Ausdruck im Gesicht ihres Mannes lassen darauf schließen, dass ihr heutiger Besuch nichts mit einer Routineuntersuchung zu tun hat.

Ich setze mich in Bewegung.

Heute ist der erste Tag meiner Fachausbildung zur

Hebamme. In den letzten fünf Jahren war ich als Krankenschwester tätig, um die nötige Berufserfahrung zu sammeln, und habe zugleich meinen Bachelor gemacht. Alles, was ich in meinem bisherigen Leben getan habe, diente allein dem Zweck, an diesen Punkt zu gelangen. Sobald ich noch einmal drei Jahre in der Fachausbildung hinter mich gebracht habe, werde ich eine voll qualifizierte Hebamme sein, und all die bisherigen Strapazen haben sich gelohnt.

Ich schlängle mich durch die Menschenmasse und ignoriere das Geschrei einer verärgerten Dame, die darauf wartet, aufgerufen zu werden. Wahrscheinlich sollte ich mich zuerst bei meinem Vorgesetzten zum Dienst melden und mich vorstellen, aber die aktuelle Situation in der Notaufnahme und der Stress, der dem anwesenden Personal ins Gesicht geschrieben steht, machen klar, dass jede helfende Hand dringend benötigt wird. Egal, ob ich der Belegschaft vorgestellt wurde oder nicht.

Ich erreiche die schwangere Frau und lege ihr sanft die Hand auf die Schulter, um ihre Aufmerksamkeit zu erregen. »Entschuldigen Sie, Ma'am, hat man Sie schon untersucht? Haben Sie Wehen?«

»Oh Gott sei Dank«, stöhnt sie leise. »Wir sind gerade erst reingekommen und ... Ahhhh. Heiliger Bimbam, Asher!« Ihre Stimme klingt mit jedem Wort verzerrter, bis ihre Wehe nachlässt. »Warum hast du mir das angetan?«

Schuldbewusst zuckt ihr Mann zusammen und legt den Arm um ihre Taille. Er versucht, sie so gut wie möglich zu stützen und ihr beizustehen. Es tut mir weh zu wissen, dass er sich wahrscheinlich wünscht, er könnte ihr die Schmerzen abnehmen. Mein Blick bleibt kurz an seinem

Gesicht hängen, und ich bin perplex, wie attraktiv er ist. Existieren Kerle wie er wirklich, und wenn ja, warum nicht in meiner Welt? Ungläubig starre ich ihn an, dann besinne ich mich auf seine Frau, die gerade die schlimmsten Schmerzen ihres Lebens durchmacht. Ich widerstehe dem Drang, sie für ihre Tapferkeit zu loben, weil sie die Wehen sehr gut wegatmet. Sie ist bildschön. Zusammen ergeben die beiden das perfekte Paar. Keine Ahnung, wo sie ihren Mann Asher gefunden hat, aber sie sollte ihn nicht mehr loslassen, und er sie genauso wenig.

Ich verdränge die Gedanken an das Pärchen. Dafür ist jetzt definitiv nicht der richtige Zeitpunkt. Bestimmt wird mich meine beste Freundin KC heute Abend anrufen und nachfragen, wie mein erster Tag war. Auf keinen Fall möchte ich ihr erklären müssen, dass ich zu sehr damit beschäftigt war, mich darüber zu wundern, wie zwei so perfekte Menschen zueinandergefunden haben, anstatt mich um meine Patientinnen zu kümmern.

Dieser Moment könnte für alles Weitere entscheidend sein. Ich muss einen guten Eindruck hinterlassen. Einen bemerkenswert guten. Es gibt viele Krankenschwestern in dieser Klinik. Wenn jedoch ein Arzt Unterstützung braucht, möchte ich, dass ihm mein Name zuerst in den Sinn kommt.

Ich will gerade mit einem Vitalcheck beginnen, als sich Asher aufrichtet und mit zusammengezogenen Brauen durch den Raum blickt. »Was ist hier überhaupt los? Meine Frau hat Schmerzen. Wir warten seit zwanzig Minuten, und niemand hat sich auch nur die Mühe gemacht ...«

Seine Frau stößt ihm den Ellenbogen in die Rippen und

unterbricht seine Bemerkung. »Lass gut sein«, sagt sie mit dünner Stimme, während eine weitere Wehe ihr das Reden erschwert. »Siehst du nicht, dass sie eben erst zur Tür rein ist? Ihre Schicht hat wahrscheinlich noch nicht einmal begonnen. Sie ist klatschnass und hat ihre Handtasche noch dabei. Gönn der Frau eine kurze Pause. Es ist nicht ihre Schuld, dass hier die Hölle los ist.«

Neugierig schaut Asher mich an, als hätte er nichts von dem bemerkt, worauf sie ihn hingewiesen hat. Er öffnet den Mund, vermutlich um sich zu entschuldigen, aber ich zucke nur mit den Schultern und fahre unbeirrt in meiner Arbeit fort. Im Moment hat seine Frau die oberste Priorität. »In welchem Abstand kommen Ihre Wehen?«, frage ich.

»Ich weiß nicht«, erwidert sie, bevor sie erneut die Zähne zusammenpresst und sich an ihren Mann klammert, um die Schmerzen zu lindern. »Vielleicht alle zwei oder drei Minuten. Ich habe nicht auf die Uhr gesehen.«

Meine jahrelange Erfahrung hilft mir, einen kühlen Kopf zu bewahren. Auch wenn diese Sache ernster ist, als ich anfangs gedacht habe. »In Ordnung«, erwidere ich, lege meine Hand auf ihren unteren Rücken und drehe sie in Richtung Aufzug. »Wir bringen Sie auf die Entbindungsstation. Dort wird man sich sofort um Sie kümmern.«

Nervös blickt sie zur Rezeption, während ihr Mann tief ausatmet. Er scheint über diese Entwicklung erleichtert zu sein. »Muss ich mich nicht anmelden oder etwas unterschreiben?«

Ich winke ab, während ich sie zum Aufzug führe. »Machen Sie sich keine Sorgen. Wir können das alles oben erledigen«, erkläre ich und hoffe, dass es in Nashville wie in anderen Krankenhäusern abläuft. Auf jeden Fall ist es besser, in einem Kreißsaal zu entbinden, als mitten in der übervölkerten Notaufnahme.

»Ist das Ihr erstes Kind?«, erkundige ich mich, als wir den Aufzug erreichen. Asher drückt den Rufknopf, bevor er hinter seine Frau tritt, um ihren unteren Rücken zu massieren, so wie man es ihm vermutlich im Geburtsvorbereitungskurs gezeigt hat.

»Viertes«, brummt sie, greift nach seiner Hand und drückt sie so fest, dass ihre Knöchel weiß werden. »Ich habe bereits drei Mädchen und das wird unser viertes.«

»Vier Mädchen? Wow«, erwidere ich überrascht und lächle sie an. »Dann sind Sie bereits ein Profi.«

Asher stößt einen halb amüsierten, halb verzweifelten Laut aus, während seine Frau die Augen verdreht. »Das würde ich nicht sagen. Die erste Geburt war eine Katastrophe, die zweite ebenso wenig glamourös, und die dritte ... darüber reden wir besser nicht. Hoffen wir einfach, dass es dieses Mal ein bisschen glatter läuft.«

»Da bin ich sicher«, gebe ich zurück, als die Lifttüren aufgleiten.

Asher hält die Tür offen, während ich seiner Frau in die Kabine helfe. Staunend betrachte ich die vielen Knöpfe. Auf welcher Ebene befindet sich die Entbindungsstation? Bevor ich mir über die vielen Möglichkeiten Gedanken machen kann, wählt Asher den Knopf für die Ebene vier.

Ich höre, wie seine Frau beginnt, langsam und tief zu atmen, und schaue zu ihr hinüber. Sie hat ihre Beine leicht geöffnet, ihren Rücken gebeugt und einen konzentrierten Ausdruck auf ihrem Gesicht. »Wie geht es Ihnen?«, frage ich sanft, während sich der Aufzug in Bewegung setzt.

Ihr Atem geht schwer, und auf ihrer Stirn bilden sich Schweißperlen. »Nicht gut«, antwortet sie und wirkt zunehmend panischer. »Ich habe das Gefühl, ich muss pressen.«

Oh, verdammt.

»Es wird alles gut«, spricht Asher beruhigend zu ihr, während sein nervöser Blick zu mir wandert. »Nur noch ein paar Minuten, dann legen wir dich auf ein Bett, und du kannst nach Herzenslust pressen und schreien.«

Sie funkelt ihn an, was ihm ein Grinsen entlockt. »Warte nur ab, Asher Mayson. Sobald wir in den Kreißsaal kommen, wirst du dir wünschen, du hättest diesen Kommentar und all die anderen vorhin für dich behalten.«

Ich unterdrücke ein Lächeln, um professionell zu bleiben, obwohl Paare wie diese beiden selten und auch gern gesehen sind. Sie kämpft mit den Tränen, als sie von einer weiteren Wehe überrollt wird. Asher beugt sich zu seiner Frau und drückt ihr tröstend einen Kuss auf die Stirn. »Was willst du dagegen tun?«, neckt er sie, und seine Mundwinkel wandern nach oben.

Sie verdreht die Augen. »Ich werde July sagen, dass du während der Geburt ihrer neuen Schwester gemein zu ihrer Mom warst, und dann wird die Hölle über dich hereinbrechen.«

»Das würdest du nicht«, entgegnet er in einem herausfordernden Ton. Im selben Moment kommt der Aufzug ruckartig zum Stehen und es wird dunkel. Mit ausgestreckten Armen fange ich mich ab, um nicht mit voller Wucht gegen die Wand zu prallen.

Die Frau schnappt hörbar nach Luft. »Was zum Teufel ist los?«, fragt sie und klingt panisch.

Ein Telefondisplay taucht das Liftinnere in ein diffuses Licht, bevor ein stärkeres den Raum heller ausleuchtet. Asher hat die Taschenlampenfunktion seines Handys aktiviert. Er richtet den Lichtstrahl auf das Tastenfeld des Fahrstuhls und betätigt dreimal den Notrufknopf. Eine Antwort bleibt aus. »Wahrscheinlich ein Stromausfall wegen des Sturms«, erklärt er. »Die Notstromaggregate sollten bald anspringen.«

Während mich seine Worte beruhigen, verfehlen sie ihre Wirkung bei seiner Frau. Im Schein der Taschenlampe sehe ich, wie sie sich an der Wand abstützt. »Mach etwas!«, verlangt sie von ihm. »Ich werde dieses Baby nicht in einem beschissenen Aufzug zur Welt bringen.«

»Das wirst du nicht«, verspricht er. Sie schreit vor Schmerzen auf.

Ich trete näher an sie heran, während sie mit Tränen in den Augen zu Asher aufblickt. »Ich kann nicht mehr. Es tut zu weh. Ich *muss* pressen.«

»Sie machen das großartig«, lobe ich sie, nehme ihre Hand und stütze sie. »Dies ist eines der besten Krankenhäuser im ganzen Bundesstaat. Der Generator wird jeden Moment anspringen und wir werden in kürzester Zeit auf der Entbindungsstation sein.«

Ein leises Stöhnen kommt über ihre Lippen, diese Wehe scheint wesentlich länger anzuhalten. Sie schüttelt den Kopf. »Ich kann nicht ... Ich ... Es tut so weh.«

»Sie haben das schon dreimal gemacht«, erinnere ich sie. »Sie sind Superwoman. Sie können das.«

Während sie sich gegen die Wand lehnt, geht Asher

frustriert auf und ab. Die Sekunden verstreichen, doch der Strom bleibt aus. Ich werde zunehmend nervöser. Zwar habe ich im Zuge meiner Krankenschwesternausbildung bereits bei Geburten zugesehen, nur noch nie eine ganz allein begleitet. Ich fürchte, dass ich meine erste Entbindung auf dem Boden eines spärlich ausgeleuchteten Aufzugs meistern muss.

Natürlich weiß ich theoretisch, wie die einzelnen Schritte ablaufen. Nur zusehen und die Theorie zu kennen ist nicht dasselbe, als selbst die Verantwortung für Mutter und Kind zu übernehmen. Die Seiten jedes einzelnen Lehrbuchs, das ich je gelesen habe, fliegen vor meinem inneren Auge vorbei, bis die Frau ihre Hand in ihre weite Jogginghose schiebt und Panik ihre Miene überschattet.

Alarmiert begegnet sie dem Blick ihres Mannes. »Sie kommt«, haucht sie. Ihr Brustkorb hebt und senkt sich in schnellen Bewegungen. »Ich kann ihren Kopf spüren.«

Oh nein, nein, nein. Das ist nicht gut. So sollte dieser Tag nicht ablaufen. Dafür bin ich nicht bereit. Was, wenn ich es versaue? Wenn ich etwas falsch mache? Ich wollte mich auf diesen Moment vorbereiten und mein erstes Baby unter der Anleitung von einem der besten Ärzte zur Welt bringen. Doch dieses Kind hat offensichtlich andere Pläne. Ich betrachte die fest verschlossenen Lifttüren.

»Fuck«, flucht Asher und zieht wieder meine Aufmerksamkeit auf sich. Er stellt sich an die Seite seiner Frau. »Bist du sicher?«

»*Sicher?!*«, ruft sie fast kreischend. »Ja, ich bin sicher. Das Baby kommt – jetzt!«

Verdammter ... Mist. Was soll ich nur tun?

Sowohl Asher als auch seine Frau sehen mich erwartungsvoll an, und ich schlucke meine Ängste hinunter und atme langsam aus. Dieses Baby wird kommen, egal ob ich mich dafür bereit fühle oder nicht.

Reiß dich zusammen, Autumn. Du schaffst das.

»Okay, ähm ...« Ich schaue zu Asher auf. »Ziehen Sie Ihr Hemd aus und legen Sie es auf den Boden, dann helfen Sie und ich Ihrer Frau, sich in eine bessere Position zu bringen. Wir müssen Ihre Tochter zusammen auf die Welt holen.«

Asher zögert nicht. Er folgt meiner Anweisung, breitet das Hemd aus und nimmt seine Frau in den Arm. Ohne meine Unterstützung zu benötigen, sinkt er auf ein Knie und bringt sie in die richtige Position. Dicht hinter ihr lässt er sich selbst nieder und lehnt ihren Rücken aufrecht gegen seinen Oberkörper, ehe er zu mir sieht, um auf meine nächste Anweisung zu warten.

Herrje.

Als ich nach dem Bund ihrer Jogginghose greife, begegne ich ihrem panischen Blick. »Ich werde sie Ihnen ausziehen«, warne ich sie vor und warte auf ihr Einverständnis.

Sie nickt, und ich beginne, die Hose an ihren Beinen hinunterzuziehen, um einen Blick auf den Kopf ihres Babys zu erhaschen. »Ich bin November«, sagt sie keuchend und sieht mir in die Augen. »Ich dachte, wenn wir uns schon so nahekommen, sollten wir uns bekannt machen.«

Ich kann mir ein Grinsen nicht verkneifen. Es vergeht mir, als Asher sein Handy so ausrichtet, dass der Lichtschein zwischen ihre Beine fällt. Sie hat recht. Das

Baby kommt, und zwar jetzt.

Ich blicke auf und schenke November ein warmes Lächeln, bevor ich meine Handtasche in Ashers Richtung werfe. »Ich sehe schon, eine Frau, die wie ich denkt. Ausgezeichnet. Aber fürs Protokoll: Vielleicht sollten wir uns das nächste Mal erst auf einen Kaffee treffen, bevor wir einander auf diese Weise kennenlernen.« Sie lacht, und das scheint sie ein wenig zu entspannen. Also wende ich mich an Asher und deute auf meine Tasche neben ihm. »Kannst du mir mein Handy raussuchen? Wir werden so viel Licht wie möglich brauchen.«

Er beginnt zu suchen, und ich konzentriere mich erneut auf November. Je klarer mir die Situation wird, desto mehr scheinen meine Nerven zu flattern.

»Warum wirkst du so nervös?«, fragt November.

Ich begegne ihrem Blick und schlucke den Kloß in meinem Hals hinunter. »Ich werde ehrlich zu dir sein«, sage ich und ignoriere, wie feucht sich meine Handflächen anfühlen. »Heute ist mein erster Tag in der Hebammenausbildung und in diesem Krankenhaus. Ich habe so etwas noch nie allein getan, aber ich verspreche dir, dass ich dich nicht enttäuschen werde.«

Sie reißt die Augen auf und schaut zu ihrem Mann, ehe sie wieder mich ansieht. »Du hast das noch nie allein getan?«

»Nein.«

Asher reicht mir mein Handy. Ich öffne sofort meine Taschenlampen-App und lehne das Telefon an die Wand, um das Licht direkt auf Novembers Schoß zu richten. »Du hattest doch eine Art Training, oder?«, hakt Asher mit besorgter Stimme nach. »Du hast die Lehrbücher gelesen und die Schulungsvideos zu all dem geguckt?«

Ich nicke und beiße mir auf die Unterlippe, während ich November helfe, ihre Beine in die richtige Position zu bringen. »Vielleicht solltest du Thorne anrufen«, schlägt November ihrem Mann vor. »Ich weiß nicht. Womöglich kann er sie ein wenig anleiten?«

»Thorne?«, werfe ich überrascht ein. »Wie Dr Thorne Mayson?«

»Ja«, stöhnt November. »Er ist Ashers Cousin und sollte das Baby nächsten Donnerstag zur Welt bringen, aber anscheinend wird das nicht passieren.«

»Oh, okay. Ähm ... ja. Das ist keine schlechte Idee.«

Asher tippt sofort auf seinem Display herum und stellt den Anruf auf Lautsprecher, sodass das Freizeichen durch die Liftkabine hallt. Ich versuche, mich zu beruhigen. Dr Thorne Mayson ist der angesehenste Geburtshelfer weit und breit und so brillant wie knallhart. Patientinnen aus dem ganzen Land kommen extra zu ihm – und ich werde gleich von ihm durch eine Entbindung in einem Aufzug geleitet. Das ist nicht nur das Beängstigendste, was ich je erlebt habe, sondern auch ein wahr gewordener Traum.

Er ist eine Koryphäe, wenn es um Geburten geht. Er dominiert sogar jede Operation mit seinem Fachwissen, und seine Arbeit ist hervorragend. Als ich zum ersten Mal von ihm gehört habe, war ich keineswegs überrascht, dass er auf die meisten wie ein arroganter Mistkerl wirkt – er ist sowohl in seiner Art als auch in seinem Tun unverblümt und direkt. Wenn man diesen Status erreicht hat, spielt die Wirkung auf andere keine Rolle mehr. Ein Typ wie er könnte mit Mord davonkommen. Er steht bereits an der Spitze, und mit seinen Fähigkeiten wird er dort auch bleiben.

Der Anruf wird genau in dem Moment beantwortet, als November die Hand ihres Mannes fester umklammert und mir mitteilt, dass eine neue Wehe im Anmarsch ist.

»Asher«, ertönt Dr Maysons Stimme träge durch den Telefonlautsprecher. »Was ist denn los? Seid ihr noch in der Notaufnahme? Das Krankenhaus hat Probleme mit dem Notstromaggregat. Es könnte ein paar Minuten dauern, bis wir wieder Strom haben.«

»Wir haben keine paar Minuten mehr«, entgegnet Asher, als November ein tiefes, leises Knurren ausstößt. Ich wusste nicht, dass eine Frau so klingen kann. »Wir sind mit einer deiner Auszubildenden im Aufzug gefangen und November muss pressen.«

»Fuck«, stößt er aus. »Stell mich auf Lautsprecher.«

»Schon geschehen.«

»Okay, mit wem spreche ich?«, fragt er und wechselt, professionell wie er ist, sofort in den Arztmodus.

»Mein Name ist Autumn Mathers, Sir«, sage ich zaghaft und kann meine Angst nicht verbergen. »Heute ist mein erster Tag.«

Es folgt ein leiser Fluch, den ich kaum verstehen kann, bevor er tief einatmet. »Natürlich, Autumn. Willkommen in Nashville. Es ist mir ein Vergnügen, mit Ihnen zu arbeiten. Ich will ganz offen zu Ihnen sein. Das Baby, das Sie zur Welt bringen werden, ist Teil meiner Familie, mein Blut, und das bedeutet, dass heute der wichtigste Tag Ihrer Karriere ist. Bei Geburten gibt es keinen Raum für Fehler. Haben Sie das verstanden?«

Ich schlucke die Galle hinunter, die mir in der Kehle

aufzusteigen droht. Na toll. Ich probiere meine Fähigkeiten an der Familie von Dr Thorne Mayson aus. Wenn ich das vermassle oder auch nur einen winzigen Fehler mache, bin ich erledigt. Selbst wenn er nur ein schlechtes Gefühl von meinen Fähigkeiten hat, könnte es in diesem Job mein Ende sein. Wer will schon mit einer Frau arbeiten, die auf Dr Maysons Abschussliste steht?

Ich atme tief durch und hoffe bei allem, was mir heilig ist, dass ich es nicht versauen werde. »Ja, Sir. Verstanden.«

»Gut. Befindet sich November schon in einer waagrechten Position?«

»Ja.«

»Wie weit liegen ihre Wehen auseinander?«

Ich widerstehe einem Seufzen. »Zweieinhalb Minuten.«

»Wie weit ist der Muttermund geöffnet?«

»Vollständig«, entgegne ich, frustriert von seinen Fragen. Da ich das Baby bereits sehen kann, weiß ich, dass es nicht mehr lange dauert. Natürlich verstehe ich, dass er auf Nummer sicher gehen möchte, aber das Kind will jetzt kommen. »Der Kopf des Babys ist da, und wenn wir noch länger warten, wird es sich selbst gebären. Die Stirn ist gleich zu sehen«, erkläre ich, als November zu stöhnen beginnt und die Lider zusammenkneift. »Ich will nicht unsensibel oder unhöflich sein, und ich hoffe, dass das keinen schlechten Eindruck bei Ihnen hinterlässt, aber zum Teufel mit all Ihren verdammten Fragen. Die Wehe ist da und sie muss pressen. Jetzt.«

Ashers Augen weiten sich bei dem Ton, den ich gegenüber seinem Cousin anschlage. Darüber kann ich mir später Gedanken machen. »Verdammt. Also gut. November, kannst du mich hören?«

»Ja!«

»Gut. Beine hoch. Du atmest jetzt tief ein, dann presst du. Asher, zähle langsam bis zehn.«

Ohne etwas darauf zu erwidern oder nachzuhaken, tun sie, was man von ihnen verlangt und zeigen deutlich, dass sie darin viel erfahrener sind als ich. Während Asher Novembers Beine anhebt, rutsche ich näher, um das Baby aufzufangen.

Ihr Gesicht läuft vor Anstrengung rot an, während die sanften, rhythmischen Klänge von Ashers Worten den Aufzug erfüllen.

»Sechs, sieben, acht, neun, zehn.«

»Gut, tief einatmen«, sagt Dr Mayson. »Und noch einmal pressen, bis die Wehe nachlässt.«

November tut genau das, und als der Kopf langsam nach außen dringt, stößt sie einen spitzen Schrei aus. »Heilige Scheiße! Meine Pussy brennt!«

Asher beruhigt sie sofort. »Du machst das toll, Baby. Einfach großartig.«

»Du hast es fast geschafft«, füge ich hinzu, während mir bewusst wird, wie unglaublich das alles ist. Es ist eine Sache, als Beobachtende bei diesem Moment dabei zu sein, aber das hier ... ist mit nichts vergleichbar. Es ist ein Nervenkitzel, auf den ich nicht vorbereitet war und der mich zum Weitermachen anspornt. Ich bin jedoch mehr als froh, nicht in Novembers Situation zu sein. Es sieht ziemlich schmerzhaft aus. »Der Kopf ist so gut wie draußen.«

Dr Mayson nimmt die Information wortlos hin und wendet sich wieder an November. »Okay. Bei der nächsten Wehe wirst du pressen, bis der Kopf vollständig da ist, dann legst du eine Pause ein. Autumn, sagen Sie ihr Bescheid, wenn es so weit ist. Sie müssen den Nacken des Babys stützen.«

»Verstanden«, antworte ich und ein Kribbeln durchströmt mich.

November hat kaum Gelegenheit, durchzuatmen, bevor die nächste Wehe sie überrollt. Sie presst erneut, und gerade als ich denke, dass ihr die Luft ausgeht, kommt der Kopf des Babys zum Vorschein. Sofort stütze ich den Nacken des Kindes. November atmet tief und wohlverdient ein und presst nicht weiter. Mich braucht sie nicht im Geringsten dafür.

»Also gut, Dr Mayson, der Kopf ist draußen. Was nun?«, frage ich.

»Atmet sie?«

Ich reiße die Augen auf. Verdammt. Warum bin ich da nicht selbst draufgekommen? November und Asher erstarren beide. Vermutlich ist das ein Teil der Arbeit, den der Arzt normalerweise nicht laut aussprechen würde, um den Eltern keinen Schreck einzujagen, aber dies ist sicherlich eine einzigartige Situation.

Da ich die Kleine nicht weinen höre und auch nicht in der Lage bin, ihren Puls auf die übliche Weise zu kontrollieren, halte ich meine Hand über ihren Mund und warte darauf, ihren Atem zu spüren. In der nächsten Sekunde kommt ein leises Keuchen über ihre Lippen. Ich lache erleichtert auf.

»Wahnsinn, das ist einfach unglaublich«, sage ich laut und lasse mich von den Emotionen überwältigen. Meine Augen füllen sich mit Freudentränen. »Ja. Ja, sie atmet. Was jetzt?«

»Das sind großartige Neuigkeiten«, erwidert Dr Mayson, während November und Asher einander ein stolzes Lächeln schenken. »Sie müssen den Hals des Babys untersuchen. Vergewissern Sie sich, dass die Nabelschnur nicht darum gewickelt ist. Wenn Sie sich nicht sicher sind, sehen Sie noch einmal nach. Wenn alles in Ordnung ist, helfen Sie dem Baby, sich zu drehen, damit die Schultern leichter herausrutschen.«

Ich nicke, schlucke schwer und konzentriere mich mit aller Kraft, während ich den Hals des Babys abtaste und das Ganze ein zweites und sogar drittes Mal wiederhole. Als sich das Baby zu drehen beginnt, leitet mich Dr Mayson weiter an. Ich führe die Schultern des Kindes am Beckenknochen vorbei, dann den Rest des Körpers. Als die Kleine vollständig auf die Welt gekommen ist, bin ich mit Fruchtwasser durchtränkt und fühle nichts als Freude.

Mit Tränen in den Augen und einer überwältigenden Erleichterung reiche ich das Baby zwischen Novembers Beinen hindurch und lege es ihr auf die Brust.

Die Schreie des Mädchens hallen von den Wänden des Aufzugs wider. Als ich mich hinsetze und staunend die Kleine betrachte, höre ich Dr Maysons Stimme durch den kleinen Raum schallen: »Gute Arbeit, November. Ich stehe direkt vor den Lifttüren auf Ebene vier. Mein ganzes Team ist hier, um dich zu unterstützen. Nimm deine Tochter in den Arm und halte durch. Wir werden die Türen im Handumdrehen öffnen.«

Ein Lächeln breitet sich auf meinem Gesicht aus. Wie zum Teufel konnte ich in diesem Leben so viel Glück haben?

2

Thorne

Angespannt stehe ich mit meinem Team vor den Aufzugtüren im vierten Stock. Was glaubt diese Frau, wer sie ist, dass sie meine Patientin aus der Notaufnahme lotst und sie in eine so gefährliche Situation bringt?

Hätte Autumn die beiden einfach unten gelassen, wäre November in eines der vielen Privatzimmer gebracht worden und hätte ihr Mädchen mit Hilfe von ausgebildeten Ärzten zur Welt gebracht, statt auf dem schmutzigen Boden eines Fahrstuhls. Es geht hier um meine Familie. Trotz ihrer Unerfahrenheit hätte Autumn es besser wissen müssen. Wenn diese Geschichte an Weihnachten erzählt wird, wird jeder annehmen, dass ich nicht rechtzeitig zur Stelle war.

Nicht ohne Grund folgen wir all diesen Richtlinien und Arbeitsabläufen. Ich weiß, dass es ihr erster Tag in diesem Krankenhaus ist. Sie hat gesehen, wie sich November abmühte und wollte helfen. Sollte aber nicht irgendwann der gesunde Menschenverstand bei ihr einsetzen? Was, wenn dem Baby im Aufzug etwas passiert wäre? Wenn es nach der Geburt sofort medizinische Hilfe gebraucht hätte? Oder November verblutet wäre?

Solche Situationen dürfen nicht passieren, vor allem, wenn das Leben einer Patientin in unseren Händen liegt. Auch wenn heute ihr erster Tag bei uns ist, hätte sie es besser wissen müssen. Um so weit zu kommen, muss sie ein paar Jahre Erfahrung in der Krankenpflege mitbringen.

»Die Notstromaggregate sind in zwei Minuten wieder in Betrieb«, sagt jemand hinter mir.

Ich mache mir nicht die Mühe, mich umzudrehen, sondern nicke einfach. Andernfalls würde ich einen Krankenpfleger oder einen Assistenzarzt anbrüllen, die nichts mit der Katastrophe hier zu tun haben. Je mehr ich darüber nachdenke, desto wütender werde ich. Was der Anblick der immer noch geschlossenen Türen nicht besser macht. Es ist unmöglich, an etwas anderes zu denken.

Je schneller ich Mutter und Kind untersuchen und den Schaden abschätzen kann, desto besser. Sobald ich weiß, dass November und ihr Baby in Sicherheit sind, werde ich ein paar Worte mit Autumn wechseln. Ich hoffe, sie genießt es, auf meiner Abschussliste zu stehen, denn dort wird sie bleiben, bis sie mir beweisen kann, dass sie meinen Respekt verdient.

»Eine Minute«, sagt der Mann von vorhin und bringt mein Team in Stellung. Wir müssen sofort helfen. Es gibt eine Menge zu tun. November und ihre Tochter müssen zuerst untersucht und auf eine Trage verfrachtet werden. Anschließend werden beide vollständig durchgecheckt. Außerdem müssen wir noch die Nabelschnur durchtrennen, die Plazenta entbinden und nachsehen, ob eventuell vaginale Risse oder welche am Damm entstanden sind.

Das wird chaotisch, aber genau aus diesem Grund bin ich froh, ein tolles Team an meiner Seite zu haben. Für solche unmöglichen Situationen wurden diese Menschen ausgebildet. Dabei möchte ich gar nicht von dem ausgefallenen Notstromgenerator anfangen. Das ist ein völlig anderes Thema. Was, wenn jemand mitten in einer Operation gewesen wäre? Das ist inakzeptabel, und genau so werde ich es dem Vorstand des Krankenhauses mitteilen. Mir ist egal, was es kostet, dieser Fehler muss behoben werden.

Die Lichter im gesamten Krankenhaus flackern wieder auf und erinnern mich an die vielen Nachtschichten, die ich in den ersten Jahren meiner Ausbildung hinter mich brachte. Es wird nicht mehr lange dauern, bis sich der Aufzug öffnet und das Chaos offenbart, das diese Frau uns hinterlassen hat.

Hinter mir nehme ich das vertraute, geschäftige Treiben wahr. Da die Klinik wieder mit Strom versorgt ist, kehren alle zur Tagesordnung zurück. Nur in doppelter Geschwindigkeit. Das Pflegepersonal kümmert sich um die Kranken und prüft die Geräte, die die Vitalfunktionen der Patienten überwachen.

Endlich ertönt das vertraute Klingeln des Aufzugs. Als die Türen auseinandergleiten, bin ich erleichtert.

»In Ordnung, es geht los«, verkünde ich meinem Team.

Das Erste, was ich sehe, sind November und Asher auf dem Boden sitzend mit ihrer Tochter im Arm. Asher blickt auf und strahlt mich an, wie es jeder stolze Vater tut, der sein Neugeborenes vorzeigen kann. November hingegen lehnt geduldig an ihm, den Blick auf ihr Mädchen gerichtet, als wäre sie zu fasziniert, um überhaupt zu bemerken, dass das Leben seinen gewohnten Gang nimmt.

Autumn steht seitlich neben Asher und macht uns Platz. Ich ignoriere sie vorerst. Um sie kümmere ich mich später.

»Wie geht es dir?«, frage ich, lasse mich neben November nieder und überprüfe ihren Puls. Sie wird etwas Nachsorge brauchen, so viel steht fest.

»Ganz gut, denke ich«, antwortet sie. »Das war nicht unbedingt das, was ich mir für dieses Mal vorgestellt hatte.«

»Keine Sorge«, erwidere ich grinsend und schaue zu meinem Cousin. »Ich bin sicher, dass du mit diesem Kerl hier noch ein paar Mayson-Babys zur Welt bringen wirst. Beim nächsten kannst du dich an deinen Geburtsplan halten.«

November verdreht die Augen. »Erinnere mich nicht daran. Ich habe noch nicht einmal die Plazenta von diesem entbunden. Es ist viel zu früh, an weitere zu denken.«

Ich muss lachen. In Ashers Miene erkenne ich, was er davon hält. Genau wie ich angenommen habe, will er noch mehr Kinder. Wahrscheinlich hofft er auf eine ganze Fußballmannschaft, und selbst dann wird er vermutlich nicht genug haben.

Meine leitende Hebamme bewegt sich um mich herum und steuert direkt auf das Baby zu. »November, du erinnerst dich sicher noch an Suzi, die bei Julys Entbindung dabei war. Wir müssen nur die Nabelschnur durchtrennen, dann wird sie die Kleine zu den Untersuchungen bringen. Sie ist in guten Händen.«

November sieht Suzi an, als sei sie ein Raubtier, das ihr

das Baby wegnehmen will. Doch gleich darauf lockert sich ihr Griff um ihr Mädchen. »Ja, natürlich. Wie könnte ich das vergessen?«

Die Nabelschnur wird durchtrennt, das Baby von Novembers Brust gehoben und in ein durchsichtiges Babybett gelegt, das an der Seite bereits mit *Mayson* beschriftet wurde.

Während das Neugeborene vor dem Aufzug von meinen Hebammen untersucht wird, wende ich mich wieder November zu. »In Ordnung, du bist die Nächste«, erkläre ich, als ich die Krankenschwester mit der Trage auf uns zukommen sehe. »Wir müssen dich in einen sterilen Raum bringen. Bist du bereit?«

November stöhnt, als sich Asher aufrichtet. Er wirkt wie ein Ritter in glänzender Rüstung, der sie so schnell wie möglich in Sicherheit bringen will.

»Okay.« Mit einem Ächzen blickt November zu ihrem Mann, wohl wissend, dass er keinem anderen diese Aufgabe überlassen wird. »Aber mach schnell. Es tut immer noch weh.«

Asher nickt, und ich erhebe mich aus meiner Hocke, um ihnen den Weg freizumachen. Mit einer gewissen Leichtigkeit hebt er sie in seine Arme und trägt sie nach draußen, während Autumn in dem Chaos zurückbleibt, das sie zu verantworten hat.

Anschließend verlasse ich ebenfalls den Aufzug und untersuche meine beiden Patientinnen. Da sie in Ordnung sind, nicke ich Suzi zu. »Also gut, bringen Sie beide in das vorbereitete Privatzimmer. Ich bin in einer Minute da.«

Suzi reagiert ohne zu zögern, und die Gruppe von

Krankenschwestern, Pflegern, Hebammen und Assistenzärzten beginnt mit dem Transport, während ich mich um den Rest kümmere.

Als ich mich zum Aufzug drehe, tritt Autumn aus der Kabine. Zum ersten Mal sehe ich die Frau an, die meine miese Laune ausgelöst hat. All die Worte, die ich ihr an den Kopf werfen wollte, sind mit einem Mal vergessen.

Sie ist verdammt hübsch.

Autumn bleibt direkt vor mir stehen und strahlt mich an, als hätte sie gerade die beste Nachricht ihres Lebens erhalten. »Das war unglaublich«, sagt sie, wobei sie versucht, ihre Stimme leise zu halten. Sie wippt wie ein Kind auf ihren Zehenspitzen und kann vor Aufregung nicht stillstehen. Alles in ihr scheint von Freude erfüllt zu sein. »Ich habe mich noch nie so gut gefühlt. Dieses Baby zur Welt zu bringen ... Verdammt, ich kann es kaum erwarten, allen davon zu erzählen. Ich meine, klar, es war nicht gerade so, wie ich mir meine erste Geburt vorgestellt hatte. Aber das war alles so ... wow! Ich bin so aufgeregt. Das war das Unglaublichste, was ich je erlebt habe. Ich schwöre, es war besser als Sex. Ich kann kaum die nächste Geburt erwarten.«

»Ich ...« Mir fehlen die Worte, und ich weiß nicht, wie ich auf diese Frau reagieren soll. Eigentlich sollte ich sie zurechtweisen, sie ins Hebammengefängnis stecken, doch stattdessen starre ich sie an. Wie kann sie nur so schön sein? Ihr Haar ist feucht und gewellt, vermutlich von dem Sturm draußen, und ihre Kleidung ist durch die Geburt in Mitleidenschaft geraten, doch davon scheint sie nichts zu bemerken.

Was ist nur los mit mir? Warum kann ich ihr nicht

sagen, dass sie die Klappe halten und mir nie wieder in die Quere kommen soll? Vielleicht sind es ihre funkelnden haselnussbraunen Augen, die mich in den Bann ziehen, oder das braune Haar, das sie zu einem unordentlichen Knoten hochgebunden hat. Ich wette, dass es in der Sonne wie Bernstein schimmert.

Was zur Hölle? *Bernstein*? Was kümmert mich, wie es bei Tageslicht aussieht, und warum zum Teufel will ich unbedingt mit den Fingern hindurchfahren? Wissen, wie es sich anfühlt, wenn ich es um meine Hand wickle und ihren Kopf nach hinten neige, bis ihr Blick nur noch auf mich gerichtet ist.

Stopp. Reiß dich zusammen, Thorne. Du klingst wie ein verdammter Perverser.

Ich bin ihr Vorgesetzter, und wie es aussieht, ist sie gerade mal Anfang zwanzig. Ich muss mich von ihr fernhalten. Meine Aufmerksamkeit liegt darauf, wie sie mich betrachtet, nun, da ihre Aufregung etwas abgeklungen zu sein scheint. »Heilige Scheiße«, stößt sie aus, tritt einen Schritt zurück und ihre Augen weiten sich. »Sie sind Dr Thorne Mayson.«

Ich nicke und öffne den Mund, aber sie unterbricht mich, bevor ich etwas sagen kann.

»Verdammt, ich habe gerade vor Dr Thorne Mayson geflucht.« Sie keucht auf, und ich frage mich, warum sie meinen Namen so oft wiederholt. »Verdammt, ich habe es schon wieder getan. Mist, und noch mal. Oh, verdammt. Auf diese Weise wollte ich Sie nicht kennenlernen.«

Autumn macht einen Schritt zurück, entsetzt über ihren Wortschwall. Doch das sind nicht die Dinge, über die sie sich im Moment Gedanken machen sollte.

Ich hebe mein Kinn, bereit, ihr die Leviten zu lesen. »Du unterstehst bis auf Weiteres mir«, sage ich stattdessen und nicht nur ich, auch sie ist darüber verblüfft.

Während die Überraschung deutlich in ihrem Gesicht zu lesen ist, bemühe ich mich, mir meine nicht ansehen zu lassen. Was zum Teufel habe ich gerade gesagt? *Du unterstehst mir?* Scheiße. Wie soll ich so zu ihr auf Distanz gehen? Mal abgesehen davon, dass ich sie nicht duzen sollte.

»Ich, ähm ... ja, natürlich. Es wäre mir eine Ehre«, antwortet sie und strahlt mich an. Sie scheint zu glauben, dass sie etwas richtig gemacht hat. Sie ahnt nicht, in welchen Schwierigkeiten sie sich befindet.

Du unterstehst mir? Fuck. Keine Ahnung, was mit mir los ist. Mir ist klar, dass ich, was das Zwischenmenschliche betrifft, hier nicht gerade den besten Ruf genieße. Dennoch kann ich das Gesagte nicht einfach zurücknehmen. Das wäre ein mieser Zug. Und aus irgendeinem Grund bringt mich der Gedanke, sie schlecht zu behandeln, beinahe um. Aber warum? Sie ist eine x-beliebige Frau, die während der nächsten Jahre hierbleiben und nach ihrer Ausbildung wieder weg sein wird. Warum habe ich das Bedürfnis, sie zu beschützen? Es muss die Unschuld sein, die sie ausstrahlt. Fast so, als wäre sie noch nie verletzt worden, und ich habe diesen überwältigenden Drang, mich um sie zu kümmern.

Obwohl ich mich von ihr fernhalten sollte, tue ich das Gegenteil. Wie soll ich den Tag überstehen, wenn sie mir ab sofort auf Schritt und Tritt folgen wird? Ich muss sie beschäftigen und sie von mir fernhalten, während ich herausfinde, wo mein Verstand abgeblieben ist. Ich habe das Gefühl, ihr meine Männlichkeit soeben auf einem Silbertablett serviert zu haben, und das gefällt mir nicht.

»Gut«, erwidere ich mit einem Nicken und trete einen Schritt zurück. »Ich muss nach meinen Patienten sehen. Machen Sie sich frisch und stellen sich dann bei Ihrer leitenden Hebamme vor, um Ihre Schicht zu beginnen.«

Autumn stimmt wortlos zu, bevor sie an sich hinunterblickt und zusammenzuckt. »Mist, das habe ich gar nicht bemerkt«, erwidert sie seufzend und sieht mit leicht geröteten Wangen zu mir hoch. Ich balle die Hände zu Fäusten und widerstehe dem Drang, sie zu berühren. Das wäre verdammt unangemessen.

»Gut, gehen Sie. Ich erwarte, dass Sie sich in dreißig Minuten bei mir melden. Kommen Sie nicht zu spät.«

Erneut weiten sich Autumns Augen, ehe sie davoneilt. Das wartende Reinigungsteam übernimmt den Aufzug, um ihn wieder in einen sterilen Zustand zu versetzen.

Ich schüttle den Kopf und versuche mich zu erinnern, wo meine Vernunft abgeblieben ist. Was war das überhaupt? Warum hatte Autumn eine solche Wirkung auf mich? Unfassbar. Noch nie hat mich eine Frau so aus dem Konzept gebracht, und ganz sicher habe ich niemals zuvor zugelassen, dass eine meiner Auszubildenden mit so einem losen Mundwerk ungestraft davonkommt.

Da ich zu viel zu tun habe, schiebe ich all das in den hintersten Winkel meiner Gedanken und mache mich auf den Weg zu Novembers Zimmer. Plötzlich steht mir Asher im Flur gegenüber. »Wow«, sagt er in einem amüsierten Ton. »Der Thorne, den ich kenne, hätte die Frau in Angst und Schrecken versetzt, weil sie uns so kurz vor der Geburt in den Aufzug gebracht hat.«

Ich schüttle den Kopf und bin genauso verwundert wie er. »Keine Ahnung, was zum Teufel mich da geritten hat«, antworte ich ehrlich. »Ich hätte sie in die Schranken weisen sollen. Ihr Verhalten war inakzeptabel. Unser Standard ist um einiges höher. Das Letzte, was ich hätte tun sollen, war sie zu belohnen, indem ich sie in mein Team aufgenommen habe.«

Asher grinst, als wüsste er etwas, das mir entgangen ist. Ein Geheimnis. Dann macht es Klick. »Nein«, erwidere ich und halte eine Hand hoch, um den Schwachsinn zu stoppen, der gleich aus seinem Mund kommen wird. »Das ist lächerlich. So etwas wie den verdammten *Boom* gibt es nicht. Ihr hattet einfach Glück mit euren Frauen.«

»Klar, wenn du meinst.«

Ich kann mich nicht von dem Gedanken lösen. Wenn ich ehrlich bin, trifft es mich viel härter, als ich zugeben will. »Dir ist bewusst, dass das nur eine bescheuerte Familienlegende ist, oder?«

»Ist das so?«, fragt er und funkelt mich dabei belustigt an.

Ich werfe ihm einen genervten Blick zu. »Hast du nichts Besseres zu tun? Da war doch was ... Einen Moment, gleich hab ich's. Ach ja: Deine Frau und eure neugeborene Tochter warten in einem der komfortablen Einzelzimmer auf dich.«

Asher schnaubt. »Damit ich das hier verpasse? Du weißt genauso gut wie ich, dass November mir den Hals umdrehen würde, wenn sie herausfindet, dass du den *Boom* erlebt hast und ich nicht dabeigeblieben bin, um alle pikanten Details an sie weitergeben zu können.«

Ausdruckslos starre ich ihn an, als wir Novembers Zimmer erreichen. »Da war kein *Boom.*«

Er gibt ein wenig zustimmendes Geräusch von sich, als wir durch die Tür treten. »Wir werden dieses Jahr einen zusätzlichen Platz neben dir am Weihnachtstisch einplanen, nur für den Fall.«

Ich reagiere nicht, denn es sind viel zu viele meiner Kollegen in diesem Raum. Als Asher jedoch direkt zu seiner Frau geht und ihr etwas ins Ohr flüstert, weiß ich, dass es für mich ohnehin zu spät ist. Ihre Augen leuchten vor Freude, und sie sieht mich mit einem solchen Stolz an, dass es lächerlich ist. »Ich freue mich so sehr für dich«, flüstert sie und legt die Hand über ihr Herz, als wäre die Sache schon so gut wie erledigt.

Verdammt, das wird ein langer Tag. »Ich bin sicher, dass der Warteraum unten immer mehr einem Familientreffen der Maysons ähnelt und alle darauf brennen, euer Mädchen kennenzulernen.«

3

Autumn

Ich ziehe meine blutverschmierten Klamotten aus und werfe sie in den Wäschekorb. Es ist nicht das erste Mal, dass ich so aussehe, und es wird auch nicht das letzte Mal sein. Dasselbe gilt für das Ausziehen im Umkleideraum des Krankenhauses. Ich bin dabei lieber allein. Zu meinem Glück befindet sich nur eine Kollegin im Raum, die es mir gleichtut.

Während ich ein Handtuch in einem Schrank finde, hole ich mein Handy aus der Tasche und werfe einen Blick darauf. Ich muss mich beeilen. Dr Mayson erwartet mich in vierundzwanzig Minuten. Ich habe lange genug gebraucht, um herauszufinden, wo ich hinmuss, und noch länger, um hierher zu kommen. Meine Zeit tickt, und ich will ihn nicht enttäuschen. Ich *weigere* mich, ihn zu enttäuschen. Stattdessen habe ich vor, seine Musterschülerin zu werden.

Ich spute mich, unter die Dusche zu kommen. Zu warten, bis das Wasser warm wird, ist mir nicht vergönnt. Eiskalt gießt es auf mich herab, und ich pumpe mir das billige Duschgel, das an der Wand befestigt ist, in die Hand.

»Siri, ruf KC an«, sage ich in Richtung meines Telefons, das auf dem kleinen Hocker in der Ecke der Kabine liegt. Siri verbindet mich mit meiner besten Freundin, während ich anfange, mir die Spuren meines ersten Einsatzes als Hebamme von der Haut zu schrubben.

»Hey, warum rufst du mich an? Ich dachte, du würdest heute deine Schicht antreten.« Sie holt scharf Luft. »Ach, verdammt, Süße. Hast du verschlafen? Vergessen, deinen Wecker zu stellen? Du wirst dich beeilen müssen, besonders bei diesem Sturm, aber sei vorsichtig. Auf den Straßen herrscht heute ein einziges Chaos.«

»KC«, erwidere ich lachend. »Beruhige dich, ich habe es rechtzeitig ins Krankenhaus geschafft. Ich habe nicht verschlafen. Wie auch? Ich war so aufgeregt, dass ich kaum ein Auge zubekommen habe.«

»Oh, warum rufst du dann an? Solltest du dich nicht gerade bei deinem Oberarzt beliebt machen, indem du ihm zeigst, was du alles draufhast?«

»Schon geschehen«, antworte ich grinsend. »Du wirst es nicht glauben. Ich hatte einen unglaublichen Morgen.«

»Warte, bist du unter der Dusche?«

»Ja, lass mich ausreden. Ich habe nur ein paar Minuten Zeit, und ich muss dir das erzählen.«

»Okay, schieß los.«

»Ja, also ... Ich bin durch den Sturm rein in die Notaufnahme – ohne Regenschirm, du kennst mich. Ich war nass und habe vermutlich wie eine ertrunkene Ratte ausgesehen. Zum Glück war so viel los, dass mich niemand bemerken konnte. Du hättest mich an meinen Schirm erinnern sollen.«

»Ich bin nicht deine Mutter«, kontert sie, wie sie es

immer tut, wenn ich etwas in der Art anmerke. »Du hättest selbst daran denken sollen. Ich meine, wie schwer ist es, aus dem Fenster zu sehen und zu sagen: *Mist, es regnet, ich brauche einen Schirm*. Das ist gesunder Menschenverstand.«

Ich verdrehe die Augen, spüle mir die Seife ab und greife zum Shampoo. »Würdest du mich einfach meine Geschichte erzählen lassen? Du kannst mich danach belehren.«

»Na gut.« Sie lacht. »Raus damit.«

»Okay, ich kam also in die Notaufnahme und überall waren Menschen. Muss am Vollmond liegen, da spielt immer alles verrückt. Jedenfalls war da diese Schwangere, bei der die Wehen eingesetzt hatten, und niemand schien sich bei all den Notfällen um sie kümmern zu können.« Ich atme tief ein, denn vor lauter Aufregung fliegen mir die Worte nur so aus dem Mund. Vermutlich kann mir KC kaum folgen. »Ich beschloss, sie und ihren Mann selbst auf die Entbindungsstation zu bringen, und im Aufzug fiel plötzlich der Strom aus. Wir steckten fest, das Baby war auf dem Weg, und ich habe es auf dem Boden des Fahrstuhls zur Welt gebracht.«

»Du hast was?! Heiliger Bimbam, das ist Wahnsinn.«

»Ich weiß. Du hättest mich sehen sollen. Es hat mich kalt erwischt, aber ich wollte die Frau nicht noch mehr erschrecken, also habe ich versucht, Ruhe auszustrahlen. Es war unglaublich. Meine allererste Entbindung. Ich hatte es mir nie so toll vorgestellt, aber es war noch besser, als ich dachte. Das jetzt jeden Tag machen zu dürfen, ist ein wahrer Traum.«

»Das ist verrückt. War es ein Junge oder ein Mädchen?«

»Ein Mädchen«, antworte ich stolz. »Du hättest sie sehen sollen. Sie war so klein. Absolut perfekt.«

»Das glaube ich gern. Wie heißt sie?«

»Ich ... ähm. Mist, ich habe nicht gefragt. Ich war zu aufgeregt, aber ich habe das Gefühl, dass sie nach einem der Kalendermonate benannt wird.«

»Was?« KC lacht. »Wie kommst du da drauf?«

»Ihre Mutter heißt November, und sie erwähnte, dass sie bereits eine Tochter namens July hat. Kann doch sein, dass sie die Reihe fortsetzt.«

Ich lehne den Kopf zurück, um mir das Shampoo aus den Haaren zu spülen, und spüre das mittlerweile warme Wasser auf meinem Körper.

»Das ist irgendwie cool«, meint KC. »Und jetzt? Eine kurze Dusche und dann das Ganze noch mal?«

»Keine Ahnung«, erwidere ich. »Zuerst muss ich mich mit meiner Vorgesetzten treffen und wahrscheinlich ganz viel Papierkram erledigen. Du weißt schon, aufschreiben, was da im Aufzug passiert ist. Aber dann werde ich unter dem besten Arzt arbeiten, den dieses Krankenhaus zu bieten hat.«

KC lässt ein abfälliges Geräusch erklingen. »Du meinst den Geburtshelfer mit dem Egoproblem?«

»Ja, genau der, aber das mit dem Ego war vielleicht nur ein Gerücht, denn ich habe ihn heute Morgen getroffen. Das Paar im Aufzug ist mit ihm verwandt. Und er schien so begeistert davon zu sein, wie ich mich geschlagen habe, dass ich ihm ab sofort unterstellt bin.«

»Wow, Autumn, das ist unglaublich«, antwortet sie begeistert, während ich das Wasser abdrehe.

»Ja, aufregend, oder?«, entgegne ich und greife nach

meinem Handtuch, um mich abzutrocknen. »Ich glaube, das wird richtig toll. Was kann es Grandioseres geben, als meine Fachausbildung auf diese Weise zu beginnen? Dr Mayson ist wirklich der Beste auf diesem Gebiet, im ganzen Bundesstaat.«

Ich schnappe mir mein Handy, werfe mein Handtuch in den Wäschekorb und ziehe mir frische Sachen an, von denen hier genug bereitliegen. Wie in den meisten Kliniken trägt man unifarbene sackartige Oberteile und Hosen mit Gummizug. Nicht sehr sexy.

»Das sind ja super Neuigkeiten. Warum kommst du nicht heute Abend nach deiner Schicht vorbei? Wir könnten etwas essen und zur Feier des Tages ins Kino gehen. Ich bin sicher, Tiger würde gerne alles darüber hören«, schägt KC vor und meint damit ihre siebenjährige Tochter Aalia, die sich mehr für Babys und Geburten interessiert, als es ein Kind in ihrem Alter tun sollte.

»Klingt gut. Ich rufe dich nachher an. Dieser Tag verspricht, anstrengend zu werden.«

»Okay, alles klar. Oder schick mir einfach eine Nachricht.«

»In Ordnung. Ich muss jetzt los. Wir sprechen uns später.«

»Auf jeden Fall.« Mit diesen Worten beendet sie das Telefonat, und ich mache mich wieder daran, mein Erscheinungsbild zu richten. Meine langen Haare binde ich zu einem hohen Dutt und rücke meinen Kittel zurecht. Ich ziehe meine Schuhe an und bin erleichtert, dass ich gar nicht so lange gebraucht habe, um mich zu duschen, meine Kleidung zu wechseln und mich einigermaßen zu beruhigen.

Da ich keine Ahnung habe, welches Schließfach für mich bestimmt ist, schiebe ich meine Tasche unter eine der Sitzbänke, bevor ich mich auf die Suche nach meiner Vorgesetzten mache. Fieberhaft überlege ich, welcher Name auf dem Infomaterial stand, das ich im Vorhinein zugeschickt bekommen habe, aber vor lauter Aufregung fällt er mir nicht ein.

Vermutlich wird *wie ihr Name auch lauten mag* nicht besonders glücklich darüber sein, dass ich die Einführungsveranstaltung für alle neuen Auszubildenden verpasst habe. Na toll. Zum Glück habe ich eine wirklich gute Ausrede.

Ich gehe suchend durch die Entbindungsstation und bleibe abrupt stehen, als ich den Schwesternbereich entdecke. Hinter einem Schreibtisch steht eine ältere, leicht ergraute Frau. Sie sieht aus, als habe sie eine Doppelschicht hinter sich, und wirkt genervt und übermüdet. »Ähm, hallo«, spreche ich sie mit extra freundlicher Stimme an, um sie mir gegenüber milde zu stimmen. »Ich bin Autumn. Heute ist mein erster Tag im Hebammenprogramm. Können Sie mir helfen, meine Vorgesetzte zu finden? Ich kann mich nicht an ihren Namen erinnern.«

Ihr Blick verhärtet sich und lässt mich etwas zurückschrecken. Mein Fluchtinstinkt schlägt an, aber ich unterdrücke ihn. »Ihre Vorgesetzte, Autumn, heißt Patricia Langham, und Sie stehen vor ihr. Sie sind über eine Stunde zu spät. Das ist kein guter Start für Ihre Ausbildung.«

Oh, verdammt.

Meine Augen weiten sich, und ich bin sicher, dass sie mir mein Unbehagen ansehen kann. »Es tut mir leid, dass ich mich erst jetzt zum Dienst melde. Ich bin schon eine Weile hier, sogar etwas früher als erwartet, aber ich bin mit einer Schwangeren im Lift steckengeblieben, als ich sie hier auf die Station bringen wollte. Das Baby war auf dem Weg, also musste ich es unter Dr Maysons telefonischer Anleitung zur Welt bringen. Es war wirklich ein verrückter Morgen.«

Patricia umrundet den Schreibtisch, lehnt sich dagegen und verschränkt die Arme vor der Brust. »Sie sind also die Neue, die im Aufzug hängengeblieben ist? Noch keine zwei Stunden hier und schon kursieren Geschichten über Sie.«

»Ich ... Mist. Wirklich?«

Sie nickt. »Lassen Sie uns eines klarstellen. Ich führe hier ein strenges Regiment. Es gibt einen Grund, warum das hier die beste Entbindungsstation im ganzen Bundesstaat ist. Ich dulde kein Zuspätkommen und schon gar kein Drama, und Ihnen, Autumn Mathers, steht dieses Wort in Großbuchstaben auf der Stirn geschrieben.«

Ich schüttle den Kopf. »Ich verspreche Ihnen, dass ich normalerweise nicht so bin. Sie können sich auf mich verlassen.«

»Sie haben heute Morgen gegen unzählige Gesundheits- und Sicherheitsvorschriften verstoßen. Ich sollte Sie auf der Stelle feuern lassen.«

Panik überkommt mich. »Wie meinen Sie das?« Fieberhaft gehe ich jede Kleinigkeit, die nach meiner Ankunft in der Notaufnahme passiert ist, noch einmal durch. Wovon redet sie nur? »Mir ist klar, dass es eine ungewöhnliche Situation war, aber ich habe versucht, mein Bestes zu geben.«

»Ich werde dafür sorgen, dass sie angemessen bestraft werden. Ihr gedankenloses Verhalten hat zwei Patientinnen gefährdet. Haben Sie Handschuhe benutzt?«

»Ich ... Nein. Ich hatte keine bei mir. Meine Schicht hatte noch nicht begonnen.«

»Haben Sie sich wenigstens zuerst die Hände desinfiziert?«

Erneut verneinend spüre ich, wie sich das Grauen in meiner Magengrube festsetzt. »Ich hatte nichts in meiner Tasche. Ich ... Daran habe ich gar nicht gedacht. Das Baby war schon auf dem Weg. Es gab nur zwei Optionen: entweder ich fange es auf oder es fällt auf den Boden. Ich habe getan, was ich in dieser Situation als richtig empfunden habe.«

Patricia mustert mich einen Moment, bevor sie sich ihrem Schreibtisch zuwendet und einige Formulare zusammensammelt. Den dicken Stapel drückt sie mir in die Hand. »Ich erwarte bis zum Mittag einen vollständigen und detaillierten Bericht über den Vorfall von heute Morgen. Er wird noch wochenlang die Runde unter Ihren Kollegen und Vorgesetzten machen. Sie sollten also beginnen, mir und allen anderen zu beweisen, dass Sie es verdienen, hier zu sein. Andernfalls werde ich keine andere Wahl haben, als Sie zu entlassen.«

Ich nicke und drücke die Papiere an meine Brust, während ich spüre, wie das Unheil über mich hereinbricht. »Ich verspreche, die beste Hebamme zu werden, die Sie je gesehen haben. Von nun an wird es keine Probleme mehr mit mir geben. Und mein Bericht liegt Ihnen im Handumdrehen vor.«

Ihre Augen werden schmal. Sie glaubt mir kein Wort.

»Einverstanden«, sagt sie. »Sie haben die Einweisung verpasst. Die anderen Auszubildenden wurden bereits auf die Station verteilt und haben die Aufgaben für den Tag bekommen.«

»Oh, Dr Mayson hat darum gebeten, dass ich ihm unterstellt werde.«

Ihre Brauen ziehen sich weiter zusammen. »Hat er das?« Als ich nicke, umspielt ein Grinsen ihre Lippen, das mein Misstrauen weckt. »Dann werde ich doch keine Strafe für Sie finden müssen. Das hat sich schon von selbst erledigt.«

»Ich verstehe nicht ganz«, erwidere ich, während sich Verwirrung in mir breitmacht. »Ich hatte angenommen, dass Dr Mayson von meinem Einsatz beeindruckt war und mich deshalb betreuen will.«

Patricia verschluckt sich an einem Lachen. Erst denke ich, dass sie meine Begriffsstutzigkeit lustig findet, dann wird mir klar, dass sie die Situation amüsiert. »Ach, Kleine. Sie müssen noch eine Menge über die Ärzte in diesem Krankenhaus lernen, und ich rate Ihnen, schnell zu lernen.«

Das klingt wenig vielversprechend.

Ich lasse einen schweren Seufzer hören und bin im Begriff zu gehen, als mir etwas klar wird. »Wissen Sie, wo ich Dr Mayson finden kann?«

»Er sollte am Ende des Flurs in einer der Geburtssuiten sein. Entweder Zimmer vier oder fünf.«

»Danke«, erwidere ich und presse die Lippen zusammen, als in mir leise Zweifel über die Geschehnisse an diesem Morgen aufkeimen.

Patricia schenkt mir ein schmales Lächeln. »Melden Sie

sich regelmäßig bei mir, und wenn Sie sich bei etwas unsicher sind, fragen Sie zuerst bei mir nach. Wir haben hier nicht die Angewohnheit, Fehler zu machen, vor allem, weil wir es mit Babys zu tun haben. Ist das klar?«

»Ja, Ma'am.«

»Nennen Sie mich nicht Ma'am.«

»Verstanden.«

Patricia greift nach einem weiteren Stapel Papiere, den sie mir ebenfalls aushändigt. »Sie müssen das alles ausfüllen, bevor Sie sich mit Dr Mayson treffen. Und stellen Sie sich im Laufe des Tages bei Dr Harding vor. Sowohl er als auch Dr Mayson werden während Ihrer gesamten Ausbildung Ihre zuständigen Ärzte sein, und es wäre besser für Sie, wenn Sie sich gut mit Ihnen stellen. Ich warne Sie: Die zwei werden hart zu Ihnen sein. Beide akzeptieren nur Perfektion, und genau danach werden Sie streben.«

Ich nicke und spüre, wie eine Mischung aus Nervosität und Vorfreude in mir aufsteigt. Diese Ausbildung wird ein wildes, aufregendes Abenteuer sein, und ich kann es kaum erwarten. Das hier ist der Anfang vom Rest meines Lebens, das spüre ich genau. »Papierkram, Bericht, *immer* erst nachfragen, Dr Harding treffen und nach Perfektion streben. Habe ich etwas vergessen?«

Ein beinah warmes Lächeln breitet sich auf ihrem Gesicht aus, und für einen kurzen Moment frage ich mich, ob sie sich entschieden hat, mich doch zu mögen. »Denken Sie daran, Freude an dieser Arbeit zu haben. Babys auf die Welt zu bringen, ist die größte Belohnung, die man in diesem Job erhalten kann, also machen Sie es zu etwas Besonderem.«

»Das werde ich.«

Patricia nickt und tritt wieder hinter ihren Schreibtisch. »Gehen Sie jetzt. Sie haben eine Menge Papierkram zu erledigen, und Sie wollen Dr Mayson nicht warten lassen.«

»Nein«, ertönt eine tiefe Stimme hinter mir, die mir einen wohligen Schauer über den Rücken jagt. »Sie wollen doch Dr Mayson nicht warten lassen.«

Ich drehe mich um und entdecke Dr Thorne Mayson höchstpersönlich, der mit einem dürren Assistenzarzt an seiner Seite vor mir zum Stehen kommt. Mein Blick schweift über ihn. Selbst ohne den Arztkittel wäre er der bestaussehende Mann, dem ich je begegnet bin. Mindestens einen Meter neunzig groß, breite Schultern und einen markanten Kiefer. Seine Haare sind dunkel und seine Augen so himmelblau, dass vermutlich jede Frau auf Wolke sieben schwebt, wenn er sie ansieht. Ich tue es auf jeden Fall. Mir wird allerdings auch klar, wie verwirrt ich bei unserem ersten Aufeinandertreffen war. Das ganze Adrenalin wegen der Geburt hat wahrscheinlich dafür gesorgt, dass ich mich vor ihm zu einer Idiotin gemacht habe. Ganz bestimmt. Ich konnte kaum stillstehen oder ihn richtig zu Wort kommen lassen. Jetzt habe ich mich wieder gefangen und bin um einiges ruhiger. Kein Grund, mich weiterhin daneben zu benehmen. Egal, wie sexy professionell sein ordentlich zurückgekämmtes Haar wirkt. Irgendetwas sagt mir, dass es an seinen freien Tagen zerzaust ist, und allein bei der Vorstellung will ich mit meinen Fingern hindurchfahren.

Ein leises zufriedenes Lachen neben mir holt mich aus meinen Gedanken. Aus dem Augenwinkel sehe ich Patricia grinsen. Sie scheint Dr Maysons Bemerkung zu billigen. Vermutlich fasst sie es als Teil meiner Bestrafung auf. Da sie eine Vorgesetzte ist, mit der ich mich nicht anlegen sollte, verkneife ich mir einen bösen Blick in ihre Richtung.

Stattdessen sehe ich erneut in Dr Maysons strahlend blaue Augen. Ich widerstehe dem Drang, meinen Blick noch einmal über seinen starken Körper gleiten zu lassen. Zumindest nehme ich an, dass er unter seinen Kleidern gut gebaut ist. Er scheint der Typ zu sein, der sich um sich selbst kümmert. Und als er sich über der Braue kratzt, sehe ich, dass er keinen Ring trägt.

Verdammt, Autumn. Reiß dich zusammen. Du wirst den Kerl nicht anschmachten. Er ist dein Vorgesetzter und du hast einen Freund, zumindest noch. Ich muss mit diesem Idioten endlich Schluss machen.

Ich versuche, professionell zu wirken, was mir in Dr Maysons Gegenwart immer zu misslingen scheint. Als ich ihn anlächle, wirkt er für den Bruchteil einer Sekunde, als würde er es erwidern wollen. Ich muss innerlich jubeln. So tabu er auch sein mag, welche Frau sieht nicht gern, dass ein gutaussehender Mann bei einem Lächeln von ihr ein bisschen schwach wird.

»Natürlich nicht, Dr Mayson«, entgegne ich auf seine vorherige Bemerkung. »Ich bin bereit, wenn Sie es sind.«

»Gut«, sagt er und deutet auf den Assistenzarzt neben ihm. Erst jetzt bemerke ich, dass dieser vier dicke Ordner mit der Aufschrift *Richtlinien und Arbeitsabläufe* trägt. »Dann fangen Sie besser an. Sie werden meinen OP nicht betreten, bevor Sie nicht jede Richtlinie dieses Krankenhauses verinnerlicht haben. Ihr Verhalten heute Morgen war alles andere als vorbildlich, und ich lasse nicht zu, dass Sie meine Patientinnen oder die Qualität dieses Krankenhauses gefährden.« Der Assistenzarzt drückt mir den Stapel in die Hand. »Lesen Sie sie, leben Sie sie und lernen Sie, sie zu lieben«, erklärt er. »Wenn Sie damit fertig sind und alles auswendig aufsagen können, dann arbeiten Sie unter mir. Haben wir uns verstanden?«

Perplex starre ich ihn an. Nichts an ihm erinnert an den Mann, den ich vor weniger als einer Stunde kennengelernt habe. »Ähm, ja. Natürlich«, antworte ich und kämpfe mit den Ordnern in meinen Armen. »Ich werde das so schnell wie möglich erledigen.«

»Sehen Sie zu, dass das der Fall ist«, merkt er an und lässt mich stehen, während sein Assistenzarzt ihm auf Schritt und Tritt folgt.

Ich komme aus dem Staunen nicht mehr heraus. Als ich mich wieder Patricia zuwende, grinst sie mich auf eine Weise an, die mir ein *Ich hab's dir ja gesagt* förmlich ins Gesicht schreit. Sie deutet den Flur entlang. »An der Ecke ist ein Arbeitszimmer mit Snacks im Kühlschrank. Ich schlage vor, Sie machen es sich dort bequem und versuchen, die Ärzte in Zukunft nicht gegen sich aufzubringen.«

Ich stoße einen Seufzer aus und schleppe die verdammt schweren Ordner in die angegebene Richtung. Die Euphorie vom Morgen ist bereits zu Staub zerfallen. Als ich das Arbeitszimmer betrete, schmerzen meine Arme. Ich lasse die Ordner auf den erstbesten Tisch fallen. Vielleicht hatte Patricia recht. Okay, sie hatte definitiv recht. Das ist eine Bestrafung. Ich muss Dr Mayson heute Morgen falsch verstanden haben, denn ich hätte schwören können, dass es ganz toll sein würde, unter ihm zu arbeiten. Noch nie habe ich mich so geirrt. Ich hätte den Gerüchten Glauben schenken sollen. Er *ist* ein Arsch. *Dr Arsch.* Das wird er von jetzt an für mich sein.

Ich lasse mich auf einen der unbequemen Stühle fallen und klappe den ersten Ordner auf. Ich weiß, dass der heutige Tag so bescheiden wird, wie er nur sein kann.

Dr Arsch mag diese Runde gewonnen haben, aber morgen werde ich mit neuer Energie zurückkommen und ihm beweisen, dass er mich nicht für alle Ewigkeit auf die Reservebank setzen kann. Ich bin nicht hier, weil ich dachte, dass es leicht werden würde.

4

Autumn

Mit schmerzenden Füßen betrete ich mein bescheidenes Zwei-Zimmer-Apartment. Noch nie in meinem Leben war ich so erschöpft. Das stundenlange Lernen der Richtlinien und Arbeitsabläufe hat mir praktisch das Hirn vernebelt. Gegen Ende des Tages wurde eine mit Drillingen schwangere Frau eingeliefert. Dann erst entkam ich meiner Qual. Zwar durfte ich nur beobachten und mir Notizen machen, aber dennoch war es unglaublich.

Es begann als natürliche Geburt. Als jedoch das zweite Baby im Geburtskanal steckenblieb, wurde ein Notkaiserschnitt eingeleitet. Dr Mayson beherrschte die Situation bewundernswert und ließ mich kurzzeitig vergessen, dass er ein Idiot ist. Es war einfach erstaunlich, und ehrlich gesagt, auch etwas beängstigend. Dennoch kann ich nicht leugnen, dass Dr Mayson in Aktion das Attraktivste ist, was ich je gesehen habe.

Kaum habe ich die Tür hinter mir geschlossen, höre ich, dass Brandon mein Wohnzimmer in Beschlag genommen hat. Genervt verdrehe ich die Augen. Wir haben schon einmal darüber gesprochen, dass ich es nicht mag, wenn er ohne mich hier ist. Wir sind zwar erst seit drei Monaten zusammen, aber die kurze Zeit kommt mir eher wie eine Belastung als eine Beziehung vor. Das mit uns wird nicht lange halten.

Tatsächlich habe ich mir heute Abend ein wenig Ruhe erhofft. Sogar die Verabredung mit KC habe ich abgesagt. Ich bin viel zu ausgelaugt, um irgendwen bei Laune zu halten. Mir fehlt sogar die Energie für Sex. Zumindest das hat mit Brandon immer gut funktioniert.

Nein danke. Nicht heute Nacht.

»Hey«, rufe ich über den Lärm des Fernsehers hinweg und lehne mich an die Wohnzimmertür. »Was machst du denn hier? Ich dachte, wir hätten das besprochen.«

Brandon nickt in meine Richtung, wendet seinen Blick aber nicht vom Bildschirm. Mir wird klar, dass er ein Videospiel zockt. Für einen Moment starre ich die Konsole an und spitze verwirrt die Lippen. Wo zum Teufel kommt das Ding überhaupt her? Ich bin ziemlich sicher, dass es heute Morgen, als ich zur Arbeit ging, noch nicht da war.

»Ähm ... hallo? Brandon?«, versuche ich es etwas lauter, mehr als nur ein wenig verärgert darüber, dass ich beim ersten Mal ignoriert wurde. »Was glaubst du, was du hier tust? Ich habe dich gebeten, nicht herzukommen, solange ich nicht da bin. Wie bist du überhaupt reingekommen?«

»Schlüssel«, murmelt er, während sein Blick weiterhin auf dem Bildschirm klebt. »Ist schon gut. Beruhige dich, Babe. Ich habe nichts von deinem Zeug angefasst.«

Ein Schlüssel? Was soll das denn? Will er mich verarschen? Für wen hält sich der Kerl? Wie kann er nicht bemerken, wie sehr das meine Privatsphäre verletzt?

Verärgert gehe ich zur Kochnische hinüber, lege

meinen Kram auf den Tresen und ziehe meine Schuhe aus, ehe ich mich mit diesem Idioten befasse. Nur kann ich meine Tasche nirgends abstellen, weil überall sein Zeug liegt. Nahezu der gesamte Inhalt meines Kühlschranks ist auf der Arbeitsplatte verstreut, in der Spüle stapeln sich Teller und Tassen, und das Wasser läuft vermutlich seit einer Ewigkeit.

Ich eile zum Hahn und drehe ihn ab. Dabei fallen mir einige Kartons auf, die offensichtlich in die Richtung meines Mülleimers geworfen wurden, aber ihn verfehlt haben. Fest presse ich meinen Kiefer zusammen. Bisher bin ich stolz darauf gewesen, keine dieser Freundinnen zu sein, die wegen jedem Mist an die Decke gehen, doch das ist zu viel. Auf keinen Fall werde ich zulassen, dass ein Kerl in mein Apartment zieht und mich ausnutzt.

Auf dem Weg ins Wohnzimmer sehe ich etwas genauer auf die Verpackungen.

PS5.

Mein Magen krampft sich zusammen. Hoffentlich ist das keine Playstation-5-Box. Erst letzte Woche hat mir Brandon mitgeteilt, dass er kein Geld hat, um mich zum Essen auszuführen. Nach einem anstrengenden Tag musste ich einkaufen gehen und mich zwei Stunden lang am Herd abrackern, um ihm ein schönes Essen zu kochen. Nur damit er am Ende sagen konnte, dass es ihm nicht schmeckt. Dieser miese Bastard.

Ich habe keine Ahnung von Playstations, aber selbst ich weiß, dass es sich bei dieser um die aktuellste Version handelt, und die ist keineswegs billig.

Mit der Schachtel in der Hand stelle ich mich direkt zwischen ihn und den Fernseher. »Was zum Teufel ist das?«, frage ich wütend. So einfach werde ich ihn nicht davonkommen lassen.

Brandon stöhnt frustriert auf und lehnt sich zur Seite, bevor er endlich mit seinem verdammten Spiel aufhört. »Scheiße, was ist heute Abend dein Problem? Du benimmst dich wie ein Miststück. Entspann dich und amüsiere dich. Warum machst du nicht eine Flasche Wein auf?«

Ich sehe rot.

Schwungvoll werfe ich die Schachtel gegen seinen Oberkörper. »Was ist das?«, hake ich erneut nach. »Du warst den ganzen Tag in meiner Wohnung, hast meine Küche verwüstet und mein Essen verschlungen. Ich will gar nicht wissen, wie mein Bad aussieht, denn das hast du garantiert auch in Ordnung gebracht.«

»Scheiße, Babe. Beruhige dich.«

»Ich schwöre bei Gott, Brandon. Sag mir noch einmal, ich soll mich beruhigen und ich vergesse mich.«

»Meine Güte. Na gut. Ich helfe dir beim Aufräumen.«

»Helfen?« Ich lache auf. »Du wirst alles saubermachen und dann verschwindest du von hier.«

»Was ist dein Problem? Du bist heute Abend so angespannt. Hattest du einen schlechten Tag?«

Ausdruckslos starre ich ihn an und beobachte, wie er sich von der Couch erhebt und zwei leere zusammengedrückte Bierdosen vom Wohnzimmertisch nimmt, die anderen sechs lässt er liegen. Er schlendert seelenruhig hinüber in die Küche und lacht über das Chaos, das er angerichtet hat. »Ja, ich schätze, das ist verdammt übel, was?«, sagt er. »Aber chill mal, im Ernst. Es ist ein guter Tag. Wir sollten deinen neuen Job und meine neue

Playstation feiern. Danke übrigens.«

Mit zusammengezogenen Brauen starre ich ihn an. »Danke?« Ich habe ein verdammt ungutes Gefühl bei der Frage.

»Ja«, erwidert er gelassen und zuckt mit den Schultern. »Eigentlich solltest du mir dankbar sein, dass ich dir diese Aufgabe abgenommen habe. Ich musste stundenlang in der Schlange warten.«

»Wovon redest du?« Verärgert darüber, dass ich noch keine Antwort erhalten habe, folge ich ihm.

»Meine Playstation«, stellt er klar. »Ich habe nächste Woche Geburtstag, und du hast gestern gesagt, du hättest noch kein Geschenk für mich, weil du nicht wüsstest, was du mir kaufen sollst. Also habe ich es für dich besorgt. Jetzt musst du dich nicht mehr darum kümmern.«

»Geschenk?«, frage ich fassungslos und drehe fast durch. Ich renne in mein Schlafzimmer, dessen Größe an einen Schuhkarton erinnert, und lasse mich neben meinem Doppelbett nieder. Den Kopf gegen die abgenutzten Dielen gedrückt, spähe ich darunter.

Mit einer Hand taste ich nach der kleinen Schachtel. Galle steigt in meiner Kehle auf, als ich spüre, dass der Deckel fehlt. Ich ziehe sie unter meinem Bett hervor. Tränen der Wut füllen meine Augen, als ich sie leer vorfinde. Darin waren beinahe tausend Dollar Erspartes, für die ich mich zu Tode geschuftet habe. Er hat einfach mein Geld genommen, um sich eine gottverdammte Playstation zu kaufen.

Mein Blut kocht. Mit der Schachtel in der Hand stürme ich aus dem Schlafzimmer. Brandon steht in der Küche und durchwühlt schon wieder meinen Kühlschrank. »Was zur verdammten Hölle soll der Scheiß?!«, will ich wissen und höre, wie sich meine Stimme überschlägt. Meine Kehle brennt bei jedem Wort, das über meine Lippen kommt. »Du hast mein Geld genommen. *Jeden verfluchten Cent.* Dazu hattest du kein Recht!«

Er sieht mich an, als könne er mein Problem nicht verstehen. »Das haben wir doch gerade besprochen. Du wolltest mir ein Geburtstagsgeschenk kaufen, und ich habe dir diese Aufgabe abgenommen. Warum dieser Aufstand? Wenn du mich überraschen wolltest, ist das in Ordnung. Ich kann meine Augen schließen und so tun, als ob.«

»Da waren fast tausend Dollar drin«, sage ich bedrohlich leise. »Wir sind gerade mal seit drei Sekunden zusammen und ich wollte dir einen beschissenen Pullover kaufen, keine verdammte PS5. In der Schachtel war meine verdammte Miete für den nächsten Monat. Hast du eine Ahnung, was du getan hast? Ich bin in Ausbildung und lebe allein. Ich komme so schon kaum über die Runden.«

Er starrt mich an und scheint beleidigt zu sein. »Du wolltest mir einen Pullover schenken?«

»Ja«, murre ich, »und du verdienst nicht mal das. Du bist ein beschissener Freund, der meine Privatsphäre nicht respektieret. Ich habe dir gesagt, du sollst hier nicht aufkreuzen, wenn ich nicht da bin.«

»Ich bin dein Freund. Ich sollte mir nicht vorschreiben lassen, wann ich in deine Wohnung kommen darf und wann nicht. Es steht mir zu, hier zu sein.«

Mit diesen Worten bringt er das Fass zum Überlaufen. »Zur Hölle mit dir!«, schreie ich ihn an. »Dir steht gar nichts zu. Nimm deine Sachen, verschwinde aus meiner

Wohnung und lass dich nie wieder blicken. Ich bin so verdammt fertig mit dir. KC lag völlig richtig, du bist der übelste Typ, mit dem ich mich je getroffen habe. Ich würde es vorziehen, mit einer Ziegelmauer auszugehen. Und jetzt verschwinde.«

Brandon presst seine Kiefer zusammen und fegt alles, was sich auf meiner Küchenanrichte befindet, auf den Boden. Tassen und Teller zerschlagen, Essensreste fliegen durch den Raum. »Das ist Bullshit!«, brüllt er, stürmt ins Wohnzimmer und lässt sich auf mein Sofa fallen. »Ich habe alles für dich getan, so viel für dich geopfert. Und du merkst es nicht einmal.«

»Ach ja?«, antworte ich spöttisch. »Nenn mir eine Sache, die du für mich *geopfert* hast.«

»Molly Davis. Ich hätte sie flachlegen können, aber ich habe es nicht getan.«

»Oh, wow. Du bist so ein unglaublicher Mann. Warum habe ich das nicht schon früher erkannt?« Brandon stößt ein empörtes Schnauben aus, schnappt sich die Playstation und versucht, sie von meinem Fernseher zu trennen. »Was zum Teufel denkst du, was du da tust? Das nimmst du nicht mit.«

»Auf jeden Fall«, erklärt er. »Sie gehört mir. Ich habe sie gekauft und stand dafür stundenlang in der Schlange.«

»Ja, mit dem Geld, das du mir gestohlen hast. Das ist *meine* Playstation, Arschloch. Du kommst hier nur mit dem Ding raus, wenn du mir jeden einzelnen Cent zurückzahlst.«

»Es war ein *Geschenk*.«

»Das war es nicht, und das weißt du verdammt gut. Geh und suche dir eine andere, die sich von dir auf der Nase herumtanzen lässt, denn ich bin dafür nicht zu haben. Wenn du Glück hast, findest du dieses Schätzchen morgen vielleicht bei eBay, aber ich kann dir versichern, dass du dafür einen guten Preis zahlen wirst. Und jetzt verschwinde aus meiner Wohnung und wag es ja nicht, mir noch mal unter die Augen zu kommen. Es ist vorbei.«

Als ich wütend die Tür zu meinem Apartment aufreiße, steht mein Biker-Nachbar Breaker vor mir. Mit vor der Brust verschränkten Armen und einem bösen Blick auf dem Gesicht sieht er verdammt furchterregend aus. Dabei ist er der süßeste Kerl, den ich je getroffen habe. Er ist ein klassischer Pianist, verwitwet und ist ungefähr zur gleichen Zeit wie ich in dieses Gebäude eingezogen. Seitdem ist er für mich zu einer Art Vaterfigur geworden, der immer wie ein Schutzengel über mich wacht. Ich vermute, dass er meinen Streit mit Brandon gehört hat und hier ist, um mir beizustehen. Das bedeutet mir unglaublich viel.

Breaker tritt über meine Schwelle und sieht zu Brandon. »Gibt es ein Problem?«, sagt er mit fester Stimme. »Die Dame hat dich gebeten zu gehen.«

Brandon dreht sich um. Als er den imposanten Mann in meiner Tür entdeckt, wirkt er, als würde er sich gleich in die Hose machen. Er rappelt sich auf und schüttelt den Kopf. »Nein, nein. Es gibt kein Problem. Ich wollte gerade verschwinden.«

Brandon stürzt beinahe aus der Wohnung, ohne mich eines Blickes zu würdigen. Mehr als drei Schritte sind ihm nicht vergönnt, denn Breaker stellt sich ihm in den Weg, räuspert sich und streckt die Hand aus. »Schlüssel.«

Brandon scheint auf der Stelle zu erstarren, ehe er in

seiner Jeanstasche kramt und den Zweitschlüssel hervorzieht, den ich eigentlich in meiner Wohnung aufbewahre. Er lässt ihn in die offene Hand fallen. Bevor er flüchten kann, umfasst Breaker sein Gelenk und zieht Brandon an seine Brust. »Du hast achtundvierzig Stunden, um mir jeden Cent zu geben, den du ihr schuldest. Andernfalls werde ich dich finden, und glaub mir, wenn ich für ein Schwein wie dich so einen Aufwand betreiben muss, wird dir das leidtun.«

Brandon sieht mich an, als würde er mit meiner Hilfe rechnen. Da ich jedoch keine Anstalten in diese Richtung mache, wendet er sich wieder Breaker zu und schluckt schwer. »Ähm, ja. Okay. Ich besorge das Geld«, antwortet er und nickt so heftig, dass er einem dieser Wackelköpfe ähnelt, die manche Leute in ihren Autos spazieren fahren.

Breaker lässt ihn los und Brandon rennt davon.

Ich grinse meinen Nachbarn an. »Danke, das hättest du nicht tun müssen, aber ich weiß es wirklich zu schätzen.«

»Mit Vergnügen, meine Liebe. Du kannst mich immer um Hilfe bitten. Auch wegen der Miete für den nächsten Monat. Ich wollte nicht lauschen, aber deine Stimme war so laut, dass ich sie durch die dünnen Wände hören konnte. Soll ich dir etwas leihen? Bevor du dich wieder abrackern musst ...«

»Oh, nein«, sage ich und schüttle den Kopf. »Danke, das ist nett, aber ich komme klar. Ich glaube, dass ich mein Erspartes bald wiedersehe, vielleicht sogar mit Zinsen.«

»Hoffentlich«, meint er lachend. »Das sollte ich öfter tun, hat wirklich Spaß gemacht.«

»Ich bin froh, dass du so denkst«, antworte ich und

schaue zurück in meine verwüstete Wohnung. »Ich fange besser mal an, dieses Chaos zu beseitigen.« Er nickt und will sich gerade entfernen, als ich einen tiefen Seufzer ausstoße. »Scheiß auf das Durcheinander. Das läuft schon nicht davon. Was hältst du davon, wenn wir in die Bar auf der anderen Straßenseite gehen und uns richtig betrinken? Ich kann dir alles über meinen ersten Tag und Dr Arsch erzählen.«

»Dr Arsch?«, wiederholt er nachdenklich. »Warum habe ich das Gefühl, dass es sich lohnt, diese Geschichte zu hören?«

»Weil sie wahr ist«, erwidere ich und grinse stolz.

»Na dann«, antwortet er und deutet in den Flur. »Worauf warten wir noch? Da stehen eine Flasche Wein und ein Scotch mit unseren Namen darauf.«

5

Thorne

Erleichtert atme ich auf, als ich die heruntergekommene Bar am anderen Ende der Stadt betrete. Leise Musik erklingt aus den Boxen, während um mich herum gemurmelte Gespräche zu hören sind. Es ist meine Lieblingsbar, der einzige Ort, an dem ich nicht Gefahr laufe, meinen Kollegen zu begegnen.

Der Großteil der Belegschaft bevorzugt *Dickie's Bar* direkt neben dem Krankenhaus. Dort musste ich meine erste Lektion lernen. Diese Krankenschwestern sind immer auf das Eine aus. Mit einer von ihnen bin ich nach Hause gegangen. Am nächsten Tag stellte sich heraus, dass sie neu im Hebammenprogramm ist. Sehr unangenehm. Jetzt lasse ich lieber die Finger von meinen Kolleginnen.

Ich gehe zur Theke und bestelle mir ein Bier. Heute war ein harter Tag, und das alles nur wegen *ihr*. Es war unmöglich, Autumn aus meinem Kopf zu bekommen, als hätte sie mich verhext. Seit sie aus dem Aufzug getreten ist, muss ich an sie denken, auch nachdem sie längst Feierabend hatte.

Mehr als eine Handvoll Worte habe ich nicht mit ihr

gewechselt. Drei davon waren *Geh zur Seite*, als sie mir während des Kaiserschnitts fast im Weg stand. Auch wenn sie zusieht, um zu lernen, hat sie mir gar keine andere Wahl gelassen. Sie war so vertieft in den Eingriff, dass sie beinahe die Hebamme mit Baby Nummer drei angerempelt hätte, als sie zur Seite trat. Was sie nicht einmal zu bemerken schien.

Es hat mich fast umgebracht, als sich ihr Gesichtsausdruck veränderte und ihr klar wurde, dass es nicht einfach sein würde, mir unterstellt zu sein. Dennoch musste sie für ihre Unvorsichtigkeit am Morgen bestraft werden. Was wäre besser dafür geeignet, als sie die Krankenhausrichtlinien auswendig lernen zu lassen? Irgendwann wird sie diese ohnehin können müssen. Eigentlich habe ich ihr damit einen Gefallen getan. Mit dem zusätzlichen Wissen sollte sie ihr vorschnelles Handeln aus einem anderen Blickwinkel betrachten können, schließlich verfügt sie jetzt über eine bessere Kenntnis der Abläufe an ihrem neuen Arbeitsplatz. Womit sie den anderen Auszubildenden etwas voraus hat. Wenn eine Frage zu den Abläufen gestellt wird, wird sie als Erste die Hand heben können, und die anderen Ärzte werden es merken.

Stolz durchströmt mich angesichts dieser lächerlichen Überlegungen. Mir ist nicht einmal klar, warum ich ihr helfen will. Sie soll gut zurechtkommen. Nein, nicht nur das. Aus einem mir unerfindlichen Grund möchte ich, dass sie erfolgreich ist, und derjenige sein, der sie dabei unterstützt, obwohl ich sie kaum kenne. Ihre Unschuld, die mir sofort aufgefallen ist, weckt in mir das Bedürfnis, sie zu beschützen. Sie muss bestimmt noch viel lernen, aber ich erkenne etwas in ihr, das mir zeigt, dass sie es weit bringen kann. Dieser Job hat allerdings auch seine tückischen Seiten, und wenn sie nicht aufpasst ... Verdammt. Es würde mich zerstören, sie in einem solchen Moment sehen zu müssen.

Vielleicht hatte Asher ja recht mit diesem Boom-Blödsinn. Es kann sein, dass es ihn wirklich gibt. Oder Autumn ist einfach nur die Art von Frau, die sofort die Aufmerksamkeit von einem Mann einfordert. Was es auch sein mag, ich bin geliefert. Noch nie hatte ich ein Problem damit, eine Frau zu vergessen. Bei Autumn ist das anders, und ich brenne darauf, sie besser kennenzulernen. Ich möchte wissen, wie sie tickt. Ihren Gesichtsausdruck zu sehen, als ihr klar wurde, dass sie den ganzen Tag mit dem Lesen von Vorschriften verbringen würde, war einmalig. Der Moment, in dem sie die Konsequenzen für ihr Verhalten akzeptiert hat, gefiel mir auch ziemlich gut. Vermutlich hat sie mich innerlich verflucht und angeschrien.

Der Barkeeper stellt mein Getränk vor mir ab. »Immer her damit«, sage ich und reiche ihm einen Fünfziger, der für mehr als zehn Bier reicht. Normalerweise bin ich nicht der Typ, der allein in Bars geht. Manchmal jedoch muss ein Mann dem Leben entfliehen. Hätte ich meine Leute angerufen, wären zu den paar Bieren noch Shots hinzugekommen. Weil ich morgen Dienst habe, bin ich nicht bereit, dieses Risiko einzugehen, und verzichte gern. Es ist schon eine Weile her, dass ich einen Abend mit meinen Freunden verbracht habe und somit längst überfällig.

In der Hoffnung, ein wenig Ruhe zu finden, setze ich mich an einen freien Tisch. Das laute Lachen einer Frau erregt sofort meine Aufmerksamkeit. Ich versuche, sie zu ignorieren, weil ich einfach nur mein Bier trinken will und mich laute Leute an öffentlichen Plätzen nerven. Aber ihr Lachen hat etwas Unwiderstehliches.

Wer kommt hierher, um sich zu amüsieren? Dafür sind solche Bars nicht gedacht. Sie sollen ein Ort zum Trinken und Abschalten für Kerle wie mich sein. Vielleicht muss ich meine Gewohnheiten ändern und mir demnächst woanders mein Bier genehmigen. Bars gibt es wie Sand am mehr, eine gute zu finden, ist allerdings nicht so leicht.

Ich trinke aus und überlege, ob ich gehen soll, als der Barkeeper ein neues Getränk auf meinen Tisch stellt. Nicht die beste Idee, ihm einen so großen Schein über die Theke zu reichen, aber ein gutes Bier lehnt man nicht ab.

Er nimmt mein leeres Glas und verschwindet wortlos. Als ich mich in meinen Sitz zurücklehne, schallt wieder die laute Stimme der Frau durch den Raum. »Du hättest sehen sollen, wie arrogant dieser Arsch war«, sagt sie zu wem auch immer. Ganz bestimmt ist sie von allen Anwesenden gut zu verstehen. »Er war ein Riesenidiot, aber das tut seinem Ego keinen Abbruch. Ich schätze, wenn einem die Leute ständig in den Hintern kriechen und behaupten, dass man der Beste ist, muss das so sein. Nicht dass ich nicht gewarnt worden wäre. Jeder in der Branche weiß über sein unausstehliches Benehmen Bescheid. Ich war nur dumm genug zu glauben, dass es eine Übertreibung sei.«

Endlich sagt diese Frau etwas, mit dem ich mich identifizieren kann. Ich grinse vor mich hin. In den letzten drei Jahren wurde ich als der Beste auf meinem Fachgebiet in ganz Nashville bezeichnet, und es schmeichelt meinem Ego sehr. Wenn auch der Druck, der damit einhergeht, jeden Tag schwer auf mir lastet. Hat man einen Ruf zu wahren und einen Titel zu verteidigen, gibt es keinen Raum für Missgeschicke, nicht einmal für die kleinen menschlichen, die allen anderen verziehen werden.

Ein tiefes Lachen dröhnt durch die Bar. »Gönn dem Kerl eine Pause. Ich bin sicher, er hat nur seinen Job gemacht«. Er scheint der eigentliche Adressat ihrer Schilderungen zu sein. »Du kennst dich doch selbst am besten. Wenn du etwas unbedingt willst, kannst du ziemlich egoistisch und arrogant sein.«

Die Frau schnappt hörbar nach Luft. Ich sehe mich in der Bar um und entdecke ein amüsiertes Grinsen auf vielen Gesichtern. Wahrscheinlich hat der Kerl ihr Getratsche mit seinem letzten Satz gestoppt. Es gibt doch nichts Besseres, als etwas Fieses zu jemandem zu sagen, der über einen nicht Anwesenden schlecht redet.

Gerade als ich denke, dass er sie endlich zum Schweigen gebracht hat, lacht sie erneut. »Verdammt, du hast völlig recht. Ich kann tatsächlich so sein.«

»Ich weiß«, sagt der Mann. »Aber darum geht es eigentlich nicht. Du hast einen Job, bei dem du dir keine Probleme erlauben darfst. Und arrogante Menschen gibt es leider überall.«

»Dein Wort in Gottes Ohr«, brummt sie. »Ich dachte zuerst, er sei in Ordnung, bis ich bemerkt habe, dass ich eine Idiotin war. Trotzdem muss ich zugeben, dass er mir gefällt. Er sieht wirklich gut aus, und vermutlich wird er mein nächster großer Fehler.«

»Nein, denk nicht einmal daran«, erwidert der Mann amüsiert. »Du hast zu viel getrunken. Vielleicht hast du schon vergessen, dass ich erst vorhin einen Arsch aus deiner Wohnung gejagt habe. Wenn ich das öfter tun muss, verlange ich Geld dafür.«

»Oh Gott«, stöhnt sie. »Erinnere mich nicht daran. Brandon war ein besonders mieser Typ, und Dr Arsch ist ein echter Arsch.«

Doktor?

Ich ziehe die Augenbrauen hoch und höre ein wenig genauer hin. Vielleicht ist dieses Gespräch ja interessanter als gedacht. Ein bisschen Krankenhausklatsch tut niemandem weh. Schließlich bekomme ich ihn viel zu selten zu hören, keinem der Ärzte ist das vergönnt. Normalerweise sind es das Pflegepersonal oder die Hebammen, die über uns tratschen, während wir Leben retten. Die eigentliche Frage lautet: Wer ist dieser Dr Arsch? Diese Bar liegt direkt zwischen zwei größeren Krankenhäusern in Nashville. Ein paar mehr Details sollten reichen, um die Identität von Dr Arsch auf einige wenige Personen zu beschränken.

Ich nicke dem Barkeeper zu. Er bringt mir sofort ein weiteres Bier, während ich gespannt bin, wie die Geschichte weitergeht.

»Sag nicht, dass du ihn wirklich so nennst«, entgegnet der Mann belustigt.

Ich kann mir fast vorstellen, wie die Frau mit den Schultern zuckt. »Ich gebe den Leuten Namen, die zu ihrem Verhalten passen, Breaker«, antwortet die Frau heiter, gefolgt von dem Geräusch einer Hand, die auf den Tisch knallt. Offensichtlich findet sie sich selbst witziger als der Rest des Publikums. »Außerdem hat er es absolut verdient. Ich habe mein erstes Baby während eines

Stromausfalls entbunden. *An meinem ersten Tag.*« Überrascht reiße ich die Augen auf. Das kann nicht wahr sein. Das ist nicht möglich ... »Habe ich schon erwähnt, dass wir in einem Aufzug gefangen waren? Das einzige Licht, das wir hatten, waren die Taschenlampen in unseren Handys? Es war der Wahnsinn. Ich meine, ich kann ihn schon verstehen, schließlich ist er der Cousin der Schwangeren oder der des Mannes. Habe ich vergessen. Aber weißt du, was ich nicht vergessen werde? Die verdammten vier Ordner mit Richtlinien und Arbeitsabläufen, zu denen er mich verdonnert hat. Obwohl ich eigentlich feiern sollte, weil ich alles richtig gut gemacht habe.«

Scheiße. Sie ist es tatsächlich. *Und ich bin Dr Arsch.* Warum zum Teufel gefällt mir das?

Der Barkeeper stellt mir noch ein Bier auf den Tisch. Ich kann dem Drang nicht länger widerstehen, mich näher an den Tisch der beiden zu begeben. Wenn schon jemand lautstark über mich lästert, dann sollte ich das Recht haben, in der ersten Reihe zu sitzen.

Ich nehme das Bier und folge dem Klang ihrer Stimme. Da ich nun weiß, dass sie zu ihr gehört, empfinde ich sie als viel weniger laut. In einer der Ecken der Bar entdecke ich ihr mir schon vertrautes brünettes Haar. Angesichts ihrer Gesellschaft hebe ich eine Braue. Sie sitzt mit einem älteren Typen an einem Tisch, der wie ein klassischer Biker aussieht. Er wirkt, als würde er den ganzen Tag lang kleinen Kindern die Süßigkeiten klauen. In seinen Augen liegt jedoch etwas Liebenswertes, was mich seltsam beruhigt. Nicht dass ich jemals ein Mitspracherecht bei ihrem Umgang haben sollte. Das geht mich verdammt noch mal nichts an.

Autumn sitzt von mir abgewandt, und ich grinse bei dem Gedanken, dass ich sie überraschen kann.

Der Biker entdeckt mich, als ich nur noch ein paar Meter entfernt bin. Ich gehe direkt auf die beiden zu. Er lässt mich nicht aus den Augen. Autumn bekommt nichts davon mit.

Als ich hinter sie trete, nicke ich ihm zu und reiche dem Mann an ihr vorbei meine Hand. Er nimmt sie sofort. »Wie geht's?«, frage ich. »Ich bin *Dr Arsch.*«

Die uns beobachtenden Gäste lachen. Meine gesamte Aufmerksamkeit ruht auf Autumn, deren Rücken stocksteif wird.

Mein Abend ist gerade um einiges interessanter geworden.

6

Thorne

Autumn dreht sich zu mir um und sieht mich mit ihren haselnussbraunen Augen an. Sofort zieht sich etwas in mir zusammen. Heute gab es schon unzählige dieser Situationen – immer wenn ich in ihre Nähe kam. Stets sah sie mich so an. Verdammt, ich mag diesen Blick.

»Oh mein Gott.« Mit einem Keuchen schlägt sich Atumn die Hand auf den Mund. Sie dreht sich wieder zu dem Biker um. »Das ist er. Der arrogante Arsch von der Arbeit.«

»Das dachte ich mir«, stimmt er zu und lächelt seine angetrunkene Freundin an. »Wenn du schlau wärst, würdest du von jetzt an still sein.«

Sie schüttelt den Kopf und lehnt sich näher an ihn. »Keine Sorge«, sagt sie in einem lauten Flüsterton, wodurch ich und vermutlich die Leute an den umliegenden Plätzen jedes Wort hören können. »Alles gut. Ich glaube nicht, dass er mitbekommen hat, wie ich über ihn gelästert habe. Sonst würde er jetzt heulend auf dem Rücksitz eines Taxis sitzen und sein verletztes Ego bedauern.«

Ich stoße einen amüsierten Laut aus, und der Typ

betrachtet mich erneut. »Weißt du was? Ich glaube, du hast recht. Du bist aus dem Schneider«, meint er und grinst wissend, bevor er auf den Barkeeper deutet und ihr fast leeres Glas hochhält. »Wir brauchen hier drüben noch ein paar davon.«

Ich lasse mich auf dem Stuhl auf der gegenüberliegenden Seite des Tisches nieder, sodass ich direkt vor Autumn sitze und die Blicke der umliegenden Barbesucher sehen kann, die eindeutig auf uns gerichtet sind.

»Was zum Teufel soll das werden?«, fragt sie und verschränkt die Arme. Ihre Brüste drückt sie dabei ungewollt nach oben. Einfach perfekt.

»Ich mache es mir bequem«, erkläre ich. »Es hat sich so angehört, als wolltest du jedem hier erzählen, wie dein Tag in deinem neuen Job gelaufen ist. Eine gute Geschichte lasse ich mir nicht gern entgehen.«

Autumn betrachtet mich streng und lehnt sich gegen den Tisch. »Komm näher«, fordert sie mich auf. »Ich verrate dir ein Geheimnis.« Ich spiele mit und beuge mich vor. Sie scheint froh zu sein, dass ich mich nicht weigere, denn ihre Lippen verziehen sich zu einem zufriedenen Grinsen. »Du warst heute ein Arsch. Noch nie in meinem Leben wollte ich jemandem so sehr eine Tracht Prügel verpassen.«

Amüsiert schüttle ich den Kopf und lehne mich wieder zurück. Unverwandt starre ich sie an und beobachte, wie ihre Wangen rot werden. »Du warst verantwortungslos und hast meine Patientin und ihr Baby in Gefahr gebracht. Ich hatte keine andere Wahl, als dir eine angemessene Strafe zu erteilen. Nichts zu tun, hätte ein schlechtes Licht auf mich geworfen.«

Sie verzieht wenig erfreut die Lippen. »Es ist ja nicht so, dass ich in schlechter Absicht gehandelt habe. Ich wollte nur helfen. Da war eine Schwangere, die dringend einen Kreißsaal brauchte. Auch wenn ich noch in der Ausbildung bin, bin ich in dieser Branche tätig, um zu helfen. Diese Frau hätte ihr Baby sonst auf dem Fußboden in der überfüllten Notaufnahme zur Welt gebracht.«

»Ich verstehe, dass du es gut gemeint hast, aber es ändert nichts daran, dass November ihr Baby auf dem Boden eines steckengebliebenen Aufzugs zur Welt bringen musste. Ohne Zugang zu medizinischer Hilfe. Es hätte sonst was passieren können.«

Autumn wendet sich dem Biker zu. »Siehst du? Ich habe dir doch gesagt, dass er ein Arsch ist, ein aufgeblasener Arsch. *Dr Arsch.*«

Der Mann sieht kurz zu mir, schüttelt den Kopf und schaut Autumn direkt an. »Es tut mir leid, dir das sagen zu müssen, aber es hört sich so an, als wüsste der Kerl, wovon er spricht.«

»Wie bitte?«, entgegnet sie überrascht und schaut ihn mit offenem Mund an. »Hast du ihn gerade verteidigt? Welche Art Mädelsabend ist das hier? Du verstößt gegen jede Regel. Egal was ich über den Angeklagten sage, selbst wenn ich maßlos übertreibe, du sollst antworten: *Verdammt, du hast völlig recht. Er ist ein Arsch.*«

»Tja, in diesem Fall«, gibt er belustigt zurück und räuspert sich. »Verdammt, du hast völlig recht. Er ist ein arroganter Arsch.« Stolz grinst er Autumn an. »Gefällt dir meine Ergänzung? Ich finde, *arrogant* gibt dem Ganzen noch mehr Würze.«

Autumn lächelt ihn an. »Ja, allmählich hast du den Dreh

raus.«

Der Barkeeper stellt ein Glas Wein vor ihr ab. Sie nimmt einen großen Schluck. Der Biker, mit dem sie befreundet sein muss, beobachtet sie genau. Auch ich betrachte das Glas in ihrer Hand und frage mich, wie viel sie schon getrunken hat. Ich sage besser nichts dazu, weil sie morgen wieder mit den Ordnern beschäftigt sein wird. Mir ist klar, dass sie sich ihren ersten Tag vermutlich anders vorgestellt hat. Es ist auch nicht üblich, eine Auszubildende nach ihrer ersten Entbindung zu bestrafen. Normalerweise gibt es kleine Feiern. Doch Autumns Fall ist nicht alltäglich. Auch wenn ich ihr glaube, dass sie nur helfen wollte, tat sie alles in völliger Naivität, und an der muss sie arbeiten.

Ihr Freund schaut mich an. »Ich glaube, ich habe mich vorhin nicht vorgestellt. Ich bin Breaker.«

Ich nicke ihm zu. »Ich würde sagen, nett dich kennenzulernen, aber es ist viel interessanter als nett.«

»Ebenso«, erwidert Breaker grinsend.

Meine Aufmerksamkeit schweift wieder zu Autumn. Ich bin neugierig und möchte mehr von ihr wissen. »Woher kennt ihr euch?«, erkundige ich mich. Erst jetzt wird mir klar, dass die beiden nicht nur befreundet sein könnten. Der Gedanke gefällt mir nicht. Ich hoffe, dass es keine merkwürdige Sugar-Daddy-Sache ist, die sie verbindet.

Autmuns Blick trifft meinen, bevor Breaker antworten kann. »Er ist mein Vater«, erklärt sie. »Er kam vorbei, um mir zu helfen, meinen idiotischen Ex rauszuwerfen.«

»Oh, wirklich?«, hake ich nach und bin insgeheim erfreut über diese Wendung. Die Tatsache, dass ihr Vater ein Biker ist, macht sie nur noch interessanter. Ich bin sicher, dass das für eine einzigartige Kindheit gesorgt hat. »Was hat dein Ex getan, dass er deinen Zorn verdient?«

Sie leert den Rest ihres Weins und setzt an, das Glas auf den Tisch zu knallen, aber Breaker fängt ihren Schwung ab. »Er ist bei mir aufgetaucht – mit einem Schlüssel, den er mir gestohlen hat –, obwohl ich ihm mehrfach gesagt habe, dass er nichts bei mir zu suchen hat, wenn ich nicht zu Hause bin. Dann hat er meine Wohnung verwüstet und außerdem meine gesamten Ersparnisse für eine PS ... sieben? Acht? Was auch immer, um sich eine blöde Playstation zu kaufen.«

»Fünf?«, schlage ich vor.

»Nein.« Sie schüttelt entschieden den Kopf, was mir ein Lächeln entlockt. »Sieben. Eindeutig sieben.« Breaker tauscht grinsend einen Blick mit mir, weil wir beide wissen, dass sie eine PS5 meint, aber wir lassen sie in ihrem Glauben. »Dann hat er auch noch die Frechheit besessen, mir zu sagen, dass er mir damit einen Gefallen getan hat, weil ich ihm ohnehin ein Geburtstagsgeschenk besorgen wollte. Als wäre ein Zwanzig-Dollar-Pullover von Walmart nicht gut genug.«

Ausdruckslos starre ich sie an und kann nicht glauben, dass sie an so ein Arschloch geraten ist. »Ist das wahr?«, hake ich nach. Als sie ein dramatisches Schnauben von sich gibt und plötzlich einen Schluckauf bekommt, zucken meine Mundwinkel.

»Natürlich«, sagt sie zwischen zwei Hicksern. »Ich habe noch nie so einen Verlierer getroffen. Stell dir vor: Er wollte die Konsole auch noch mitnehmen.«

»Vollidiot«, stimme ich zu und genieße, wie ausgelassen

sie diese Geschichte erzählt, aber noch mehr gefällt mir ein anderes Detail. »Du wolltest ihm wirklich nur einen Pullover für zwanzig Dollar von Walmart schenken?«, necke ich sie.

»Hey.« Sie funkelt mich leicht an. »Der Pulli war mehr wert, als ihm zusteht.«

Ich kann mir ein Lachen nicht verkneifen. »Ich ärgere dich doch nur. Niemand verdient es, so behandelt zu werden, schon gar nicht eine Frau wie du.«

»Eine Frau wie ich?«, fragt sie und runzelt die Stirn. »Was soll das denn heißen?« Aus dem Augenwinkel bemerke ich, wie aufmerksam Breaker ihre Reaktion beobachtet.

Grinsend weigere ich mich, darauf zu antworten. Die Neugier steht ihr deutlich ins Gesicht geschrieben. Als Breaker neben ihr gähnt und ihren Ellenbogen anstößt, löst sie unseren Blickkontakt. »Es ist schon spät. Ich gehe jetzt nach Hause. Kommst du mit?«

Sie sieht mich kurz an, und ihr Blick wird nachdenklich. »Nein«, sagt sie langsam. »Ist schon gut. Ich glaube, ich bleibe noch ein bisschen. Immerhin habe ich ihn noch nicht für die achthundertvierundsechzig Richtlinien leiden lassen, die ich heute durchlesen musste.«

»Okay«, antwortet Breaker und erhebt sich. »Pass auf dich auf.«

»Das werde ich«, versichert sie ihm. »Danke für den Abend.«

Breaker zwinkert ihr zu, stemmt seine Fäuste vor mir auf den Tisch und lehnt sich nah zu mir herüber. Nette Einschüchterungstaktik, die bei mir allerdings nicht wirkt. Ich weiß jedoch zu schätzen, was er mir damit andeuten will. »Wenn ich herausfinde, dass sie es nicht sicher nach Hause geschafft hat, finde ich dich. Es ist mir scheißegal, dass du der beste Arzt bist, den man für Geld haben kann, ich breche dir dennoch jeden verdammten Knochen in deinem Körper.«

»Gut zu wissen«, erwidere ich und bin froh, dass Autumn jemanden hat, der sich so für sie einsetzt. »Du musst dir um mich keine Sorgen machen. Ich werde sie sicher nach Hause bringen.«

Breaker betrachtet mich eine Sekunde aus schmalen Augen, bevor er sich umdreht und geht. Er hat wohl entschieden, mir vertrauen zu können, denn er lässt mich mit ihr allein. Mit der Frau, die mich in meinen Gedanken den ganzen verdammten Tag gequält hat.

»Du hast mich heute beobachtet«, platzt sie heraus und trifft mich damit unvorbereitet.

Ich ziehe eine Braue hoch und nehme einen Schluck von meinem Bier, um etwas Zeit zu gewinnen. »Ich habe was?«

Autumn grinst breit. Durch den Alkohol ist sie kühner, als sie wahrscheinlich sein will. »Tu nicht so, als hättest du mich nicht beobachtet. Ich habe dich gesehen. Und weißt du was?« Sie beugt sich wieder vor, als würde sie ein weiteres Geheimnis mit mir teilen wollen. »Ich glaube, dir gefällt, was du siehst.«

Sie hat recht. Mir gefällt nicht nur ihr Äußeres. Doch das werde ich ihr auf keinen Fall verraten. Sie ist meine Auszubildende, und allein schon deswegen muss ich das zwischen uns professionell halten.

Langsam schüttle ich den Kopf. »Ich glaube, du verwechselst mich mit diesem Egomanen, mit dem du zusammenarbeitest. Wie heißt er noch? Dr Arsch?«

Sie nickt stolz. »Ja, so nenne ich ihn.«

»Er benimmt sich wie ein echter Idiot.«

Ein Grinsen huscht über ihr Gesicht. »Oh ja. Du hättest sehen sollen, wie *idiotisch* er sein Haar zurückgekämmt hat. Ich wette, was auch immer in seinem Hintern steckt, würde herausfallen, wenn seine Frisur nicht perfekt sitzt.«

In meinem Stuhl zurückgelehnt, betrachte ich die strahlende und nicht auf den Mund gefallene Schönheit, die mir gegenübersitzt. »Du bist mutiger, als es dir guttut.«

»Und du bist verdammt gut darin, Mist von dir zu geben«, entgegnet sie. Vermutlich meint sie mein Ausweichen auf ihre Frage vorhin. Auch wenn es mehr eine Feststellung gewesen ist. Mir hat gefallen, was ich heute gesehen habe. Ich werde es nicht leugnen, aber auch nicht zugeben.

Ich betrachte sie einen Moment lang. »Wenn du auf diesem Thema bestehen willst, in Ordnung. Mir vorzuhalten, dass ich dich beobachtet habe, setzt voraus, dass du dasselbe mit mir getan hast. *Dir* gefällt offenbar, was du siehst.«

Sie zuckt mit den Schultern, streitet es aber nicht ab. »Was soll ich sagen? Ich erkenne einen attraktiven Mann, wenn ich vor einem stehe. Warum sollte ich ihn nicht anschmachten, wenn er es auch bei mir macht?«

»Anschmachten? Benutzt heute überhaupt noch einer dieses Wort«?

»Ja. Es ist ein wertvoller Teil unserer Sprache. Wenn du es nicht benutzt, dann ist das dein Pech.«

Ich verdrehe die Augen. »Gut, aber damit das klar ist: Ich war es nicht, der dich zuerst *angeschmachtet* hat.«

»Das ist Blödsinn, und das weißt du auch«, erwidert sie und hickst erneut, während sie gefährlich auf ihrem Sitz schwankt. »Ich habe dich aus dem Konzept gebracht, als wir uns vor dem Aufzug begegnet sind. Erst hast du gewirkt, als würdest du gern jemandem den Kopf abreißen, dann hast du mich angesehen, als könntest du nicht glauben, dass ich echt bin. Und dieses *Du unterstehst mir.*« Sie schüttelt den Kopf. »Vielleicht hat es auch an meinem Bad im Fruchtwasser gelegen. Ich wette, du bist so ein Freak, den das anmacht.«

»Erwischt«, sage ich mit einem Augenzwinkern und erhebe mich von meinem Platz. »All diese Körperflüssigkeiten auf deiner Kleidung haben mich umgehauen. Ehrlich, dieser beißende Geruch macht mich heiß.«

Sie zieht die Nase kraus. Ich schwöre, ich habe noch nie etwas so verdammt Süßes gesehen. »Du bist ekelhaft.«

Ich lache. »Und du betrunken«, antworte ich und reiche ihr die Hand. »Zeit, nach Hause zu gehen. Du musst deinen Rausch ausschlafen, damit du morgen für einen weiteren großen Tag bereit bist. Vielleicht vergesse ich sogar all die Beleidigungen von heute Abend und lasse dich wieder in meinen OP. Aber nur vielleicht.«

Autumn rollt mit den Augen, legt aber ihre Hand in meine und lässt sich von mir aufhelfen. Ich spüre die Energie, die zwischen uns pulsiert. Ihre Berührung rauscht durch meinen Körper. Sobald Autumn wieder sicher auf den Beinen steht, löse ich meinen Griff, um die Dinge nicht weiter zu verkomplizieren.

Ich lege etwas Geld auf den Tisch, um die zusätzlichen Getränke zu bezahlen. Mit einer Hand an ihrem Rücken führe ich sie aus der Bar. Wir treten auf den Gehweg hinaus. Bevor ich sie zurückhalten kann, überquert sie die Straße, ohne nach rechts und links zu sehen. Zu ihrem Glück ist kein Auto in Sicht.

Wir erreichen einen Wohnkomplex gegenüber der Bar. Ich starre nach oben, während sie einen Code für die Tür eintippt. »Hier wohnst du also?«

»Das hoffe ich«, sagt sie und schwankt leicht. »Ansonsten wäre ich verloren.«

Mit einem kleinen Piepen springt die Eingangstür einen Spalt breit auf, woraufhin Autumn einen Freudentanz aufführt. Ich greife nach dem Knauf und öffne sie, bevor das automatische Schloss wieder einrasten kann.

Autumn folgt mir ins Haus, und ich begleite sie bis vor ihr Apartment. Vor *4C* bleibt sie stehen und beginnt, jeden einzelnen Schlüssel an ihrem Bund zu betrachten. Um die Suche abzukürzen, nehme ich ihr die Schlüssel aus der Hand und probiere den erstbesten. Die Tür lässt sich öffnen, und Autumn tritt ein.

Auf der Schwelle bleibt sie stehen und dreht sich grinsend zu mir um. »Danke, dass du mich nach Hause gebracht hast«, sagt sie, während sie ihre Schuhe von den Füßen kickt und dabei mit einem versehentlich mein Schienbein erwischt. »Möchtest du reinkommen?«

Fuck. Besser nicht.

Ich schiebe ihren Schuh zurück in ihre Wohnung und schüttle den Kopf. »Wir wissen beide, dass das keine gute Idee ist.«

»Aber ich wette, es würde Spaß machen«, ermutigt sie mich. Auf ihrem Gesicht breitet sich ein verführerisches Lächeln aus, das ich nie vergessen möchte.

Entschlossen trete ich einen Schritt zurück. »Gute

Nacht, Autumn. Versuch bitte, morgen keine Babys im Aufzug zu entbinden.«

»Nicht lustig«, schmollt sie, bevor sie wieder die Augen verdreht. »Gute Nacht, Dr Arsch. Versuch du doch mal, morgen kein arroganter Idiot zu sein.«

»Ich kann nichts versprechen«, erwidere ich, wende mich ab und gehe.

»Ebenfalls«, ruft sie mir nach.

Kopfschüttelnd merke ich, dass ich grinse. Das ist absolut lächerlich. Warum macht mich dieses Herumalbern mit ihr so verdammt glücklich? »Stell deinen Wecker, Autumn«, sage ich in den stillen Flur, wohl wissend, dass sie mich hören kann. Ich drücke den Rufknopf für den Aufzug. »Patricia wird deinen Hintern zum Frühstück verspeisen, wenn du noch mal zu spät kommst.«

Ein leises Stöhnen erklingt auf dem Flur hinter mir. »Patricia kann zur Hölle fahren, du aber kannst meinen Hintern haben, wenn du willst«, höre ich sie murmeln.

Diese Frau ist mein Untergang.

Ich steige in den Lift, bevor ich eine Entscheidung treffe, die ich nicht mehr rückgängig machen kann.

Autumn Mathers wird mir eine Menge Ärger bereiten, so viel steht fest.

7

Autumn

Die Aufzugtür schließt sich. Sobald ich das leise Rattern der Mechanik vernehme, schließe ich die Wohnungstür und schiebe die Kette an ihren Platz. Die Stirn gegen das Holz gesenkt, lasse ich diesen Abend Revue passieren.

Ein Gefühl von tiefer Scham überrollt mich.

Ich habe mich gerade vor Dr Mayson lächerlich gemacht. Auf ganzer Linie. Zuerst bin ich nach Strich und Faden über ihn hergezogen, dann habe ich ihn beschuldigt, mich anzuschmachten, und schließlich habe ich angedeutet, dass er mich von hinten nehmen kann, wenn er will. Hoffentlich war er weit genug weg, um mich nicht zu hören. Denn es stimmt, was Breaker über meine Stimme gesagt hat: Man kann sie selbst durch die Wand hören.

Mist. Ich bin sicher, dass Dr Arsch mich bestens verstehen konnte.

Verdammt noch mal. Ich kann mir vorstellen, was er jetzt von mir denkt. Vermutlich werde ich als Krankenhaushure abgestempelt, ohne auch nur einmal die Beine breit gemacht zu haben. Welches Glück ich doch immer habe. Warum musste ich mich ausgerechnet heute Abend in dieser Bar betrinken und allen lautstark erzählen, wie mein Tag war? Wenigstens war Dr Mayson Gentleman genug, die Einladung in mein Apartment abzulehnen und keinen Vorteil aus der Situation zu ziehen. Mir hätte es nichts ausgemacht. Zumindest nicht bis zum nächsten Morgen, wenn mich die Erinnerungen an die Nacht zuvor eingeholt hätten.

Bestimmt ist er fantastisch im Bett. Ein Kerl wie er weiß, was er tut. Da bin ich mir sicher. Schließlich hat er beruflich jeden Tag mit dem weiblichen Geschlecht zu tun. Wahrscheinlich ist er sogar besser darüber im Bilde als die meisten Frauen.

Mit einem beschämenden Gefühl, das schwer auf meinen Schultern lastet, entferne ich mich von der Tür. Kaum habe ich mich umgewandt, erinnere ich mich an das Chaos, das Brandon in meiner Wohnung hinterlassen hat.

Einfach großartig.

Meine durchzechte Nacht mit Dr Mayson hat mir sehr geholfen, diesen Idioten zu vergessen. Abgesehen von den paar Sätzen, in denen ich ihn erwähnt habe, war es so, als hätte nie ein Brandon existiert. Ich war viel zu sehr damit beschäftigt, Dr Mayson zu erklären, dass ich ihn für einen arroganten Arsch halte.

Verdammter Mist. Jetzt werde ich nie wieder dabei helfen dürfen, ein Baby zur Welt zu bringen. Gott, ich bin froh, dass ich es wenigstens einmal miterleben durfte. Vermutlich bin ich von jetzt an für die nächsten drei Jahre davon ausgeschlossen.

Ich frage mich, wie weit diese Geschichte die Runde machen wird. Vielleicht muss ich nach Australien auswandern, um meine Ausbildung in einem anderen Krankenhaus zu beenden. Nein. Ich bin sicher, dass man selbst dort davon erfahren wird. Solche Gerüchte haben die schlechte Angewohnheit, sich rasend schnell zu verbreiten.

Die Unordnung ignorierend, gehe ich ins Bad zur Toilette und wasche mein Gesicht. Dieser Tag war elendslang.

Ich schäle mich aus meinen Klamotten und werfe sie in den Flur. Darum kann ich mich morgen kümmern. Nackt lasse ich mich aufs Bett fallen. Lächelnd erinnere ich mich daran, was Dr Mayson gesagt hat. Ich sollte meinen Wecker stellen. Wenn KC davon wüsste, würde sie vermutlich von den Dächern schreien, wie recht er damit hat.

Also stehe ich noch mal auf, um in meinen Klamotten nach meinem Handy zu suchen, und grüble darüber, wann meine Schicht im Krankenhaus beginnt. Weil ich morgens nie schnell aus dem Bett komme, stelle ich meinen Wecker dreißig Minuten früher. Zum Glück werde ich morgen noch mit diesen Ordnern beschäftigt sein, sonst hätte ich mich heute nicht so gehen lassen können. Ich stecke mein Handy in das Ladegerät und lasse meinen Kopf auf das Kissen sinken.

Obwohl ich völlig erschöpft bin, kann ich nicht einschlafen und starre an die dunkle Decke. Ich wünsche mir nichts sehnlicher, als diesen wahnsinnig lächerlichen Tag abhaken zu können, aber Dr Maysons attraktives Gesicht erscheint unaufgefordert vor meinem geistigen Auge und lässt sich nicht abschütteln.

Bevor ich weiß, was ich tue, lasse ich meine Finger zwischen meine Beine wandern und behalte sie dort, bis ich mich unter meinen eigenen Berührungen winde.

Das Bild meines arroganten Betreuers kreist durch meine Gedanken, als ich komme und seinen Namen in die Dunkelheit stöhne. Viel zu spät wird mir klar, wie sehr ich mich zu Dr Thorne Mayson hingezogen fühle. Vielleicht bin ich sogar ein klein bisschen verknallt.

8

Thorne

Mit den Fingern trommle ich auf dem Schreibtisch und warte auf meinen Zehn-Uhr-Termin. Bis jetzt war es schon ein verrückter Tag. Kaum dass die Sonne über dem Krankenhaus aufging, wurde ich zu einer Notgeburt gerufen, die kompliziert begann, aber am Ende für alle gut ausging. Die frischgebackene Mutter war von ihrer Arbeit nach Hause gekommen und über die Schuhe ihres Mannes gestolpert, die mitten im Flur standen. Ich musste mir ein Augenrollen verkneifen, als ich die Geschichte hörte. Es ist wirklich erstaunlich, wie oft sich Schwangere durch eine unüberlegte Handlung ihres Mannes verletzen. Meine Patientin stürzte zu Boden, wobei ihr vorstehender Bauch unter ihr zusammengedrückt wurde. Sofort wurde wegen möglicher innerer Blutungen ein Notkaiserschnitt angesetzt. Eine Weile stand das Leben beider auf Messers Schneide, was mich nicht aus der Ruhe brachte. Dem Ehemann geht es allerdings nicht so gut. Er fühlt sich schuldig, und das sollte er auch. Jede Frau, die ein Mann in seinem Leben kennenlernen darf, sollte von ihm wie eine verdammte Königin behandelt werden, auch wenn sie ... schwierig ist.

Ein leises Klopfen lässt mich von meinem Papierkram aufsehen. Genau zehn Uhr. Perfekt. Es gibt nichts, was ich mehr mag, als einen pünktlich stattfindenden Termin.

Ich stehe auf, um die Tür zu öffnen. Dahinter steht eine winzige Frau, deren Blick so tief gesenkt ist, dass ihr die langen, lockigen braunen Haare ins Gesicht fallen. Sie ist kaum größer als einen Meter fünfzig und sehr schlank. Viel zu schlank. Ihre Schulter sind ängstlich nach vorn gebeugt. Als sie das Kinn ein Stück anhebt, sehe ich ihre Augen, die zu groß für ihre zarten Züge wirken. Ihre Haut hat eine kränklich bleiche Farbe, was meinen Verdacht erhärtet, dass sie unterernährt ist.

Als ich zur Seite trete, um sie hereinzubitten, beäugt sie misstrauisch mein Büro. Sie scheint etwas Bedrohliches zu erwarten. Irgendetwas daran beunruhigt mich. Noch einmal mustere ich ihre Erscheinung. Für eine Schwangere im fünften Monat ist ihr Bauch zu klein. Ihr Baby sollte längst größer sein. Und in Anbetracht ihres körperlichen Zustands würde ich sie am liebsten sofort auf den Untersuchungstisch bitten.

Ich schaue wieder weg, um ihr keinen falschen Eindruck zu vermitteln. Es gibt Ärzte, die Patientinnen nicht nur mit den Augen des Mediziners betrachten. Manchmal frage ich mich, ob Dr Harding einer von ihnen ist.

»Sie müssen Ashleigh sein«, sage ich leise und wahre einen angemessenen Abstand zwischen uns, um sie nicht zu erschrecken. Sie nickt bestätigend, und ich deute in Richtung des Stuhls vor meinem Schreibtisch. »Kommen Sie herein.«

Ashleigh blickt nervös zu mir auf, bevor sie den Raum noch einmal schnell absucht. Sie schenkt mir ein knappes

Lächeln. Nachdem sie einen zittrigen Atemzug getan hat, geht sie an mir vorbei in mein Büro.

Ich bin versucht, die Tür offen zu lassen. Wenn ich mit meinem Verdacht richtigliege, würde es ihr das Gefühl geben, jederzeit gehen zu können. Andererseits wird sie sich mir nicht anvertrauen, wenn ich ihre Privatsphäre nicht schütze. Also schließe ich vorsichtig die Tür hinter ihr.

»Setzen Sie sich«, biete ich an und deute auf den Stuhl. »Kann ich Ihnen ein Glas Wasser bringen?«

Ashleigh schüttelt den Kopf. »N-nein. Ich ... Mir geht's gut.«

»In Ordnung«, erwidere ich, gehe um den Schreibtisch herum und lasse mich auf meinem Platz nieder. »Ich bin Dr Mayson, und ich habe gehört, dass Sie gerade erst in die Gegend gezogen sind. Sie sind im fünften Monat schwanger?«

»Ja«, antwortet sie und beißt sich auf die Unterlippe, als wäre es eine nervöse Angewohnheit. Sie blickt zur geschlossenen Tür. »Scheiße. Ich sollte gehen. Das war eine schlechte Idee.«

Sie steht auf.

»Ashleigh«, sage ich mit etwas mehr Nachdruck in der Stimme. Sie sieht mich an. »Warum setzen Sie sich nicht wieder? Sie sind zu mir gekommen, weil Sie sich um das Wohl Ihres ungeborenen Kindes sorgen. Das tue ich auch. Es ist offensichtlich, dass etwas Sie nervös macht. Ich möchte keine Vermutungen anstellen, aber ich sehe die blauen Flecken an Ihren Armen. Dies ist ein sicherer Ort, Ashleigh. Solange Sie bei mir sind, wird Ihnen kein Leid geschehen.«

»Ich ... ich ...«

»Nehmen Sie wieder Platz«, versuche ich erneut, beruhigend auf sie einzuwirken.

Schließlich nickt sie und sinkt zurück auf den Stuhl. Ich stehe auf und gehe durch den Raum zu der Kanne mit Zitronenwasser, die meine Assistentin jeden Morgen vorbereitet. Ich schenke ein Glas ein und bringe es ihr schweigend.

Meinen Schreibtisch umrundend, mustere ich ihren Gesichtsausdruck. Ihre Augen sind noch geweitet, aber die Panik von gerade eben scheint verflogen zu sein. »Ich mache mir wirklich Sorgen«, sagt sie, als ich mich setze. »Sie wissen schon, wegen meines Babys.«

»Das sehe ich.« Ich schenke ihr ein warmes Lächeln. »Die Tatsache, dass Sie hier sind, beweist es.«

»Danke, das gibt mir das Gefühl, dass ich bei all dem etwas richtigmache.«

»Bei all dem?«, hake ich nach und nehme den subtilen Hinweis zur Kenntnis, den sie mir gegeben hat. Es zeigt mir, dass sie über ihre Situation reden möchte, nur zu viel Angst hat, direkt um Hilfe zu bitten. »Was ist los, Ashleigh? Sind Sie und Ihr Baby in Gefahr?«

»Ich, ähm ...« Sie hält inne und ihr Blick wird glasig, also gebe ich ihr einen Moment, um sich zu sammeln. »Ich weiß nicht, was ich tun oder wohin ich gehen soll. Bisher habe ich niemandem davon erzählt, aber mir ist klar, dass ich etwas tun muss, weil ich mein Baby nicht verlieren will.«

»Ihr Baby verlieren?«, wiederhole ich und ziehe die Brauen zusammen. Die Wut, die ich dabei empfinde, halte ich so gut es geht zurück. »Wer droht damit, Ihnen

Ihr Kind wegzunehmen?«

»Mein Mann«, murmelt sie und schaut auf ihre Hände, als würde sie sich schämen. »Er glaubt nicht, dass ich eine gute Mutter sein werde. Er hat mir gesagt, dass er mir mein Kind wegnimmt, sobald es geboren ist, damit ich es nie sehen kann.«

»Und die blauen Flecken?«, forsche ich weiter nach und presse meine Kiefer zusammen.

»Er«, flüstert sie. »Ich habe ihm gesagt, dass er mir mein Baby nicht wegnehmen darf, und da hat er angefangen, mich zu schlagen. Ich war vielleicht im dritten Monat und habe versucht zu fliehen, doch er fand mich innerhalb von zwei Tagen. Er meinte, wenn ich jemals wieder abhauen würde, würde er mich umbringen, und sein Blick ... Er meint es wirklich ernst.«

Der Gedanke, dass diese Frau wegen dem Mann, der sie eigentlich bedingungslos lieben sollte, in den letzten Monaten in Schmerz und Angst gelebt hat, macht mich noch wütender. »Sie sind eine starke Frau, Ashleigh«, sage ich und meine es aus tiefstem Herzen. »Sie haben den Mut gefunden, sich aus dieser Situation zu befreien und einen Neuanfang für sich und Ihr Kind zu wagen.«

Sie schüttelt den Kopf. »Das hätte ich nicht tun sollen«, entgegnet sie mit Tränen in den Augen. »Er wird mich finden. Ich weiß es einfach. Er wird mir mein Baby wegnehmen, meine kleine Tochter, und sie in ein Monster verwandeln, genau wie er eines ist.«

»Sie werden in Sicherheit sein. Ich informiere das Frauenhaus, die sind für solche Situationen ausgebildet. Dort wird man Sie beschützen und Ihnen zeigen, wie Sie Ihr Leben wiederaufbauen können. Es wird alles gut.«

Erneut blickt sie zu mir hoch. »Woher wollen Sie das wissen?«

Ich lehne mich etwas vor und lege meine Hand auf ihre. »Weil Sie schon so weit gekommen sind. Das zeigt mir, wie sehr Sie es wollen. Eine Frau, die ihr ungeborenes Kind beschützt, ist nicht zu bremsen. Sie werden ihn nicht gewinnen lassen«, sage ich aus fester Überzeugung.

Ashleigh schluckt schwer und atmet zittrig durch. »Sie haben recht. Ich schaffe das.«

»Sie können das. Was halten Sie davon, wenn wir nachsehen, wie es Ihrem Baby geht, und sicherstellen, dass es genauso stark ist wie seine Mutter?«

Ashleigh nickt, und als ich aufstehe, erhebt sie sich mit mir. »Das ist alles, was ich möchte.«

Ich führe sie nach nebenan in mein Untersuchungszimmer. Bevor ich sie mir ansehe, rufe ich im Frauenhaus an und bitte darum, sie abholen zu lassen.

Wie erwartet stelle ich fest, dass Ashleighs Tochter zwar klein, aber stark wie ihre Mutter ist. Ich verschreibe ihr ein paar Dinge, die ihr helfen werden, gesundheitlich wieder auf die Beine zu kommen.

Als wir mit unserem Termin fertig sind, wartet das wunderbare Team eines der besten Frauenhäuser der Stadt in der Lobby. Sie sind alle bereit, Ashleigh zu helfen, ein neues Leben ohne die Angst vor ihrem Ehemann zu beginnen.

Die Nachmittagssonne trifft mit voller Wucht auf die Westseite des Krankenhauses, wo sich mein Büro befindet. Ich habe das Gefühl, in einer Sauna zu sitzen. Meine Assistentin Laura hat ausnahmsweise den Rest des Tages frei. Ohne sie scheint es mir schwerer zu fallen, mich an so banale Dinge wie das Einschalten der Klimaanlage zu erinnern. Ich stehe auf und gehe zur Tür. Ich kann mich nicht einmal daran erinnern, wo der Schalter ist. Wie kann es sein, dass ich komplizierte Operationen durchführen, aber nicht daran denken kann, einen verdammten Knopf zu drücken?

Ich verlasse mein Büro und gehe in den Raum nebenan zum Schreibtisch meiner Assistentin. In einer Stunde steht ein Kaiserschnitt an, und ich muss bald nach meiner Patientin sehen, um sicherzustellen, dass sie bereit ist. Wenn ich die Frau von heute Morgen und die übliche Hektik am Nachmittag hinzurechne, ist es ein ganz schön stressiger Tag.

Ich suche weiter nach dem Schalter für die Klimaanlage und will gerade aufgeben, als sich jemand räuspert. Es ist Autumn, die mit vier dicken Ordnern am Türrahmen lehnt.

Als ich ihren wenig beeindruckten Blick sehe, presse ich meine Lippen fest zusammen und versuche, nicht zu grinsen. Die Ordner reichen ihr fast bis zum Kinn. Ich bin sicher, dass sie schwer sind, aber sie macht keine Anstalten, sie abzustellen.

Wie es weitergeht, liegt an ihr. Seit unserer Begegnung am Abend zuvor in der Bar und vor ihrem Apartment bin ich ihr nicht mehr über den Weg gelaufen. Dennoch habe ich das Gefühl, dass sich etwas verändert hat.

Die bemühte Professionalität von gestern, als ich ihr die Strafarbeit gegeben habe, scheint verschwunden zu sein. Stattdessen steht sie nun als die Frau vor mir, die ich tags darauf in ihr vermutet habe: Eine, die den Kerl finster anschaut, der ihr eine unsinnige Aufgabe erteilt hat, zu der sie nicht *Nein* sagen konnte.

»Suchen Sie etwas?«, fragt sie.

Ich richte mich von Lauras Schreibtisch auf und hebe eine Braue, während ich sie beobachte. »Den Regler für die Klimaanlage«, erkläre ich. »Meine Assistentin hat vergessen, sie einzuschalten, bevor sie gegangen ist, und jetzt fühlt sich mein Büro wie eine verdammte Sauna an.«

Autumn unterdrückt ein Grinsen, räuspert sich und deutet auf den Platz neben ihr auf Höhe ihres Kopfes. »Ich bezweifle sehr, dass Ihre Assistentin ein an die Wand geschraubtes Thermostat in ihrer Schreibtischschublade versteckt.«

Mir vergeht das Grinsen, als ich ihrem Blick zu dem Regler folge. »Oh. Ich bin seit vier Jahren hier und habe das Ding noch nie bemerkt.«

»Ja«, brummt sie und lädt sich selbst in mein Büro ein, während ich die Klimaanlage aktiviere. »Sie sind ein Mann. Warum bin ich nicht überrascht?«

Ich stelle mich in die Tür und versperre den einzigen Ausgang, während sie direkt zu meinem Schreibtisch schreitet und die vier großen Ordner in der Mitte ablegt. »Lassen Sie es mich wissen ...«, beginne ich laut genug, dass sie jedes Wort hört. »... falls Sie nur hergekommen sind, um mich zu beleidigen. Ich dachte eigentlich, dass sie in der letzten Nacht schon alles losgeworden sind.«

»Ha.« Sie lacht. »Glauben Sie mir, da ist noch Einiges,

und es wird mehr, je öfter Sie den Mund aufmachen. Wenn Sie es unbedingt wissen wollen: Ich bin hergekommen, um Ihnen zu sagen, dass ich meine Schicht früher begonnen und jede einzelne Richtlinie und jeden Arbeitsablauf in diesen blöden Ordnern durchgelesen habe. Ich kann sie vorwärts oder rückwärts aufsagen, was Ihnen lieber ist.«

Erstaunt hebe ich die Brauen. »Blödsinn«, erwidere ich, und mein Herz schlägt schneller. Wenn sie mit dieser Aufgabe fertig ist, habe ich keine Ausreden mehr, sie von mir fernzuhalten. »Das ist unmöglich. Dafür bräuchten Sie mindestens eine Woche.«

Autumn grinst breit und verursacht mir damit ein Engegefühl in der Brust. »Ich lese schnell«, merkt sie stolz an. »Die Arbeitsabläufe sind allerdings ziemlich veraltet. Also habe ich all jene eingekreist, die aktualisiert werden müssen. Schließlich hat dieses Krankenhaus einen hohen Standard. Und es kann nicht sein, dass uns unsere eigenen Richtlinien im Stich lassen, oder?«

Ich lehne mich mit dem Rücken an den Türrahmen und verschränke die Arme vor der Brust. Mir wird bewusst, dass das ihre Antwort auf meinen Mist von gestern sein muss. Ich kann nicht anders, als dieses Gespräch zu dem aufregendsten Teil meines Tages zu zählen. »Ich schätze, dann habe ich wohl ein bisschen was zu tun«, sage ich. »Ich frage mich, ob ich eine entbehrliche Auszubildende habe, die alle Änderungen in der nächsten Woche durchgehen ...«

Autumn hebt abwehrend die Hände. »Das würden Sie nicht wagen.«

Ich grinse breit. »Fordern Sie mich heraus.«

»Nein, das ist Unsinn. Ich habe meine Strafe für die gestrigen Vorfälle abgesessen. Jetzt will ich endlich erfahren, wie Babys zur Welt kommen.«

Ich kann mir ein Lachen nicht verkneifen, als ich zu ihr in mein Büro gehe. »Ich necke Sie nur«, erkläre ich und bedeute ihr, sich hinzusetzen. »Ohne Sie beleidigen zu wollen, aber eine Überprüfung der Abläufe durch eine Auszubildende, die erst zwei Tage dabei ist, wäre niemals akzeptabel.«

Autumn nickt und lehnt sich in dem Stuhl gegenüber meinem Schreibtisch zurück. »Das habe ich mir auch gedacht, deshalb habe ich nur die Dinge eingekreist, die dringend überholt werden müssen.«

Ich schlage den ersten Ordner auf. Beim Durchblättern merke ich, dass auf fast jeder verdammten Seite etwas gelb eingekreist ist. »Heilige Scheiße.« Ich stöhne auf. »Es wird Wochen dauern, bis ich das durchgesehen habe.«

Autumn setzt sich etwas gerader hin. »Sie müssen das nicht selbst erledigen, oder?«

Ich zucke mit den Schultern. »Ich bin am besten qualifiziert. Wer sollte das sonst übernehmen? Entweder ich kümmere mich darum oder Dr Harding, und der hat eine Familie zu Hause. Außerdem würde er wahrscheinlich nur die Hälfte davon erledigen und den Rest einem Assistenzarzt aufhalsen, der alles vermasseln würde.«

Autumn verzieht das Gesicht. »Es tut mir leid. Ich dachte, irgendein Geschäftsführer oder ein Typ im Anzug wäre dafür zuständig. Wenn ich gewusst hätte, dass es Ihnen so viel Ärger einbringt, hätte ich nie ...«

»Ist schon gut. Es war richtig, auf diese Versäumnisse hinzuweisen. Sie müssen sich nicht entschuldigen, weil

Sie etwas bemerkt haben, was niemanden sonst gekümmert hat.«

Sie schenkt mir ein Lächeln und begegnet meinem Blick. »Ich meine ... ich könnte Ihnen helfen. Es würde sich auf lange Sicht wahrscheinlich als nützlich erweisen, mich mit all dem vertraut zu machen.«

Ich muss lächeln. »Ich dachte, Sie können die Abläufe rückwärts aufsagen?«

Autumn verdreht die Augen. »Okay, ich habe vielleicht ein bisschen übertrieben, aber ich bin eine Frau in einer Männerwelt«, erklärt sie amüsiert. »Außerdem übertreibt ihr Kerle ständig.«

Irre ich mich, oder redet sie da gerade über Schwänze? Ich kann nicht anders und lache in mich hinein.

Meine Aufmerksamkeit wieder auf Autumn richtend, stelle ich fest, dass sie sich nervös auf die Unterlippe beißt und ein wenig unsicher wirkt. Ich wende den Blick ab und sehe erneut auf die mir bevorstehende Arbeit. Ich habe wirklich keine Zeit, mir das alles durch den Kopf gehen zu lassen. »Vielleicht komme ich auf Ihr Angebot zurück. Sind Sie sicher, dass Sie helfen können? Es wäre nach Ihrer Schicht. Wahrscheinlich ein paar Stunden pro Abend.« Mir ist bewusst, dass ich sie nicht fragen sollte, aber ich kann nicht widerstehen.

Kurz sieht sie mich an und denkt über meinen Vorschlag nach. »Ja, sehr gern.« Sie hält kurz inne. »Ich weiß nicht, inwieweit ich wirklich eine Hilfe sein werde. Vielleicht könnte ich die Ordner noch einmal durchsehen und meine Gedanken dazu äußern. Und Sie korrigieren und überarbeiten jede Kleinigkeit, die ich von mir gebe, bis alles perfekt ist.«

Ich schüttle den Kopf, angetan von ihrer Idee. »Machen Sie sich nicht lächerlich. Ich habe Ihre Personalakte gelesen, bevor Sie für das Hebammenprogramm ausgewählt wurden. Wenn ich Ihre Meinung nicht schätzen würde, wären Sie nicht hier.«

Ihre Augen scheinen vor Freude zu glänzen, und meine Gedanken schweifen kurz ab. »Wollen Sie sich bei mir einschmeicheln, nachdem ich dank Ihnen stundenlang mit all diesen Ordnern in einem Zimmer gesessen habe?«

»Mir war nicht klar, dass sich ein arroganter Arsch wie ich bei Ihnen einschmeicheln könnte«, kontere ich.

Sie beißt sich auf die Unterlippe und ihre Wangen färben sich rosa. »Ich, ähm ... ich muss mich für mein Verhalten gestern Abend entschuldigen. Es war völlig unangebracht, so über Sie zu reden. Normalerweise bin ich auch nicht so unverantwortlich, wenn es ums Trinken geht, aber ich hatte einen verdammt schlechten Tag, und wissen Sie ... es tut mir leid. Die ganze Sache ist mir wirklich peinlich.«

»Vergessen wir das«, sage ich, gehe um meinen Schreibtisch herum und lehne mich direkt neben sie dagegen. »Sie haben recht. Ich bin ein arroganter Arsch. Aber Sie in Ihrem betrunkenen Zustand zu erleben, war unterhaltsam. Und jede Beleidigung, die aus Ihrem Mund kam, war das Erfrischendste, was ich je gehört habe. Sie sind der erste Mensch seit Langem, der seine Meinung frei geäußert hat, auch wenn es nicht gerade gut für mein Ego war. Den Abend, an dem mir meine neue Auszubildende erklärt hat, dass mein Name ab sofort *Dr Arsch* sei, werde ich nicht so leicht vergessen.«

Sie senkt den Blick auf ihre Hände und die Röte auf

ihren Wangen wird noch dunkler. Ohne sich Mut angetrunken zu haben, scheint sie doch nicht so unerschrocken zu sein, wie sie sein möchte. Das wird schon noch, ich werde dafür sorgen. »Sie sollten wissen, dass ich Sie trotz meiner Worte als Arzt wirklich respektiere«, sagt sie kleinlaut.

»Das weiß ich«, antworte ich und zweifle, wie ich mich von nun an von ihr fernhalten soll. »Und jetzt raus mit Ihnen. Sie müssen sich auf einen Kaiserschnitt vorbereiten, der in einer halben Stunde beginnt.«

Autumns Augen werden riesengroß. »Wirklich?«, entfährt es ihr. Sie erhebt sich und beginnt, aufgeregt auf den Zehenspitzen zu wippen. »Sie lassen mich zusehen?«

Ich nicke. »Das haben Sie sich heute verdient. Gehen Sie und überlegen Sie sich diesmal, was sie tun. Und um Himmelswillen: Stolpern Sie nicht wieder fast über die Hebamme, die das Baby hält.«

»Das werde ich nicht, ich verspreche es«, entgegnet sie, bevor sie aus meinem Büro verschwindet und laut *Verdammter Wahnsinn* durch den Flur ruft.

9

Autumn

Ich markiere ein weiteres Verfahren, das für ein so renommiertes Krankenhaus viel zu veraltet ist. Mein Blick legt sich auf den fantastischen Arzt, der auf der anderen Seite des Büros sitzt und alles überfliegt, was ich einkreise.

Es war ein unglaublicher Tag. Der Kaiserschnitt war ein außerordentlicher Erfolg, und wie bei allem anderen auch habe ich Dr Mayson während des gesamten Eingriffs genauestens beobachtet. Zu sehen, wie ein Baby auf die Welt kommt, ist das Faszinierendste und Wunderbarste, was ich je erlebt habe. Wozu er fähig ist ... Egal, er ist einfach unglaublich. Je öfter ich ihm über die Schulter sehen darf, desto mehr scheine ich zu vergessen, dass er auch ein Mensch ist. Die Tatsache, dass er dabei wie ein Gott aussieht, ist ein weiterer Bonus. Ich glaube, ich habe mich noch nie in meinem Leben so zu einem Mann hingezogen gefühlt. Was bedeutet, dass ich in Schwierigkeiten stecke. In *großen* Schwierigkeiten. Während ich ihn über den riesigen Ordner mit Richtlinien und Arbeitsabläufen hinweg beobachte, kann ich mich nicht dazu zwingen, mich auf meine Arbeit zu konzentrieren. Wir sind jetzt schon seit zwei Stunden in seinem Büro eingeschlossen, und mit jeder weiteren Sekunde scheint der Raum kleiner zu werden. Nur ein einziges Mal konnte ich der Spannung zwischen uns entfliehen, als unser Essen geliefert wurde und ich die Bestellung abgeholt habe. Dr Mayson in der Bar nach ein paar Gläsern Wein gegenüberzusitzen, war viel einfacher. Die Couch in seinem Büro ist allerdings bequemer als die Stühle in der Bar.

»Sie starren mich an«, kommentiert er und verzieht die Lippen zu einem amüsierten Grinsen, während er weiter auf die vielen Papiere blickt.

Sofort wende ich mich wieder den Ordnern zu. »Nein, das habe ich nicht«, murmle ich, wohl wissend, dass er mir nicht eine Sekunde lang glauben wird, weil ich es schon wieder tue. »Sie haben Halluzinationen.«

»Dafür müsste ich Ihr Starren *gesehen* haben«, entgegnet er besserwisserisch, und sein Grinsen wird immer breiter. »Ich habe es aber *gespürt*.« Er sieht von den Papieren auf. »Ich kann es immer spüren, wenn Sie mich ansehen.« Seine Worte treffen direkt in meine Seele.

Meine Wangen werden heiß, als mich das Bedürfnis erfüllt, mich in seine Arme zu werfen. Was ist nur los mit mir? Ich bin so verknallt in diesen Kerl. Da mich das in Schwierigkeiten bringt, muss ich die Sache professionell angehen. »Was soll ich sagen?«, beginne ich und versuche, meine wilden Gefühle mit Ironie abzutun. »Wenn man so unwiderstehlich ist wie ich, besteht immer das Risiko, dass die Leute meinen, ich würde sie anstarren. Dabei fühlen sie sich zu mir hingezogen. Dr Mayson, leider tappen Sie in dieselbe Falle.«

Seine Augen funkeln belustigt, aber er verzieht keine Miene. »Ich verstehe«, erwidert er nachdenklich.

»Vielleicht bin ich der Unwiderstehliche. So wie Sie mich während des Kaiserschnitts beobachtet haben, scheinen Sie diejenige zu sein, die in eine Falle tappt.«

Ich schüttle den Kopf. »Unmöglich«, sage ich entschieden. »Dafür bin ich schon viel zu lange dabei. Ich habe nur Ihre Fähigkeiten bewundert, so wie alle anderen auch. Schließlich ist das hier ein Lehrkrankenhaus, und Sie sind derjenige, von dem ich lernen soll. Da ist es nur logisch, dass ich Sie beobachte.«

Dr Mayson lehnt sich in seinem Schreibtischstuhl zurück und behält mich fest im Blick, während die Spannung im Raum zu wachsen scheint. Ich sollte wegschauen und die Verbindung zwischen uns unterbrechen, aber ich kann es nicht. Keine Ahnung, wie ich das Gefühl beschreiben soll. Wegsehen würde einer Selbstamputation gleichen. Aber warum? Ich kenne den Kerl erst seit zwei Tagen. Genau genommen kenne ich ihn überhaupt nicht. Zwei Tage einen Mann aus der Ferne anzuschmachten, ist nicht gleichbedeutend damit, jemanden zu kennen. Ich habe nicht das Recht, mich so zu fühlen, als sei er ein Teil von mir, zumindest noch nicht.

Er holt die vergessene Asia-Box von seinem Schreibtisch und umfasst mit seinen geschickten Fingern die Essstäbchen. »Erzählen Sie mir von sich«, fordert er mich überraschend auf.

Ich setze mich gerade hin. »Oh, ähm ... okay«, beginne ich, unsicher, warum mir die Worte im Hals stecken bleiben. »Da gibt es eigentlich nicht viel zu berichten. Solange ich denken kann, wollte ich Hebamme werden, und jetzt ist es endlich soweit. Das ist alles, was es über mich zu erzählen gibt.«

Er schüttelt den Kopf. »Nein, das ist nur die Fassade, hinter der Sie sich verstecken. Ich will etwas Echtes wissen.«

Ich blinzle und spüre, wie mein Herz zu rasen beginnt. Er hat recht, das ist meine Standardantwort, wenn mir jemand eine solche Frage stellt. Ich schwärme dann, wie toll es sein muss, den ganzen Tag lang Babys zur Welt zu bringen. Ich erzähle davon, wie viele Jahre Erfahrung und Ausbildung eine Hebamme mitbringen muss, um dieser Beschäftigung nachzugehen. Bisher hat nie jemand weiter nachgehakt. Zum ersten Mal in meinem Leben weiß ich nicht, was ich erwidern soll.

»Ich, ähm ... ich bin wirklich nicht so aufregend«, gebe ich zu. »Ich bin ein Einzelkind und von Zuhause ausgezogen, sobald ich konnte. Ich komme ursprünglich aus Kentucky, und als ich alt genug war und mich auf Jobs bewerben konnte, habe ich es getan. Ich habe mir dafür immer Orte ausgesucht, die so weit wie möglich von zu Hause entfernt sind. Und so bin ich in Nashville gelandet.«

»Warum?«, hakt er nach und wendet seinen Blick nicht von mir ab.

»Meine Eltern konnten sich nicht damit anfreunden, dass ich keine schicke Ärztin oder Anwältin werden wollte. Das haben sie mir nie verziehen. Es war leichter, mich einfach von ihnen zu lösen.«

»Sie haben es also ganz allein geschafft?«

Ich zucke mit einer Schulter. »Nicht ganz. Ich habe mir während des College mit sechs anderen ein Apartment geteilt. Jede hat jeder geholfen, manchmal auch finanziell. Es hat Spaß gemacht, aber es war eng. Vor etwa einem

Jahr habe ich mir etwas Eigenes gesucht. Es ist also wirklich das erste Mal, dass ich auf eigenen Beinen stehe.«

Dr Mayson zieht die Brauen zusammen, als würde ihn der Gedanke, dass ich allein lebe, körperlich schmerzen. »Was ist mit Freunden?«, erkundigt er sich, während er sich einen Bissen angelt.

»Meine beste Freundin KC ist unglaublich. Sie hat eine wunderschöne, bezaubernde Tochter namens Aalia. Abgesehen von den beiden habe ich die üblichen Bekannten von der Arbeit. Aber seit ich hier bin ...«

»Sie sehen sie nicht so oft«, folgert er richtig. Ich presse meine Lippen fest zusammen und schüttle den Kopf, um ihm nicht zu zeigen, wie sehr ich darunter leide. »Und der Typ, der die PS5 gekauft hat?«

»Fangen Sie nicht von ihm an.« Ich stöhne auf und bedecke mein Gesicht mit den Händen, während mich die Erinnerung einholt. »Ich weiß nicht einmal, was ich mir dabei gedacht habe, mit so einem Loser auszugehen.«

»Wie lange waren Sie mit ihm zusammen?«

»Ungefähr drei Monate. Wenn ich ehrlich bin, habe ich nach zwei erkannt, dass es keinen Sinn hat. Ich bin bis gestern Abend nur nie dazu gekommen, ihm endlich zu sagen, dass er verschwinden soll.«

»Tja, verdient hat er es«, erwidert Dr Mayson mit Belustigung in seiner Stimme.

»Die Untertreibung des Jahres.« Ich lache.

Er sieht mich eine Sekunde wortlos an, bevor er schließlich zu dem Ordner auf meinem Schoß deutet. »Kommen Sie, lassen Sie uns versuchen, diesen ersten Ordner durchzuarbeiten, bevor es zu spät wird.«

Ich nicke. Wir werden mindestens eine Woche für

einen Ordner brauchen. Ich frage mich, ob er mit dieser Bemerkung, nur unser Gespräch beenden wollte, um ein gewisses Maß an Professionalität zwischen uns zu wahren. Vielleicht ist ihm meine Vergangenheit aber auch einfach scheißegal, und er wollte bloß höflich sein.

Erneut widme ich mich der Arbeit und stochere nebenbei in meinem Essen. Ehe ich mich versehe, bin ich völlig vertieft in meine Aufgabe und merke gar nicht, wie die Zeit vergeht.

Ich überfliege einen Absatz und lese die Stelle aufmerksam noch einmal. Ich runzle die Stirn. So ein Schwachsinn, das ergibt keinen Sinn. Das alles klingt, als wäre es vor fünfzig Jahren verfasst worden, in der Hoffnung, dass niemand es je beachten würde.

Als ich die Anweisung ein drittes Mal lese, versuche ich herauszufinden, welche Bedeutung sie für unsere heutigen Praktiken hat. Ehrlich gesagt bin ich ratlos. Mir kommt nichts in den Sinn, was mit diesem Mist in Verbindung gebracht werden könnte.

Verwirrt nehme ich den Ordner und gehe zu Dr Mayson hinüber. Direkt neben ihm bleibe ich stehen und lege das schwere Ding auf seinen Schreibtisch. »Sehen Sie sich das mal an«, sage ich, immer noch halb in Gedanken versunken. »Ich kann mir nicht erklären, worauf sich das bezieht.«

Dr Mayson wendet sich von seinem Computer ab und schaut auf den Absatz, auf den ich mit meinem Finger zeige. Mir fällt kurz mein abgeplatzter Nagellack ins Auge. Er überfliegt die Stelle, zieht ebenfalls die Brauen zusammen und beginnt von vorn. »Völliger Mist. Wer hat das geschrieben?«, brummt er, zieht die Unterlagen näher heran und blättert alle Seiten durch bis zur letzten.

Er überfliegt die Liste der Mitwirkenden und schüttelt den Kopf, weil er nicht herausfinden kann, von wem diese unsinnige Anweisung stammt. Mit einem roten Marker zeichnet er einen großen Stern neben den Absatz, um sicherzugehen, dass er bei der Überarbeitung nicht übersehen wird. Falls jemand herausfindet, worum es dabei verdammt noch mal geht.

»Wir müssen später darauf zurückkommen«, erklärt Dr Mayson. »Gehen wir alles durch ...«

Ein Klopfen unterbricht ihn, und wir blicken gleichzeitig von unserer Arbeit zu Dr Harding auf – der andere Arzt, dem ich zugeteilt bin. Er steht mit besorgtem Gesicht in der Tür, bis er mich an der Seite von Dr Mayson entdeckt. Plötzlich verwandelt sich seine Sorge in ein irritierendes Interesse. »Sieh an, sieh an«, sagt er, während er mich von Kopf bis Fuß mustert. »Was geht hier vor?«

Ein fast unhörbarer Seufzer entringt sich Dr Mayson neben mir, während ich unter Dr Hardings ungewollter Aufmerksamkeit erschaudere. »Autumn, ich nehme an, Sie haben Dr Harding schon kennengelernt«, stellt er uns einander vor. »Er ist einer der wenigen Ärzte, die Ihre Arbeit während Ihrer Ausbildung beurteilen werden.«

Ich nicke und presse kurz die Lippen zusammen. »Ja, ich habe ihn gestern kurz getroffen«, erwidere ich vorsichtig. »Wie geht es Ihnen, Dr Harding?«

Seine Augen verdunkeln sich, als er die leeren Asia-Boxen bemerkt. »Ich wollte Sie beide gerade das Gleiche fragen. Was ist hier los? Es wirkt so gemütlich.« Sein Misstrauen richtet sich auf seinen Kollegen. »Ich bin vorbeigekommen, weil ich gesehen habe, dass in Ihrem Büro noch Licht brennt. Normalerweise sind Sie nicht mehr so spät hier.«

Dr Mayson lehnt sich in seinem Stuhl zurück. Seine Miene verhärtet sich. Offensichtlich gefallen ihm Dr Hardings Andeutungen nicht. »Das Gleiche könnte ich von Ihnen sagen«, merkt er mit gefährlich ruhiger Stimme an. »Autumn ist freundlicherweise die Ordner mit den Richtlinien und Arbeitsabläufen durchgegangen und hat mich auf einige Ungereimtheiten aufmerksam gemacht, die dringend behoben werden müssen. Es gibt einigen Überarbeitungsbedarf, der sich eine Weile hinziehen wird.«

»Oh, wirklich? Das war sehr nett von Ihnen«, kommentiert Dr Harding und richtet seine mir sehr unangenehme Aufmerksamkeit wieder auf mich. Sein Misstrauen ist offenkundig noch nicht verflogen. Als würde Dr Mayson Ausreden erfinden, um irgendetwas zu verbergen.

Ich verenge die Augen, weil mir dieser Besuch kein bisschen gefällt. Man lädt sich nicht selbst in das Büro eines anderen ein. Er macht drei kalkulierte Schritte auf den Schreibtisch zu, bei jedem einzelnen rücke ich unbewusst etwas näher an Dr Mayson heran, um mich halb hinter seiner Schulter zu verstecken.

Ich merke, dass Dr Harding nicht aufhören wird, mich anzusehen, bis ich geantwortet habe. »Ich erledige nur meine Arbeit«, murmle ich.

Er lässt seinen Blick zu Dr Mayson schweifen, bevor er ihn wieder auf mich richtet. »Da Sie so aufmerksam sind, haben Sie sicher bemerkt, wie voll Dr Maysons Terminkalender ist. Vielleicht sollten Sie morgen Abend in meinem Büro vorbeischauen, damit wir gemeinsam an diesen

Ungereimtheiten arbeiten können und Dr Mayson früh schlafen gehen kann.«

Mein Rücken versteift sich, und aus dem Augenwinkel sehe ich, wie sich Dr Maysons Hand zu einer Faust formt. Bevor die Sache zu sehr aus dem Ruder läuft, hebe ich mein Kinn und schenke dem Widerling ein starres Lächeln. »Nein, das ist nicht nötig. Wie ich gehört habe, warten eine Frau und Kinder auf Sie. Zu Hause werden sie sicher mehr gebraucht als hier. Wir kommen schon zurecht.«

Er merkt sofort, dass ich ihn loswerden will, und seine Stirn runzelt sich. So, wie er Dr Mayson ansieht, scheint sein Misstrauen noch stärker geworden zu sein. Mir wird klar, dass dieser Kerl richtigen Ärger bedeutet, nicht die gute Art wie bei Dr Arsch.

»Ich hätte nicht gedacht, dass Sie das Geschäftliche mit dem Angenehmen vermischen«, wirft Dr Harding ihm vor. Aus seinem Mund klingt das wie eine Drohung, vielleicht sollte es auch eine sein. Immerhin ist Dr Mayson der beste Geburtshelfer und Dr Harding nur Nummer zwei.

Dr Mayson steht auf. Wenn Blicke töten könnten ... Mit den Fingerknöcheln stützt er sich auf seinen Schreibtisch und beugt sich bedrohlich vor. »Sagt der Mann, der gerade eine seiner Auszubildenden gebeten hat, ihn morgen Abend in seinem Büro zu besuchen, während seine Familie zu Hause auf ihn wartet.« Dr Mayson richtet sich auf und hebt sein Kinn. Respekteinflößender hat noch kein Mann auf mich gewirkt. »Ich habe Ihnen erklärt, warum Autumn in meinem Büro ist. Wenn Sie etwas anderes in der Situation sehen oder keinen Sinn in unserer

Arbeit erkennen sollten, dann liegt das an Ihrer eklatanten Missachtung unserer Regeln und Vorschriften. Ich weiß nicht, wie es Ihnen geht, aber ich glaube nicht, dass unsere Auszubildenden sexualisiert und als Mittel zur Unterhaltung benutzt werden sollten, während Sie nur versuchen, sich vor dem Leben zu Hause zu drücken.«

Dr Hardings Gesicht läuft rot an, und er macht einen gezielten Schritt auf Dr Mayson zu. »Sie sollten mit dem, was Sie sagen, sehr vorsichtig sein«, warnt er. »Das sind schwere Anschuldigungen, die Sie da vorbringen.«

»Dann sollten Sie sich zurückhalten, damit solche Anschuldigungen nicht zum Krankenhausklatsch werden und Ihren Ruf schädigen.«

»Nehmen Sie sich in Acht, Thorne«, warnt er. »Das ist kein Spiel, das Sie mit mir spielen wollen.«

»Respekt vor meinen Mitarbeitern und Ihren Familien ist für mich kein Spiel, auch wenn es das für Sie sein mag«, entgegnet Dr Mayson und ein Schauder durchfährt mich bei dem, was hier angedeutet wird. »Jetzt schlage ich vor, dass Sie sich aus meinem Büro entfernen, bevor ich gezwungen bin, weitere Schritte einzuleiten.«

Dr Hardings Blick fällt auf mich, und ich schrecke zurück. Diesem Mann möchte ich nicht in die Quere kommen. Leider muss ich befürchten, schon auf seiner schwarzen Liste zu stehen.

Er sieht zwischen uns hin und her, als wolle er uns unterstellen, eine absurde und unprofessionelle Beziehung zu führen. Nach einem langen, schweigsamen Moment wendet er sich ab und stolziert mit einem mürrischen Laut aus dem Büro. Als die Tür hinter ihm zufällt, stößt Dr Mayson einen tiefen Seufzer aus. »Es tut mir leid, dass Sie das mitansehen mussten.«

Ich zucke mit den Schultern und versuche, mir nichts von meinem Unbehagen anmerken zu lassen. »Ist schon gut. Sie hätten sich wirklich nicht so für mich einsetzen müssen. Ich möchte nicht, dass Sie sich meinetwegen in eine ungünstige Situation bringen.«

Dr Mayson dreht sich zu mir um. Da ich direkt hinter ihm stand, ist er mir nun so nah wie nie zuvor. »Niemand kommt damit durch, so mit Ihnen zu reden. Das war unangemessen, und ich werde nicht zulassen, dass er Sie ausnutzt.«

»Ich ... Danke«, antworte ich mit leiser Stimme. Mein Herz schlägt schneller, und ich möchte ihm um den Hals fallen.

Keiner von uns sagt ein Wort. Wir stehen einfach nur da, während die Spannung zwischen uns mit jeder Sekunde wächst. Eine Sanftheit breitet sich in seinen Zügen aus. Die Hand, die er zur Faust ballt, scheint ihn davon abzuhalten, mich zu berühren. Dabei würde ich alles dafür geben, zumindest seine Fingerspitzen auf meiner Haut zu spüren.

Ich beiße mir auf die Unterlippe und hebe mein Kinn, während er weiterhin sichtlich um Beherrschung bemüht ist. Hier so zu stehen und zu versuchen, ihn nicht zu küssen, bedeutet nichts Gutes für meine Karriere. Allein die Vorstellung von seinem Mund auf meinem fühlt sich wunderbar an.

Verdammt noch mal. Was ist nur los mit mir? Ich habe Brandon erst gestern Abend rausgeschmissen. Wie dumm wäre ich, mich gleich auf einen anderen Mann einzulassen? Einer, der sich bestimmt erneut als Fehler herausstellen wird. Obwohl Dr Mayson eine andere Art von Fehler wäre ... Einer der *sehr* guten Art, und der es vielleicht sogar wert wäre, begangen zu werden. Nur bin ich noch nicht bereit, das damit verbundene Risiko einzugehen. Und wenn, dann muss ich mich dabei klug verhalten.

»Ich sollte los«, murmle ich. Ich würde mir Ärger einhandeln, wenn ich bliebe. »Es ist schon spät, und Sie haben sicher noch andere Dinge zu tun.«

Er nickt, sein Kiefer ist angespannt. »Ich denke, das ist eine gute Idee«, sagt er und macht zögernd einen Schritt von mir weg. »Wir sehen uns morgen.«

Ich schenke ihm ein zaghaftes Lächeln und entferne mich widerwillig von ihm. Ich finde meine Tasche, die vor dem Schreibtisch auf dem Boden liegt. »Ich werde, ähm ... ja. Bis morgen.« Ich muss mich regelrecht dazu zwingen, zur Tür zu gehen.

Dort angekommen, sehe ich mich noch einmal zu ihm um. Sein Blick liegt auf mir und ist voller Verlangen. Wenn ich mich jetzt in seine starken Arme fallen lasse, habe ich meine ganze Karriere ruiniert, bevor sie begonnen hat. Mir wird schlagartig bewusst, dass er und ich niemals eine problemlose berufliche Beziehung führen werden. Und wenn wir uns noch so sehr darum bemühen.

10

Autumn

Ich beuge mich über Patricias Schreibtisch, während sie mit mir den Papierkram durchgeht und mir erklärt, was ich zu tun habe. Eine andere Auszubildende hat erst vor ein paar Tagen Unterlagen bei ihr eingereicht und wegen einer fehlenden Nummer auf einem der Formulare drei Stunden nacharbeiten müssen. Deswegen versuche ich, möglichst wenig Mist zu bauen. Denn Patricia lässt uns von nun an keine Fehler mehr durchgehen, seien sie auch noch so klein.

Ich überfliege noch einmal die Unterlagen und will gerade eine Frage stellen, als das Telefon klingelt. Sie nimmt den Hörer ab, als wäre der Anrufer in jedem Fall bedeutender als ich. »Schwesternstation«, sagt sie knapp, wie es hier üblich ist.

Ihr Blick fällt auf mich und ihre Augen verengen sich. »Ja«, antwortet sie wem auch immer, »sie ist hier.« Sie lauscht der Person am anderen Ende der Leitung, und es bilden sich noch tiefere Furchen auf ihrer Stirn. Ich habe die Befürchtung, dass Dr Harding mich nach dem, was gestern Abend in Dr Maysons Büro passiert ist, irgendwie in den Dreck ziehen will. »Natürlich«, versichert Patricia.

»Ich werde es ihr ausrichten.«

Sekunden später beendet sie das Gespräch und sucht meinen Blick. »Ihre Anwesenheit wird in Zimmer zweihundertfünfzehn erbeten«, sagt sie dienstbeflissen.

»Das ist doch einer der Geburtssäle«, entgegne ich überrascht. »Die Frau mit den Zwillingen.«

»Ganz genau«, bestätigt Patricia, deren Aufmerksamkeit immer noch misstrauisch auf mich gerichtet ist. »Ich schlage vor, dass Sie sich beeilen, bevor Sie eine natürliche Geburt von Zwillingen verpassen.«

So ein Mist.

Noch nie in meinem Leben bin ich so schnell gelaufen.

Ich eile durch die Gänge, während ich versuche, mich an alles zu erinnern, was ich über natürliche Geburten weiß. Ich habe jedes medizinische Video gesehen, das zu diesem Thema existiert. Mit diesem Wissen habe ich Novembers Tochter entbunden. Doch das ist alles nicht vergleichbar mit dem, was mich jetzt erwartet. Ich werde neben einem Arzt stehen, der mir alle meine Fragen beantworten kann. Im Moment kann ich mich nicht mehr erinnern, welchem Arzt diese Patientin zugewiesen ist. Hoffentlich nicht Dr Harding. Ich glaube nicht, dass ich an seiner Seite stehen und ihm assistieren kann, nachdem ich weiß, welch ein Idiot er ist.

Mein Blick schweift über die Zahlen an den Türen auf der Suche nach Zimmer zweihundertfünfzehn. In dem letzten Krankenhaus, in dem ich gearbeitet habe, konnte ich mir jede einzelne von ihnen auf jedem verdammten Stockwerk merken. So weit bin ich hier noch nicht gekommen. Dieses Krankenhaus ist total verwinkelt, und die Zimmernummern verlaufen nicht in einer für mich erkennbaren logischen Reihenfolge, was die Suche noch schwieriger gestaltet.

Ich habe diese Patientin heute Früh aufgenommen. Seither hatte ich andere Aufgaben und somit keine Gelegenheit, mich mit ihrem Fall vertraut zu machen. Vermutlich gibt es eine andere Hebamme in Ausbildung, die sich den ganzen Tag um diese Frau gekümmert hat und alles andere als begeistert sein wird, weil ich nun einspringen darf. Was soll's. Ich bin nicht hier, um Freunde zu finden, sondern um zu lernen und irgendwann besser als alle anderen zu sein. Diese Chance werde ich mir nicht entgehen lassen.

Hätte ich doch nur tagsüber ein bisschen mehr aufgepasst. Ich hätte das Mittagessen schwänzen und mich in den Fall jeder Patientin auf der Station einlesen können. Dann würde ich mich jetzt ein bisschen sicherer fühlen. Zum Glück gibt es noch richtige Hebammen und einen Arzt, der alles überwacht. Da kann eigentlich nichts schiefgehen.

Ich mache das schon. Ich weiß, dass dieser Gedanke ziemlich dick aufgetragen ist, denn sehr wahrscheinlich werde ich ganz hinten stehen und um eine gute Sicht kämpfen.

Zimmer zweihundertfünfzehn kommt in Sichtweite, und ich schlittere beinahe in den Kreißsaal. Ich muss mich am Türrahmen festhalten, um nicht auf dem Hintern zu landen. Der Raum ist voller Menschen, mehr als ich erwartet habe, aber wir reden hier auch von Zwillingen. Da ist es nur logisch, dass doppelt so viel Personal anwesend ist. Ein Teil kümmert sich um Baby Nummer eins, einige um Baby Nummer zwei und der Rest um die Mutter, sobald die Geburt vorbei ist.

»Das ging schnell«, vernehme ich eine vertraute Stimme vom anderen Ende des Raumes.

Mein Blick fällt auf den Mann, der in den letzten drei Tagen nichts anderes getan hat, als mietfrei in meinen Gedanken zu leben. »Was soll ich sagen?« Ich lache ihn an, desinfiziere mir die Hände und ziehe einen OP-Kittel an. »Wenn ich eines bin, dann pünktlich.«

»Gut«, sagt Dr Mayson, während ich mir ein Paar Handschuhe überstreife. »Kommen Sie und stellen Sie sich hierher. Sie müssen mir assistieren, damit ich Ihnen zeigen kann, wie das funktioniert.«

Ich beiße mir vor Freude auf die Unterlippe, um nicht loszuschreien. Als ich zu ihm gehe, geben die anderen Krankenschwestern und Hebammen den Weg frei. Direkt neben Dr Mayson bleibe ich stehen und habe einen guten Blick auf den Kopf von Baby Nummer eins, der bereits zum Vorschein kommt.

»Ausgezeichnet, wie fühlen Sie sich, Rebecca?«, fragt Dr Mayson und sieht zu der Mutter auf.

Ich folge seinem Beispiel und betrachte die erschöpfte Frau. Scham wallt in mir auf, weil ich zuerst ihren Intimbereich betrachtet habe, bevor ich ihr ins Gesicht gesehen habe. Doch das scheint hier normal zu sein.

Die Frau wirft mir einen kurzen Blick zu, ehe sie sich wieder auf den Arzt konzentriert. Wenn sie nicht gerade die schlimmsten Schmerzen leiden würde, würde ich sagen, dass sie die glücklichste Frau der Welt ist: Sie hat nicht nur diesen wunderbaren Mann zwischen ihren Beinen, sondern gleich zwei süße Babys im Arm. Was könnte besser sein?

»Ich will nur, dass sie endlich aus mir rauskommen«,

sagt sie, und ihre Augen füllen sich mit Tränen.

»Sie haben es fast geschafft«, ermutigt er sie. »Von Baby Nummer eins ist bereits der Kopf zu sehen, und bei der nächsten Wehe können Sie pressen.«

Die Krankenschwestern und Hebammen treten näher, während sich ein Mann und eine Frau, die weiter abseits gestanden haben, an Rebeccas Seite gesellen. Ich schaue zu Dr Mayson und warte auf seine Anweisungen.

Als würde er meine Aufmerksamkeit spüren, sieht er in meine Richtung und schenkt mir ein warmes Lächeln. »Sind Sie bereit?«

Ich nicke. »So bereit wie noch nie.«

Dr Mayson wendet sich wieder der Schwangeren zu und vergewissert sich, dass alles in Ordnung ist. Der Monitor piept und er blickt darauf. Dann nickt er. »In Ordnung, Rebecca. Packen wir es an.«

Angst blitzt in ihrem Gesicht auf, als die Hebammen ihr helfen, die Beine anzuheben und die Knie so weit wie möglich in die Richtung ihrer Schultern zu schieben. Rebecca atmet tief durch. Als die Wehe sie überrollt, presst sie mit aller Kraft.

Der Kopf kommt noch mehr zum Vorschein, als Rebecca jedoch schreit und nicht mehr presst, stockt die Geburt. »Kommen Sie, Rebecca«, sagt Dr Mayson. »Der schwierigste Teil ist fast geschafft. Geben Sie nicht auf.«

Rebecca nickt und versucht es erneut. Sie schreit vor Schmerzen, als sich das Baby weiter durch den Geburtskanal schiebt. Ich beobachte sie genau, nehme jede kleine Bewegung wahr und versuche, mir alles zu merken, bis Dr Mayson einen kleinen Schritt zur Seite macht. »Autumn, ich möchte, dass Sie den Kopf des Babys stützen.«

Überrascht reiße ich die Augen auf, zögere aber nur ganz kurz. Ich halte meine Hand unter seine, damit er mich führen und damit zeigen kann, wie ich sicher und kontrolliert das Baby halte.

Endlich erscheint der Kopf von Baby Nummer eins und ich unterrücke mühsam meine überschwängliche Freude.

Rebeccas Wehe lässt nach. Während sie wieder zu Atem kommt, fährt Dr Mayson mit dem Finger um den Hals des Babys, um nach der Nabelschnur zu tasten. Als er seine Hände auf meine legt, konzentrierte ich mich auf seine nächste Anweisung. »In Ordnung. Jetzt müssen Sie mithelfen, das Baby zu drehen. Drücken Sie es nach unten, damit sich die obere Schulter bei der nächsten Wehe am Beckenknochen vorbei bewegen kann.«

»Verstanden.« Ich nicke und fokussiere mich ganz auf das, was ich tun muss, obwohl ich Angst habe, etwas falsch zu machen. Doch ich habe auch die Gewissheit, dass Dr Mayson das nicht zulassen wird.

»Gut. Ich werde Ihnen helfen und Sie anleiten, aber bei Baby Nummer zwei werden Sie es selbst versuchen.«

Verdammter Mist.

Ich nicke, traue mich aber nicht, etwas zu sagen, weil ich befürchte, dass sich die Mutter erschreckt.

Rebeccas nächste Wehe setzt ein, und Dr Mayson blickt zu ihr auf. »In Ordnung, einmal noch kurz pressen«, weist er sie an.

Sie tut, was von ihr verlangt wird, während sich ihr Gesicht vor Anstrengung rot verfärbt. Im selben Moment hilft mir Dr Mayson, die obere Schulter herauszuführen.

Danach lässt er mich los, und ich wende problemlos dieselbe Technik für die andere Schulter an.

Als der restliche Körper des Babys mühelos herausgleitet, bin ich überglücklich. Mir ist bewusst, dass ich Hilfe hatte, aber ich zähle das als eine Geburt, die ich allein bewerkstelligt habe. Das war genauso erstaunlich wie Novembers Kind, aber ohne den Stress im Fahrstuhl viel angenehmer. Wenn ich daran denke, dass mich Dr Mayson das zweite Baby auch zur Welt bringen lässt, kann ich mein Glück kaum fassen.

Genau wie bei November beuge ich mich zwischen den Beinen der erschöpften Mutter vor und bette das Baby sanft auf ihre Brust. »Herzlichen Glückwunsch. Nummer eins ist da, Nummer zwei fehlt noch.« Sofort legt sie die Arme um ihr Kind. Ich beobachte sie stolz, als das Kleine zu weinen beginnt.

Stille breitet sich im Raum aus. Ein zutiefst unangenehmes Schweigen. Ich sehe mich um und frage mich, warum die Leute nicht das Baby säubern und sich auf die zweite Geburt vorbereiten, als ich merke, dass alle mich anstarren.

Verwirrt ziehe ich die Stirn kraus und wende mich Dr Mayson zu, dessen Miene Unglauben und Verärgerung ausstrahlt.

In Gedanken gehe ich meine Schritte durch. Alles lief großartig. Ich habe das Baby entbunden und es der Mutter gegeben, so wie es uns beigebracht wurde. Ich verstehe nicht, was falschgelaufen ist.

Als ich wahrnehme, dass nur die Schreie des Babys durch den Raum hallen, wird mir übel. »Autumn«, sagt Dr Mayson, und sein Tonfall dreht mir einen Knoten in den

Magen. »Ziehen Sie Ihre Handschuhe und Ihren OP-Kittel aus und verlassen Sie sofort meinen Entbindungsraum.«

Meine Augen weiten sich. »Aber ...«

»Jetzt.«

Seine Stimme duldet keine Fragen oder Argumente. Tränen verschleiern mir die Sicht. Ohne mich noch einmal umzudrehen, verlasse ich den Kreißsaal.

Ich stoße die Tür auf und betrete den Flur. Sofort laufe ich los und bleibe nicht stehen, bis ich einen leeren Bereitschaftsraum finde und auf dem Boden zusammenbreche, weil ich absolut keine Ahnung habe, welcher Fehler mir diesmal unterlaufen ist.

11

Thorne

Ich plage mich mit Schuldgefühlen, als ich die Geburt des zweiten Babys beende und es seiner Mutter übergebe, seiner *richtigen* Mutter, nicht der Patientin, die vor mir auf dem Bett liegt.

»Sie ist wunderschön«, murmelt die frischgebackene Mutter und hält ihre kleine Tochter mit Freudentränen in den Augen, während sich ihr Mann schützend über sie beugt.

»Das ist sie wirklich«, sagt er und blickt zu dem anderen Baby, das gerade gewaschen und gemessen wird. »Das sind sie beide.«

»Da hast du verdammt recht«, erwidere ich und ein stolzes Grinsen breitet sich auf meinem Gesicht aus. Ich habe alle ihre Kinder zur Welt gebracht und miterlebt, wie ihre Familie wächst. »Ihre Brüder und Schwestern werden die beiden lieben. Ihr werdet sicher alle Hände voll zu tun haben.«

Er schüttelt den Kopf und kann dem Drang nicht widerstehen, mich zu necken. »Danke, Doc. Ich wusste, wir können auf dich zählen.«

Ich nicke, bevor ich mich umdrehe und meinen

Assistenzarzt beobachte. Er näht Rebecca mit einer Perfektion, die ich ihm beigebracht habe. Dieser Mann wird es in seiner Karriere weit bringen, vorausgesetzt, er behält einen klaren Kopf.

Ich wende mich wieder den Eltern zu. »Haben die zwei schon Namen?«

Sie sehen sich an, bevor der Vater breit lächelt. Sanft legt er seine Hand um den Hinterkopf seiner Tochter. »Dieses kostbare Mädchen ist Grace, und ihr Zwillingsbruder heißt Braxton«, sagt er und blickt zu seinem Sohn hinüber, der gerade gewogen wird.

Ich nicke und betrachte die beiden Neugeborenen, die ihre Familie gerade um ein Vielfaches vergrößert haben. »Sie sind perfekt«, stimme ich ihnen zu.

Als mein Assistenzarzt etwas von *fertig* murmelt, überprüfe ich, dass er jede meiner Anweisungen genau befolgt hat. Nachdem ich Rebecca untersucht und mich vergewissert habe, dass es ihr gut geht, gebe ich mein Okay, dass sie auf die Station gebracht werden kann, um sich dort zu erholen. Ich durchquere den Raum, ziehe die Handschuhe aus und reinige ausgiebig meine Hände und Arme von den Körperflüssigkeiten, die nun einmal dazugehören.

Am liebsten würde ich noch ein wenig bleiben und die Geburt der Zwillinge feiern, aber die vier brauchen diese Zeit als Familie. Sobald die leibliche Mutter gesäubert ist, wird sie verlegt. Dann wird sie einen ganzen Stapel Papierkram erledigen müssen, um die Adoption abzuschließen.

Ich kann mir keine Sentimentalitäten leisten und muss dringend mit Autumn reden. Mehr als drei Schritte schaffe ich nicht, ehe mich jemand am Ellenbogen berührt. Ich drehe mich um und sehe die frischgebackene Mutter in der Mitte des Flurs stehen, die Lippen zu einem schmalen Strich verzogen. Sie lässt ihre Hand sinken. »Entschuldigung«, beginnt sie. »Ich weiß, du hast sicher viel zu tun, aber ich wollte sagen, dass die Krankenschwester nichts Schlimmes getan hat«, erklärt sie. »Ich hätte Rebecca sowieso erlaubt, die Babys zu halten.«

»Nein, es tut mir leid. Das war äußerst unprofessionell, ich hätte eingreifen müssen. Man hätte das Baby zuerst dir als Adoptivmutter geben sollen. Das ist Vorschrift, und Autumn hätte darauf aufmerksam gemacht werden müssen. Es ist ihr dritter Tag in der Hebammenausbildung, also ist das meine Schuld. Ich hätte sie besser vorbereiten sollen.«

Sie lächelt mich freundlich an. »Du brauchst dich wirklich nicht zu entschuldigen«, versichert sie mir mit Nachdruck. »Das ist schon in Ordnung. Diese Babys sind Nummer fünf und sechs für mich. Ich habe jedes Neugeborene als Erste auf dem Arm gehabt. Nachdem Rebecca uns dieses Geschenk gemacht hat, verdient sie es, das Baby zu halten.«

Ich ringe mir ein Lächeln ab und nicke. »Danke, aber ich muss darüber mit meiner Auszubildenden reden.«

»Bitte.« Sie legt ihre Hand auf meinen Arm und sieht mich wissend an. »Sei nicht zu hart zu ihr. Mir ist aufgefallen, wie du sie angesehen hast. Sie ist etwas Besonderes für dich, nicht wahr?«

»Ich ...« Ich schüttle den Kopf und weiß nicht, was ich antworten soll.

»Das habe ich mir gedacht«, meint sie amüsiert und gibt

mir keine Chance, mich zu erklären. Was soll ich auch erwidern? Sie hat recht, und das ist uns beiden klar. Wir hören die zarten Schreie eines Babys aus dem Zimmer neben uns. »Ich gehe jetzt besser. Nochmals danke.«

Ich nicke, und keine Sekunde später ist sie verschwunden. Das Durcheinander in meinen Gedanken ist noch da, und ich versuche, rational zu bleiben. Autumn ist nur eine von vielen Auszubildenden. Mehr gibt es dazu nicht zu sagen.

Eine verdammte Lüge. Denn Autumn ist so viel mehr für mich. Je öfter ich in ihrer Nähe bin, desto klarer wird mein Eindruck: Sie empfindet etwas für mich, aber ich bin sicher, dass es bloß eine Schwärmerei ist, aus der sie sich nichts verspricht. Sie scheint nicht zu ahnen, dass sie schon zu mir gehört. Wie das geht, kann ich mir nicht erklären. Ich kenne diese Frau ja erst seit ein paar Tagen.

Diese für mich ungewohnten Gefühle verdrängend, gehe ich durch die Entbindungsstation, um Autumn zu finden. Ich bezweifle nicht, dass sie aufgebracht ist, weil ich sie ohne eine Erklärung rausgeworfen habe. Ihrem Gesichtsausdruck nach zu urteilen, hatte sie keine Ahnung, was falsch gelaufen war. Ich musste sie wegschicken, denn meine Patientinnen stehen an erster Stelle, egal was passiert. Doch jetzt ist der Eingriff vorbei, und für mich zählt nur noch, die Dinge mit Autumn zu klären. Vermutlich hasst sie mich für mein Verhalten. Einerseits macht mich das fertig, andererseits muss sie auch diese Lektion lernen: Sei immer vorbereitet, wenn du einen neuen Fall übernimmst. Wenn man es mit Neugeborenen und ihren emotional überstrapazierten Eltern zu tun hat, kann man sich keine Fehler leisten. Je eher sie das erkennt, desto besser. Mir tut es nur leid, ihr das so früh in ihrer Karriere beibringen zu müssen.

Ich gehe an der Schwesternstation vorbei und entdecke Patricia, die mich wie immer mit einem warmen Lächeln begrüßt. »Wie ist es gelaufen, Dr Mayson?«, erkundigt sie sich respektvoll und herzlich. Alle, die in der Rangordnung des Krankenhauses unter ihr stehen, wären neidisch.

»Alles gut, wie immer«, sage ich und suche nebenbei die Flure ab. »Haben Sie zufällig Autumn gesehen? Ich muss mit ihr reden.«

Ihre Brauen heben sich, und ein Grinsen überzieht ihr Gesicht. Vermutlich hat sie schon von den Vorfällen bei der Zwillingsgeburt erfahren und nimmt an, dass ich Autumn zurechtweisen werde. Schadenfreude ist eine von Patricias Leidenschaften, aber auch ihr größter Fehler. Heute werde ich sie nicht darauf ansprechen, weil sie mir sicher gleich einen Tipp geben wird.

»Ja, einige der Auszubildenden erwähnten, dass sie in einen der Bereitschaftsräume gerannt ist. Sie soll ziemlich verstört gewirkt haben.«

Es fühlt sich an, als würden sich ihre Worte durch meine Haut direkt in mein Herz bohren. Ich kann nur nicken.

Ich entferne mich und durchsuche die Bereitschaftszimmer. Versehentlich wecke ich einen der Nachtärzte, der eine Doppelschicht übernommen hat, weil Dr Harding heute Morgen nicht zum Dienst erschienen ist. Als ich den vierten und letzten Raum erreiche, zögere ich einen Moment, ehe ich vorsichtig anklopfe. Ein Schlurfen ist zu hören, dann bewegt sich der Knauf. Die Anspannung, nicht zu wissen, wer sich dahinter befindet, wird mir zur Qual.

Langsam öffnet sich die Tür. Als ich in große haselnussbraune Augen blicke, wird mir Elend zumute. Autumns Wimperntusche ist verschmiert und ihr Gesicht fleckig und rot vom Weinen. Mein Magen rebelliert wegen der Schuldgefühle, die ich ihretwegen habe. »Autumn ...«

Ihr Blick löst sich von meinem. »Geh weg«, murmelt sie und schiebt dabei jegliche Etikette einfach beiseite. Zurück bleiben zwei Menschen, die etwas füreinander empfinden, obwohl sie das nicht sollten.

Sie schließt die Tür, ehe ich etwas erwidern kann. Ich kann hören, wie sie sich auf ein Bett fallen lässt. Den Kopf gegen die Wand gelehnt, hänge ich stumm meinen Gedanken nach. Habe ich es vermasselt, noch bevor es angefangen hat? Ist das überhaupt möglich?

Nein, verdammt. So wird es nicht enden. Nicht mit mir.

Ich betrete leise das Bereitschaftszimmer. Autumn sitzt mit verschränkten Beinen auf einem der Betten, ihr Gesicht in den Händen vergraben. Sie so zu sehen, tut weh. Es ist eine Sache, sie irritiert und aufgebracht zu erleben. Jetzt wirkt sie verloren.

Sie blickt nicht zu mir auf, aber ich weiß, dass sie meine Anwesenheit spürt. Ich mache mich nicht weiter bemerkbar, gehe stattdessen zu ihr und setze mich neben sie auf das Bett. Weit genug entfernt, sodass ich ihr nicht zu nahe treten oder sie berühren kann.

»*Weggehen* gehört wohl nicht zu deinem Wortschatz«, murrt sie und schenkt mir keine Beachtung.

Ich will grinsen, verkneife mir aber diese Regung, weil

ich den Moment nicht ins Lächerliche ziehen will. »Um ehrlich zu sein, hat das niemand zu mir gesagt, seit ich siebzehn war und meine kleine Schwester wegen ihres ersten Highschool-Freundes geärgert habe.«

»Du bist ein Arsch.«

Ich atme tief durch, schaue zu ihr auf und beobachte, wie ihr Tränen über das Gesicht laufen. »Es tut mir leid«, sage ich leise. »Es hat mich fast umgebracht, dich wegzuschicken, aber ich musste es tun. Du hast einen Fehler gemacht, der nie passiert wäre, wenn du vorbereitet gewesen wärst. Also habe ich gehandelt, wie es jeder Ausbilder getan hätte.«

Autumn hebt den Blick, und der Ausdruck in ihren großen Augen lastet schwer auf mir. »Das ist es ja. Welcher Fehler? Ich verstehe das nicht. Hilf mir. Ich habe keine Ahnung, was ich übersehen habe. Ich bin genau nach Vorschrift vorgegangen. Meiner Meinung nach war es die perfekte Geburt.«

»Technisch gesehen hast du recht. Der Eingriff war perfekt und du hast einen unglaublich guten Job gemacht.«

»Was war es dann?«

»Das Paar, das neben Rebecca gestanden hat, das waren die Adoptiveltern der Zwillinge, und als du ...«

Autumn zieht überrascht Luft ein und ihr Körper wird stocksteif. Entsetzen steht in ihrem Gesicht, als sie begreift. »Ich habe dieser Frau die erste Umarmung mit ihrem Sohn geraubt.«

Ich will sie berühren, sie an mich drücken und festhalten, bis ihre Tränen versiegen, halte mich aber zurück. Dafür reicht meine Willenskraft gerade noch aus. »Es ist okay«, tröste ich sie. »Die Adoptivmutter hat mir versichert, dass für sie alles gut ist. Die Zwillinge sind ihre fünften und sechsten Kinder, und sie ist Rebecca wahnsinnig dankbar. Wenn das eine andere Geburt gewesen wäre, vielleicht eine Frau, die zum ersten Mal Mutter wird und ihr ganzes Leben auf diesen Moment gewartet hat ... Ich will damit nur sagen, dass du in Zukunft besser auf solche Situationen vorbereitet sein musst.«

Autumn wischt sich die Tränen aus dem Gesicht und atmet ein paarmal langsam ein und aus. »Ja«, antwortet sie. Dabei wirkt es so, als würde sie gegen ihre Traurigkeit ankämpfen. »Versprochen. Ich werde nie wieder so einen Mist bauen. Ich will die Beste sein. Ich würde doch niemals absichtlich jemanden so verletzen. Ich ... ich ...«

Was soll's.

Ich umfasse ihre Taille und ziehe sie auf meinen Schoß. Sie lehnt sich gegen mich und erlaubt mir, sie zu halten, während sie an meine Halsbeuge gelehnt weint. »Es tut mir so leid«, entschuldige ich mich und spüre ihr weiches Haar an meiner Wange. Mit der Hand wandere ich auf ihrem Rücken auf und ab. Auch wenn ich ihr Weinen kaum aushalte, habe ich mich noch nie so ruhig gefühlt.

»Du hast nichts falsch gemacht«, sagt sie mit brüchiger Stimme. »Du musstest mich wegschicken. Es war richtig, das zu tun. Ich kann keine Sonderbehandlung bekommen, nur weil ...«

Sie unterbricht sich selbst, und ich lasse meine Hände auf ihrem Rücken verweilen. »Nur weil was, Autumn?«, hake ich nach und bringe etwas Abstand zwischen uns.

Autumn sieht mich an und wischt sich über die feuchten Wangen. »Tu nicht so, als wüsstest du das nicht«, murmelt sie. »Zwischen uns ist etwas, und ich weiß, dass du es genauso spürst wie ich«, sagt sie mit einer Ehrlichkeit, die mich tief in meinem Herzen trifft.

Ich lege die Hand in ihren Nacken. »Du und ich ...«, beginne ich. »Egal was ich fühle, du bist mir unterstellt. Wir können nichts anderes sein.«

Autumn nickt. »Ich weiß«, flüstert sie. Eine weitere Träne befreit sich aus ihren schönen Augen. Ich wische sie sanft mit dem Daumen weg.

»Bitte hör auf zu weinen«, dränge ich. »Dich so zu sehen, tut mir weh.«

Einen ruhigen, langen Moment beobachtet sie mich, dann schlingt sie langsam ihre Arme um meinen Hals. Ich versinke in ihrer Berührung. Je länger ich sie spüre, desto mehr will ich ihren Körper noch enger an meinen drücken.

Ohne Vorwarnung überbrückt Autumn den geringen Abstand zwischen uns. Ihr Gesicht stoppt direkt vor meinem, ihr Mund nur einen Atemzug entfernt. Es wäre ein Leichtes, sie noch näher an mich heranzuziehen und endlich ihre Lippen auf meinen zu spüren.

Ich weiß, ich sollte es nicht tun. Ich sollte ihr sagen, dass sie sich zusammenreißen und wieder an die Arbeit gehen soll, aber ich kann es nicht. Dieser Moment ist unumgänglich und hat sich während der letzten Tage und in jeder Minute, die wir zusammen verbracht haben, aufgebaut. Sie jetzt wegzuschicken, würde einem Verbrechen gleichkommen.

Ihr Blick mit meinem verbunden, flehen mich ihre Augen lautlos an, diesen Sprung mit ihr zu wagen. Ich kann ihr nicht widerstehen. Dieses Haselnussbraun wirkt wie ein Leuchtfeuer, das mich hypnotisiert. Meine Hand in ihrem Nacken verringere ich den Abstand zwischen uns und küsse sie. Sofort spüre ich, wie sich ihr Körper an meinem entspannt.

Ein leises Stöhnen dringt aus ihrer Brust, als ich meinen Arm fester um sie lege und sie so nah wie möglich an mich ziehe. Es ist, als wäre sie mein Gegenstück; wie zwei Puzzleteile, die zusammengehören.

Autumn klammert sich an mich, während sich unsere Lippen nicht voneinander lösen können. Noch nie habe ich etwas so Vollkommenes und Schönes gefühlt. In diesem Moment wird mir klar, dass sie von nun an die Einzige für mich ist. Ich werde nie wieder eine Frau finden, die so perfekt zu mir passt wie Autumn. Sie vereint alles, was ich mir wünsche. Ich wäre ein Idiot, sie gehen zu lassen.

Schweratmend unterbricht sie unseren Kuss und lehnt ihre Stirn an meine. »Es tut mir leid«, flüstert sie. »Ich verspreche es. Von jetzt an werde ich mich mehr anstrengen.«

»Nein«, antworte ich und schüttle den Kopf. »Es ist dein dritter Tag. Ich hätte dich besser auf die Situation vorbereiten und dir sagen sollen, dass du diese Babys zur Welt bringen wirst. Es ist meine Schuld. Ich hätte dafür sorgen müssen, dass du weißt, was von dir erwartet wird, bevor du den Raum betrittst.«

»Ich werde nicht zulassen, dass du die Schuld auf dich nimmst«, erwidert sie und fährt mit ihren Fingern durch mein Haar. »Ich habe schon fünf Jahre Erfahrung als Krankenschwester. Ich weiß es besser, aber ich war so aufgeregt und habe angenommen, es sei eine gewöhnliche

Entbindung. Das ist mein Fehler. Ich schwöre dir: Ich werde nie wieder so etwas Dummes machen. Versprochen.«

Ich beobachte sie eine Weile, ehe ich sie wieder an mich ziehe und sanft mit meinen Lippen über ihre streiche. »Wenn du mich fragst, hast du das Baby perfekt nach Lehrbuch zur Welt gebracht. Du bist ein Naturtalent.«

Ihre Augen schimmern vor Freude und der Schmerz und die Verzweiflung darin verblassen. »Ist das dein Ernst?«

»Ja«, entgegne ich. »Du wirst wirklich die Beste auf dem Gebiet werden, und mit mir an deiner Seite wirst du unschlagbar sein.«

Autumn antwortet mit einem stürmischen Kuss, als wäre nichts anderes von Bedeutung. In diesem Moment gibt es nur uns. Ihre Zunge erforscht meinen Mund, und ich lasse sie gewähren, denn ich weiß genau, dass ich ihr alles geben werde, was sie will.

Als wir uns voneinander lösen, strahlt sie mich an. »Was machen wir hier?«, fragt sie keuchend, während sie ihre Finger aus meinen Haaren nimmt.

Ich schüttle den Kopf und kann mir ein Lächeln nicht verkneifen. »Ich habe keine Ahnung«, erwidere ich. »Aber es wird auf keinen Fall aufhören.«

Autumn grinst mich an, und ohne ein weiteres Wort küsst sie mich.

12

Autumn

Aalias Kreischen geht mir durch Mark und Bein. Sie saust begeistert die Rutsche runter. »Verdammter Mist«, murmle ich um Luft ringend, und setze mich neben ihre Mutter auf eine Parkbank. »Ich schwöre, sie wird jedes Mal schneller, wenn sie das Ding runterdüst.«

»Wem sagst du das«, antwortet KC. »Es macht mir jedes Mal eine Höllenangst. Wärst du nicht medizinisch ausgebildet, wären wir jetzt nicht hier.«

Ich verstehe sie und muss trotzdem lachen. Ihr Kind ist so wild, wie es nur sein kann. Barbies und Teepartys interessieren sie nicht. Es würde mich nicht wundern, wenn sie sich zu ihrem nächsten Geburtstag ein Motorrad wünschen würde und ihre Mutter damit in den Wahnsinn treibt. »Sie hat so viel Spaß dabei«, merke ich an und nippe an meinem Milchshake. »Und verletzt hat sie sich bisher auch nicht.«

»Ja«, spottet KC. »*Bisher* ist das Schlüsselwort. So viel Glück habe ich nicht. Früher oder später wird sie sich etwas brechen.«

»Nein, bestimmt nicht«, beruhige ich sie und sehe, wie Aalia die Treppe des Spielgeräts hinaufklettert. Als sie abrutscht und fast auf ihr Gesicht fällt, zucken wir beide zusammen. »Sag mir bloß nicht, was alles passieren könnte.«

KC schüttelt den Kopf. »Erzähl mir von dir. Ich muss mich ablenken, bevor ich mich wie eine dieser Helikopter-Mütter benehme und meine Tochter von Kopf bis Fuß in Luftpolsterfolie einwickle. Wie läuft es mit Brandon? Benimmt er sich?«

Schlagartig überrollen mich Schuldgefühle. Vor knapp zwei Wochen habe ich mit Brandon Schluss gemacht. Ist das wirklich schon so lange her? Mist. Ich bin eine furchtbare Freundin.

Ich verziehe das Gesicht zu einer Grimasse, und KC wirft mir einen fragenden Blick zu. »Was? Spuck es aus.«

Ich kann nicht anders, als sie anzugrinsen. »Es tut mir so leid«, sage ich und muss kichern. »Nimm es mir nicht übel. Ich war so wahnsinnig beschäftigt, dass ich vergessen habe, dir das zu erzählen.«

»Was ist passiert?«

»Ich habe ihm vor fast zwei Wochen den Laufpass gegeben. Erst hat er mein Geld geklaut, dann hat er sich davon eine verdammte Playstation gekauft.«

Ihre Augen weiten sich vor Schreck. »Was?« Sie klingt entrüstet.

»Ja, du kennst doch die Schachtel für Notfälle, die unter meinem Bett steht?« Sie nickt. »Der Dreckskerl hat meinen Ersatzschlüssel mitgehen lassen, sich in meiner Wohnung rumgetrieben, als ich nicht da war, und sie gefunden. Mit dem Geld hat er sich selbst ein Geburtstagsgeschenk gekauft, um mir diese Arbeit abzunehmen. Ich kann nicht fassen, dass er auch noch die Frechheit besessen hat, mir das so ins Gesicht zu sagen. Als hätte er mir einen Gefallen damit getan.«

KC starrt mich an, als könne sie nicht glauben, was sie da hört. »Willst du mich verarschen? Das ist Wahnsinn.«

»Sag das nicht mir. Ich kam an diesem Abend nach Hause und fand meine Wohnung verwüstet vor, mein Kühlschrank war leer, und dieser Idiot lungerte auf meiner Couch herum, als würde sie ihm gehören. Ich habe ihn rausgeschmissen. Zum Glück stand Breaker vor meiner Tür und hat ihm eine Heidenangst eingejagt und dafür gesorgt, dass ich mein Geld bekomme. Bis jetzt hat Brandon nicht versucht, mich zu belästigen. Und auch die tausend Dollar habe ich schon.«

»Verdammt richtig.« KC grinst und hält ihre Hand für ein High-Five hoch. »So ein Loser. Ich mochte den Kerl von Anfang an nicht, aber du wolltest nicht so schnell aufgeben. Alter Sturkopf.«

»Ich weiß.« Ich stöhne auf und wünschte, ich hätte von Anfang an auf meine beste Freundin gehört. »Das hat man davon, wenn man eine Singlefrau mit gewissen Bedürfnissen ist.«

KC schüttelt den Kopf. »Es gibt immer noch meinen großen Bruder«, meint sie mit einem vielsagenden Grinsen. Ich verdrehe die Augen. Seit wir uns kennen, versucht sie, mich mit ihm zu verkuppeln. Aus uns wird nie etwas, wir sind nur Freunde. Außerdem ergibt sich vielleicht mehr mit dem bestaussehenden Arzt der Welt. »Du weißt, dass Jay total in dich verknallt ist. Ihr wärt so ein tolles Paar. Und ihr würdet die süßesten Babys aller Zeiten bekommen.«

Ich atme tief aus. »Wie oft muss ich dir noch erklären,

dass das mit Jay und mir nie was wird? Außerdem ...« Ich lasse meinen Blick zu den Spielgeräten schweifen. »Es gibt da vielleicht einen sehr attraktiven Arzt, der mir nicht aus dem Kopf geht.«

KC verschluckt sich an ihrem Milchshake. »Wie bitte?«, bringt sie hustend hervor. »Ähm ... was? Wann in aller Welt wolltest du mir das erzählen? Wer zum Teufel ist dieser Arzt?«

Grinsend sehe ich sie an. »Sein Name ist Dr Mayson, und er ist ...«

»Dr Thorne Mayson?«, platzt sie heraus. »Ist das ein Scherz? Ich kenne ihn. Er ist der beste verdammte Experte in Sachen Geburtshilfe im ganzen Bundesstaat, und das zu Recht. Er hat Aalia entbunden, und dabei einen verdammt guten Job gemacht. Es gab so viele Komplikationen, aber ... Oh.« Sie stockt und sieht mir in die Augen. »Der Mann saß zwischen meinen Beinen. Das wird doch kein Problem für dich sein, oder?«

Ich kann mir ein Lachen nicht verkneifen. »Beruhige dich. Er ist nicht mein Freund. Ich weiß nicht einmal, was das zwischen uns ist.«

»Aber du magst ihn?«

»Ja, ich mag ihn, vielleicht ein bisschen zu sehr, als gut für mich wäre. Wir hatten letzte Woche diesen einen tollen Moment in einem Bereitschaftsraum, aber seitdem ist alles ein wenig ins Stocken geraten.«

»Was meinst du?«

Ich zucke mit den Schultern. »Ich weiß es nicht. Vielleicht hat er bekommen, was er wollte. Oder festgestellt, dass er mich nicht mag.«

»Du bist verrückt, wenn du das denkst«, wirft sie ein.

»Sieh dich an. Du bist absolut umwerfend und hast eine Persönlichkeit, für die man sterben könnte. Jeder Mann kann sich glücklich schätzen, mit dir zusammen zu sein. Ich bin sicher, dass er nur nervös ist, weil er Arbeit und Vergnügen vermischt. Es ist zwar Jahre her, seit ich ihn zuletzt gesehen habe, aber er wirkte damals äußerst professionell.«

»Das ist er auch«, merke ich gedankenverloren an. Ich kenne ihn jetzt zwei Wochen und bin total verwirrt, wenn ich an ihn denke. Nach meinem Dienst helfe ich ihm bei der Überarbeitung der Arbeitsabläufe. Diese gestohlenen Stunden mit ihm sind der beste Teil meines Tages. Wir flirten wie Teenager. Er hat allerdings nicht mehr versucht, mich zu küssen. Vielleicht ist das alles nur Spaß für ihn.

»Mom, Mom, sieh mal!«, ruft Aalia aus vollem Hals von der höchsten Stelle der Rutsche, einem Sturz gefährlich nahe.

»Ja, Baby. Ich sehe dich«, erwidert KC laut und nippt an ihrem Milchshake.

»Siehst du mir zu?!«

KC stöhnt, behält jedoch das warme Lächeln bei. »Ja, Aalia, ich beobachte dich, Schatz. Kann losgehen.«

Aalia stößt einen aufgeregten Schrei aus, springt in die Luft, landet auf ihrem kleinen Hintern und saust wie eine echte Draufgängerin die Rutsche hinunter. Ich halte den Atem an, weil ich sicher bin, dass sie sich das Steißbein gebrochen haben muss. Doch sie gleitet nach unten und plumpst schwer in den Sand. Sie lacht und läuft sofort zurück zur Treppe.

KC und ich starren uns an. »Wie kann es sein, dass dein

Kind noch lebt?«

Sie schüttelt den Kopf. »Ich habe keinen blassen Schimmer.«

Wir beobachten sie noch eine Weile. Ich nippe an meinem Milchshake und genieße meinen freien Tag. Gestern bin ich extra früh aufgestanden, was nicht oft vorkommt, und habe alles erledigt, damit ich den heutigen Tag ganz für mich habe. An meinen freien Tagen sitze ich meist über meinen Lehrbüchern oder sehe mir Videos von Geburten an, um meine Karriere voranzubringen. Ich habe sogar einige Filme gefunden, an denen Dr Mayson beteiligt war, und sie mir x-mal angesehen, nur um seine wunderbar tiefe Stimme zu hören.

An diesem Morgen wusste ich plötzlich, wie dringend ich eine kleine Auszeit brauche. Ich habe es vermisst, an nichts denken zu müssen, mich einfach nur zu entspannen und Spaß zu haben. Wahrscheinlich sollte ich das öfter tun.

Den Blick auf den Spielplatz gerichtet, beobachte ich, wie die Kinder herumtoben und sich vergnügen. Unwillkürlich frage ich mich, wie wohl mein eigenes Kind aussehen würde. Wird es meine brünetten Wellen und Dr Maysons himmelblaue Augen haben?

Mist. Tu das nicht, Autumn. Das würde nur Ärger bedeuten.

Ich versuche, die aufdringlichen Gedanken aus meinem Kopf zu verbannen, als ein riesiger Hund durch den Park rennt. Einige Kinder schreien entsetzt auf, andere lachen und quietschen vor Vergnügen.

Mein Blick wandert sofort zu Aalia. Die wilde Freude in ihren Augen verrät mir, dass sie sich gerade vorstellt, wie sie auf dem Hund wie auf einem Pferd reitet.

Drei hübsche blonde Mädchen jagen dem Vierbeiner hinterher. Weiter hinten im Park verschwinden sie in alle Richtungen. Ihre Mutter, die sich mit einem Kinderwagen abmüht, versucht vergeblich, die Kinder zusammenzuhalten. Sie wirkt erschöpft, aber auch glücklich.

Die Frau lässt sich auf der anderen Seite des Parks auf einer Bank nieder. Obwohl sie ein gutes Stück entfernt sitzt, erkenne ich sie. Ich werde ihr Gesicht nie vergessen. November Mayson – die Mutter des ersten Babys, das ich entbunden habe.

Ein Lächeln umspielt meine Lippen. Ein paarmal habe ich nach ihr gesehen, während sie sich im Krankenhaus von der Geburt erholt hat. Seit ihrer Entlassung frage ich mich, wie es ihr geht. Die Mutterrolle scheint ihr gut zu tun. Ihre Mädchen tollen fröhlich herum, und sie betrachtet liebevoll ihr Baby.

Ich beuge mich zu KC hinüber, stoße sie mit dem Ellenbogen an und nicke in Novembers Richtung. »Siehst du die Frau da drüben?«

KC folgt meinem Blick und rümpft die Nase. »Meinst du die mit der Schar Kinder, einem Neugeborenen, dem monströsen Hund und ohne Kaffeeflecken auf dem Shirt? Neben ihr sehe ich wie eine beschissene Mutter aus, die ihre einzige Tochter nicht im Griff hat.«

»Ja, genau die«, antworte ich belustigt. »Sie ist die Frau aus dem Fahrstuhl, von der ich dir erzählt habe.«

KC's Brauen schießen in die Höhe. »Soll das heißen, dass sie auch noch einen unglaublich attraktiven Ehemann hat?«

»Ja, hat sie.«

»Wow.«

»Ja …«

Die Minuten verstreichen. Ich überlege, ob ich zu ihr gehe, um *Hallo* zu sagen. Ich befürchte jedoch, sie zu stören. Ich bleibe sitzen und lasse November in Ruhe. Mit den vier Kindern und einem Hund hat sie ohnehin alle Hände voll zu tun

Ich beobachte, wie Aalia quer durch den Park zu den Schaukeln läuft, vorbei an dem Piratenschiff, auf dessen Spitze ich eins von Novembers Mädchen klettern sehe. Ich muss lächeln. Als ich wieder nach Aalia sehen will, rutscht Novembers Tochter mit einem Fuß weg.

Ein entsetzter Schrei entfährt ihr. Mein Atem stockt. Ich sehe sie wie in Zeitlupe zu Boden fallen. Im selben Moment springt November panisch auf. Durch den Schrei hält auch der Hund inne und stürmt auf das Mädchen zu. Mit einem harten Aufprall landet die Kleine auf dem Boden. Das Knacken eines Knochens scheint durch den ganzen Park zu schallen.

Ich setze mich in Bewegung.

Der Hund erreicht das Mädchen zuerst, November kurz darauf. Das Baby hat sie im Kinderwagen zurückgelassen, die beiden anderen Töchter beginnen aus Angst um ihre Schwester zu weinen.

»June«, ruft November, während ihrem süßen Mädchen dicke Tränen über die Wangen laufen.

Ich laufe so schnell ich kann und erreiche sie gerade noch rechtzeitig, um Novembers Hände von dem Kind wegzuschieben. »Nein, heb sie noch nicht hoch«, rufe ich und kann verhindern, dass sie die Situation ungewollt verschlimmert.

Als ich nach dem Mädchen greifen will, stellt sich der

riesige Hund knurrend zwischen uns, um seine Familie zu beschützen.

»Aus, Biest«, fordert November mit brüchiger Stimme. Der Hund weicht augenblicklich zurück.

Ich behalte ihn im Blick, während ich das Mädchen auf Verletzungen abtaste. Es wirkt, als hätte sie sich den Arm gebrochen. November blickt mich an und scheint mich zu erkennen. Erleichterung entspannt ihre Züge. »Oh, Gott sei Dank«, sagt sie und versucht, ihre Tochter zu beruhigen. »Ist mein Baby in Ordnung?«

Ich nicke. »Ihr Arm ist verdreht und wahrscheinlich gebrochen. Vielleicht muss er operiert werden. Du solltest sie ins Krankenhaus bringen.«

November nickt. Ich drehe mich zu KC um und deute auf den Kinderwagen. »Kümmere dich um das Baby und ruf einen Krankenwagen. Der Arm ist gebrochen.«

KC schnappt sich ihr Telefon und eilt zu dem Neugeborenen, das von der ganzen Aufregung nichts mitzubekommen scheint. Sie spricht mit dem Notdienst und schiebt den Kinderwagen näher zu uns herüber. Auch Aalia kommt angerannt.

November bittet ihre beiden Töchter, beim Kinderwagen zu warten und auf ihre kleine Schwester aufzupassen.

Bis der Krankenwagen eintrifft, versuche ich, es dem weinenden Mädchen so angenehm wie möglich zu machen, obwohl ich weiß, dass es große Schmerzen hat. Doch ich kann nicht viel mehr tun, als sie zu beruhigen und ihr zu sagen, dass alles gut wird.

Als sich ihre zwei Schwestern an KC's Seite stellen, folgt ihnen der riesige Hund. Offenbar behagt ihm nicht, dass die Mädchen bei einer Fremden stehen. Dieser Hund scheint etwas Besonderes zu sein. Er ist wachsam, loyal und extrem gut erzogen. So einen hätte ich auch gern, einen besten Freund und Beschützer. Verdammt, wenn ich nicht so verrückte Arbeitszeiten hätte, würde ich schon längst einen haben.

Der Krankenwagen trifft in Rekordzeit ein. Innerhalb von zwei Minuten wird die Kleine versorgt, auf die Trage gelegt und ins Auto geschoben. November steht an den offenen Türen und versucht verzweifelt herauszufinden, wie der Kinderwagen, sie mit den beiden Töchtern und auch der Hund hineinpassen sollen.

»Tut mir leid, Ma'am«, entschuldigt sich der Sanitäter. »Wir können Ihre Tochter entweder allein mitnehmen oder mit Ihnen. Die anderen müssen hierbleiben.«

November reißt die Augen auf. »Ich ... ich ...«

Sie wirft einen Blick auf den Rest ihrer Familie und wirkt völlig ratlos. KC legt ihr beruhigend eine Hand auf die Schulter. »Ich wohne gleich dort«, erklärt sie und zeigt auf das Wohnhaus auf der anderen Straßenseite des Parks. »Fahren Sie mit Ihrer Tochter ins Krankenhaus. Sie braucht Sie. Ich kümmere mich in der Zwischenzeit um die Mädchen und den Hund. Sie sind bei mir in Sicherheit, versprochen. Ich wollte meiner Tochter sowieso gerade etwas zu essen holen. Und ein paar Hundeleckerlis habe ich immer, falls mein Bruder seinen Vierbeiner mitbringt.«

Unsicher schaut sie zwischen dem wartenden Sanitäter und KC hin und her. »Sind Sie sicher?«, fragt sie an KC gewandt, die bestätigend nickt.

»Ja, natürlich. In einer solchen Situation würde ich mir wünschen, dass jemand das Gleiche für mich tut.«

»Ich komme so schnell wie möglich zurück, um sie zu holen. Entweder ich oder mein Mann oder meine Schwiegermutter oder ...«

»Es ist in Ordnung«, sagt KC ruhig. »Gehen Sie nur.«

November holt zittrig Luft, nimmt ihr Baby und die Wickeltasche aus dem Kinderwagen und bewegt sich zum Krankenwagen. Sie blickt zurück zu ihren Töchtern, die an KC's Seite stehen. »Ich bin so schnell wie möglich wieder da. June braucht Mommy, okay? Ihr zwei seid tapfer.«

Ich helfe November beim Einsteigen. »Ich kann für KC bürgen. Sie wird sich gut um sie kümmern. Deine Kinder sind in sicheren Händen.«

Die beiden Mädchen schniefen und der Hund rückt näher an sie heran. November blickt zu mir. »Kommst du nicht mit? Sag mir nicht, dass du hierbleibst. Ohne dich verstehe ich nichts von dem, was mir die Sanitäter erklären.«

KC nickt mir aufmunternd zu. »Natürlich«, antworte ich auf Novembers Frage und setze mich neben sie. Ich erinnere mich noch genau, dass Dr Mayson gesagt hat, November gehöre zu seiner Familie. Aus einem mir unerfindlichen Grund werde ich sie ab sofort wie meine eigene behandeln.

13

Thorne

Mein Telefon klingelt, während ich in meinem Büro zu Mittag esse. Ich stoße einen Seufzer aus. Immer gibt es jemanden, der etwas von mir will. Als ich Ashers Namen auf dem Display sehe, verfliegt mein Ärger sofort. »Hey Mann, was gibt's?«, erkundige ich mich und klemme mir das Handy zwischen Schulter und Ohr. Bevor ich wieder an die Arbeit muss, möchte ich meine Mahlzeit beenden.

»Hör mal, ich weiß, du bist wahrscheinlich beschäftigt. Aber ich habe gerade einen Anruf von November bekommen. June hat sich im Park den Arm gebrochen, und sie sind auf dem Weg ins Krankenhaus.«

»Was ist passiert?« Ich stehe auf und verlasse mein Büro.

»Ich bin nicht sicher. November war zu sehr in Panik und hat nicht viel sagen können. Anscheinend war eine Krankenschwester im Park, die bei ihr geblieben ist, um zu helfen. Ich würde dich nicht fragen, wenn es nicht wichtig wäre, aber ...«

»Schon okay. Ich bin gleich in der Notaufnahme. Ich sage meine Termine ab und kümmere mich darum.«

»Bist du sicher?«, fragt er. »Die Ärzte dort sind vermutlich großartig, aber ich würde mich wohler fühlen, meine Tochter dir anzuvertrauen.«

»Ist schon gut. Ich treffe dich unten.«

»Danke, Mann. Ich bin in zwei Minuten da.«

Ich gehe an Laura vorbei, die an ihrem Schreibtisch arbeitet. »Es gab einen Notfall mit meiner Nichte«, teile ich ihr mit. »Sagen Sie bitte meine Termine ab.«

»Oh, ähm ... okay«, erwidert sie, während ich bereits das Zimmer verlasse. Ich mache mir nicht die Mühe zu erklären, dass June nicht wirklich meine Nichte ist. In den letzten Jahren sind fast alle Ehefrauen meiner Cousins durch diese Bürotür gegangen, dass Laura weiß, was ich meine. Inzwischen ist es einfacher, mich Onkel Thorne zu nennen und sie als meine vielen Nichten und Neffen zu bezeichnen – und wenn ich viele sage, meine ich das auch so.

Ich lasse die Entbindungsstation hinter mir und bleibe vor dem Aufzug stehen. Heute ist Dienstag, der einzige Wochentag, an dem ich keine Kaiserschnitte oder andere Eingriffe ansetze. Sofern es keinen Notfall gibt, was oft passiert, hole ich verpasste Termine nach oder kümmere mich um den Bürokram.

Ich drücke wiederholt den Rufknopf für den Aufzug, doch die Ziffer auf der Anzeige bewegt sich nicht und zeigt weiterhin die siebte Etage an. Ich beschließe, nicht länger zu warten und die vier Stockwerke zu Fuß nach unten zu gehen.

Ich nehme die Treppe und bin kurz darauf in der Notaufnahme. Als ich den ungewöhnlich vollen Warteraum betrete, wird mir klar, dass es sich bei der Menschenansammlung um eine Art Familientreffen der Maysons handelt. Meine Cousins Asher, Cash, Nico und Trevor mit all ihren Frauen und Kindern, sogar meine Tante Susan und mein Onkel James sind gekommen, um nach June zu sehen. Sollten die nicht bei der Arbeit sein? Und die Kinder in der Schule?

Ich geselle mich zu Asher, der auf- und abgeht und wahrscheinlich damit die anderen Patienten verrückt macht. Er sieht mich und hebt zur Begrüßung sein Kinn. »Sind sie schon da?«, frage ich, schaue mich kurz um und konzentriere mich wieder auf Asher.

Er schüttelt den Kopf. »Nein, noch nicht.«

Ich kann mir ein Grinsen nicht verkneifen. »Du willst mir doch nicht erzählen, dass ihr alle eure Arbeit fallengelassen, Verstärkung gerufen, eure Frauen und Kinder abgeholt und es noch vor dem Krankenwagen hierher geschafft habt?«

»Verdammt richtig. Wir reden hier über ein Mayson-Baby«, ruft Cash von seinem Platz auf der anderen Seite des Raumes herüber. Er steht neben seiner Frau Lily, die ihre Kinder Jax und Ashlyn beobachtet, die an einem Automaten herumspielen.

Ich begebe mich hinüber zur Schwesternstation. Die Frau hinter dem Schreibtisch sieht dienstbeflissen zu mir auf. »Wann trifft der Krankenwagen mit June Mayson – gebrochener Arm im Park – ein?«

Die Schwester blickt auf ihren Computer. »In dreißig Sekunden. Übernehmen Sie sie?«

»Ja.«

Sie nickt und tippt etwas auf ihrer Tastatur, während ich zum Hintereingang gehe, gefolgt von meinen vier Cousins. Eigentlich dürfen nur Notfallpatienten und ihre

Begleitperson in der Notaufnahme warten. Ich sehe an den Blicken des Personals, dass sie über die Anwesenheit meiner Großfamilie nicht glücklich sind, aber niemand hält sie auf oder schickt sie weg. Es wäre ohnehin sinnlos. Schließlich reden wir hier über June. Und diese Männer werden nicht von ihrer Seite weichen, bis sie wissen, dass sie ärztlich versorgt und in Sicherheit ist.

Der Krankenwagen trifft wie angekündigt innerhalb von dreißig Sekunden ein. Sofort stehen die vier Mayson-Brüder vor der Rückseite des Fahrzeugs. Die Sanitäter kommen kaum an ihnen vorbei. Sobald sie die Türen öffnen, erfüllen Junes Rufe nach ihrem Dad die Luft. Ohne zu zögern, steigt Asher in das Wageninnere.

Die Sanitäter heben die Trage aus dem Fahrzeug, Asher hält die ganze Zeit Junes Hand. Sofort scharen sich die Männer um sie. Ich versuche, an ihnen vorbeizukommen, um einen Blick auf meine Patientin zu werfen. Eine Bewegung im hinteren Teil des Krankenwagens lenkt mich jedoch ab. An November vorbei, die ihr Baby im Arm hält und Mühe hat, auszusteigen, sehe ich die Frau, die mir neuerdings den Atem raubt.

Autumn war die Krankenschwester im Park, die Frau, die bei November geblieben ist, während sie in Panik um ihr verletztes Kind war. In meiner Brust krampft sich alles zusammen. In den letzten zwei Wochen war so viel zu tun, dass ich kaum Zeit hatte, mit ihr die Richtlinien und Abläufe durchzugehen, aber ich habe jede freie Sekunde dafür genutzt. Ich hätte gern Stunden mit ihr verbracht, vielleicht sogar irgendwo außerhalb des Krankenhauses etwas unternommen. Ich werde das so bald wie möglich nachholen.

Mir ist natürlich aufgefallen, dass sich seit unserem Kuss etwas verändert hat. Jedes Mal, wenn ich in ihre haselnussbraunen Augen sehe, entdecke ich nichts als Verwirrung in ihnen. Sie hat keine Ahnung, wie es um uns steht. Wenn ich ehrlich bin, weiß ich es auch nicht. Eines ist mir jedoch klar: So wird es nicht mehr lange mit uns weitergehen. Sie soll ein Teil meines Lebens sein. Das Bedürfnis, sie *mein* zu nennen, ist das Einzige, woran ich denken kann.

Autumn hilft November beim Aussteigen aus dem Krankenwagen, springt dann selbst hinterher und geht in meine Richtung. Offenbar hat sie erkannt, dass ich die Verantwortung für diesen Notfall trage.

»Hey«, begrüßt sie mich und beißt sich nervös auf die Unterlippe. »Bist du hier zuständig?«

Ich zucke mit den Schultern und betrachte sie in ihren kurzen Shorts und dem schwarzen Tanktop, die ihren Körper perfekt zur Geltung bringen. »Als Asher angerufen hat, konnte ich einfach nicht ablehnen. Was ist passiert?«

»Soweit ich das beurteilen kann, ist sie beim Sturz von dem Piratenschiff auf ihrem Arm gelandet.«

Ich runzle die Stirn. »Piratenschiff?«

»Ein Spielgerät auf dem Spielplatz«, stellt sie klar. »Sie war ganz oben, als sie mit dem Fuß abrutschte. Ich bin kein Arzt und habe keinen Röntgenblick, aber nach dem, was ich in den letzten fünf Jahren gesehen habe, ist der Arm gebrochen und verdreht. Sie wird wahrscheinlich operiert werden müssen.«

»Mist.« Ich seufze auf und schaue zu November hinüber, die Tränen in den Augen hat. »Hast du das

November gegenüber erwähnt?«

Sie nickt. »Das habe ich. Ich wollte ihr die Möglichkeit geben, sich darauf vorzubereiten.«

»Okay, gut.« Ich gehe zu der Gruppe von Männern, die sich noch immer um meine Patientin scharen. Ich will gerade anfangen, sie unsanft aus dem Weg zu bugsieren, als ich die Stimme meiner Tante Susan höre.

»Ihr seid zwar jetzt erwachsen, aber ich werde nicht zögern, euch übers Knie zu legen und euch den Hintern zu versohlen, wenn ihr Thorne nicht aus dem Weg geht und ihn sich um mein Enkelkind kümmern lasst«, fordert sie in einem Tonfall, der sofort die Aufmerksamkeit meiner vier Cousins auf sie lenkt.

Augenblicklich treten sie beiseite, und ich werde von einem süßen Mädchen begrüßt, das ein sehr tapferes Gesicht macht, obwohl seine Unterlippe zittert. Asher verharrt an ihrer Seite und hält weiter ihre Hand. »Wie fühlst du dich?«, frage ich an June gewandt. »Ich habe gehört, du bist gestürzt.«

Sie nickt, und ihr Kinn beginnt, heftiger zu zucken.

»Darf ich mal sehen?«

»Es tut weh.« Sie schluchzt.

»Ich weiß«, sage ich. »Aber ich werde alles wieder gut machen, und vielleicht können wir danach deinen Dad davon überzeugen, dir das Kaninchen zu kaufen, das du dir schon immer gewünscht hast.«

Ihre Miene erhellt sich, und sie wendet sich mit großen Augen ihrem Vater zu. Ich kann sehen, wie er erkennt, dass er keine andere Wahl hat, als ihr den Wunsch zu erfüllen. »Ja, meine Kleine. Alles, was du willst. Denk dir schon mal ein paar Namen aus, während Onkel Thorne deinen Arm untersucht«, fordert er sie auf und lenkt sie so von mir ab.

Sie lächelt und lässt mich gewähren, während Asher mich kopfschüttelnd anstarrt. November kichert leise und wirkt deutlich entspannter. »Du bist so was von erledigt«, wendet sie sich an Asher. »Wenn sie das ausnutzt, haben wir bald einen ganzen Bauernhof bei uns zu Hause.«

»Wem sagst du das«, brummt er und betrachtet die Gruppe, die uns umgibt. »Wo sind die Kinder?«, fragt er, die Brauen sorgenvoll zusammengezogen. »Ich dachte, sie wären mit dir im Park?«

»Ich ...« Ihre Augen weiten sich, als würde sie etwas begreifen, bevor sie aufstöhnt und zu Autumn blickt. »Ich habe ...«

»Was hast du?«, hakt Asher nach und konzentriert sich auf seine Frau. »Wo sind die Kinder?«

»Ich war in Panik, und die Sanitäter wollten uns nicht alle mitnehmen. Wir hätten nicht in den Krankenwagen gepasst, und da war Autumns Freundin mit ihrem Kind. Sie hat angeboten, die Mädchen in ihre Wohnung zu bringen, die direkt gegenüber dem Park liegt, und ich ... ich hatte es so eilig. Ich wusste nicht, was ich sonst tun sollte, und ich habe einfach ... Ich habe nicht nachgedacht.«

»Wie bitte?«, entgegnet Asher aufgeregt. »Du hast unsere Mädchen bei einer Fremden gelassen?«

Novembers Unruhe wächst spürbar, als sie zu erkennen scheint, in welche Situation sie ihre Kinder gebracht haben könnte. Ihr Gesicht verliert jegliche Farbe, und sie sieht aus, als würde ihr schlecht werden. »Biest war bei ihnen«, antwortet sie, als würde das etwas ändern.

Tante Susan schreitet ein und nimmt November das Baby aus den Armen. Autumn tritt einen Schritt vor und stellt sich direkt in Ashers Blickfeld. »Ich kann für KC bürgen«, sagt sie und sieht zwischen den Eltern hin und her. »Sie ist eine großartige Frau. Die Kinder sind absolut sicher bei ihr. Ich meine es ernst. Wenn es ein Problem gäbe, hätte sie es gesagt.«

Autumns Worte machen die Situation nicht gerade besser, aber sie mildern die Panik in Ashers Augen.

Onkel James erkennt, dass sowohl Asher als auch November wegen June besser im Krankenhaus bleiben sollten. Er geht auf November zu und sieht seinen Sohn an. »Ich werde sie holen und zu mir nach Hause bringen«, erklärt er, bevor er zu Autumn hinunterschaut. »Wo wohnt Ihre Freundin?«

»Haben Sie Ihr Telefon dabei?«, fragt Autumn und hält ihm die Hand hin. »Ich gebe Ihnen KC's Kontaktdaten, dann können Sie sie anrufen, falls es notwendig sein sollte.«

Onkel James kramt in seiner Tasche, holt ein Telefon hervor und überreicht es Autumn. Lächelnd sieht sie ihn an. »Ihr Name ist KC, und sie ist total nett. Ich rufe sie an und sage ihr, dass Sie vorbeikommen. Dann können Ihre Enkeltöchter bis dahin ihre Sachen einpacken.«

»Danke, das wäre toll.«

Geschäftig gibt Autumn die Daten ihrer Freundin in Onkel James' Handy ein, während wir anderen uns in die Notaufnahme begeben. Ich habe keine andere Wahl, als die restliche Familie an den großen Doppeltüren aufzuhalten. »Leider dürft ihr nicht alle mitkommen. Ich gebe euch mein Wort, dass June in guten Händen ist. Ich werde nicht zulassen, dass ihr etwas zustößt«, sage ich mit Nachdruck und warte gespannt auf ihre Reaktionen.

Asher und November tauschen einen kurzen Blick, während die anderen mit besorgten Mienen zurücktreten. »Okay«, sagt November neben ihrem Mädchen und drückt ihr einen Kuss auf die Stirn. »Wir gehen gleich morgen Früh zum Tierheim und suchen ein Kaninchen aus.«

»Versprochen?«, murmelt June und schaut zu ihrer Mutter auf.

»Ich verspreche es, Baby. Sei tapfer, okay? Onkel Thorne wird die ganze Zeit bei dir sein.«

»Versprochen«, versichert sie ihrer Mom tapfer, bevor sie ihrem Vater ein trauriges Lächeln schenkt. »Ich hab dich lieb.«

»Ich hab dich auch lieb, mein Engel«, erwidert er, ehe sich die Türen zwischen uns schließen. Ich bringe June zum Röntgen und achte darauf, dass sie ganz nach vorne in die Schlange der Wartenden geschoben wird.

Zwanzig Minuten später habe ich ihre Röntgenbilder in der Hand. Es ist deutlich erkennbar, dass sie operiert werden muss. Der Eingriff wird allerdings relativ unkompliziert sein, was die Eltern sicher freuen wird. In ein paar Stunden wird sie von der Narkose aufwachen, umgeben von ihrer großen Familie und den überbesorgten Onkeln, die sich darum streiten werden, wer ihr als Erster Eis und Süßigkeiten bringen darf.

Ich schiebe June durch die Flure den langen Weg an der riesigen Tafel mit den für heute geplanten Eingriffen vorbei. Normalerweise arbeite ich nicht auf dieser Etage. Nur wenn die OPs der Entbindungsstation nicht ausreichen, weichen wir auf die anderen Stationen aus. Darum ist es mir auch so wichtig, mich mit jeder Krankenschwester gut zu stellen, die für die Operationspläne zuständig ist.

Ich suche nach Tracey, die heute Dienst hat. Ich schenke ihr das Lächeln, das jedes Mal wie ein Zauber wirkt. »Wie stehen die Chancen, dass ich meine Nichte für ein paar Stunden unterbringen kann?«, frage ich, lehne mich an ihren Schreibtisch und sehe sie eindringlich an.

»Sie versuchen doch nicht etwa, sich in einen meiner OPs zu flirten, oder?«

»Funktioniert es?«

Sie lächelt, bevor sie über meine Schulter auf die Tafel blickt und auf ihren Stift beißt. Sie verzieht die Lippen. »Dr Laney wird sauer sein, wenn ich ihn schon wieder verschiebe.«

»Sehen Sie sich dieses süße Gesicht an«, sage ich und drehe Junes Bett so, dass Schwester Tracey einen guten Blick auf sie hat. Wie ich es mir gedacht habe, schaut June sie mit übergroßen Augen an. »Lassen Sie mich die Kleine von ihrem Elend erlösen und sie aufpäppeln.«

Junes Unterlippe schiebt sich vor, als sie Tracey betrachtet. »Mein Dad hat gesagt, dass ich einen Hasen bekomme, wenn mein Arm wieder ganz gesund ist. Wenn ich zu lange brauche, ändert er vielleicht seine Meinung.«

Verdammt, die Kleine weiß, wie sie ihren Willen bekommt.

Tracey seufzt und blickt wieder auf die Tafel. »Gut. Sie können OP vier nehmen. Er wird in dreißig Minuten frei, aber Sie schulden mir was.«

»Ja!«, juble ich und bringe June damit zum Lachen. »Die teuerste Flasche Wein, die ich auftreiben kann, geht an

Sie«, antworte ich, zufrieden mit dem schnellen Termin. Ich mache mich auf den Weg, um June für die Operation vorzubereiten, als mir die engen Shorts von vorhin ins Auge fallen. »Hey, Autumn«, rufe ich, bevor ich mich zurückhalten kann.

Sie dreht sich um und kommt mir strahlend entgegen. »Wie sieht es aus?«, fragt sie und mustert June.

»Ich wollte dir nur sagen, dass ich zu schätzen weiß, wie du dich heute um June und November gekümmert hast. Das hättest du wirklich nicht tun müssen.«

»Wenn ich ehrlich bin«, beginnt sie. »Ich glaube, November hätte mich am Ohr hierhergezogen, wenn sie die Möglichkeit gehabt hätte. Sie wollte, dass ich mitfahre, und ich wollte helfen.«

Ich nicke und bin ihr dankbarer, als ihr je klar sein wird. »Meine Familie bedeutet mir sehr viel.«

»Ich weiß«, flüstert sie und blickt sich schnell um. »Ich hätte sowieso geholfen. Dass sie ein Teil deiner Familie ist, hat mir die Entscheidung, in den Krankenwagen zu steigen, sehr leicht gemacht.«

Ich gehe weiter auf sie zu und bin mir bewusst, dass June jede kleine Bewegung beobachtet und jedes Wort, das gesprochen wird, belauscht. »Was hast du heute Abend vor?«

Autumn hebt eine Braue und sieht mich mit ihren funkelnden haselnussbraunen Augen an. Ein sanftes Lächeln breitet sich auf ihren rosafarbenen Lippen aus. »Warum?«, fragt sie unschuldig.

»Lass mich dich zum Essen einladen.«

Ihr Blick wird misstrauisch. »Wozu? Um mir dafür zu danken, dass ich November und June geholfen habe?«

June grinst uns von ihrem Krankenhausbett aus an. »Das klingt nach einem Date.«

Ich betrachte meine fünfjährige Nichte, die zu schlau für ihr eigenes Wohl ist. »Willst du nach deiner Operation mit vier Armen, einem Schwanz und einem Horn dastehen?« June schürzt demonstrativ die Lippen, kann sich aber ein Lachen nicht verkneifen. Ich frage mich, wie gut die Schmerzmittel wirken, die sie von den Sanitätern bekommen hat. Wieder schaue ich zu Autumn, die von einem Ohr zum anderen grinst. »Ja«, gebe ich zu. »Ich meine ein Date.«

Autumn verschränkt selbstbewusst die Arme vor der Brust, als sie merkt, dass sie am Zug ist. Eine schiere Ewigkeit, die mich fast in den Wahnsinn treibt, starrt sie mich an. »Lass mich bei Junes Operation assistieren, und wir haben einen Deal.«

Ich schaue sie von oben bis unten an, betrachte das schwarze Tanktop, die Shorts und den Schmutz an ihren Beinen. Wahrscheinlich hat sie sich im Park auf den Boden gekniet, um June zu helfen. »Bist du sicher?«, erkundige ich mich. »Heute ist dein freier Tag.«

»Ich bin sicher.«

»Also gut«, willige ich ein. »Du hast zwei Minuten, um dich bereit zu machen. Wir sind in in OP vier.«

Sie grinst mich an. »Fürs Protokoll: Ich mag Italienisch.« Und schon ist sie weg, läuft den Flur hinunter, um die Erste im OP zu sein. Ich schaue ihr lächelnd hinterher.

»Es ist passiert, nicht wahr?«, fragt June und sieht zu mir auf, als ich sie durch die Flure schiebe.

»Was ist passiert?«

»Der Boom«, erwidert sie mit viel zu viel Enthusiasmus. »Du wirst sie heiraten.«

Mein Blick wandert zu ihr hinunter. Sie schenkt mir ein wissendes Grinsen. Mir ist sofort klar, dass es keinen Sinn hat, sie zu belügen. Sie hat gespürt, was mich mit Autumn verbindet. Ich stoße einen Seufzer aus und setze unseren Weg fort. »Ja«, antworte ich schlussendlich. »Erzähl es nur nicht deinem Vater oder deinen Onkeln. Und auch deiner Mutter und deinen Tanten darfst du es nicht verraten. Sie werden die Hochzeit geplant und den Veranstaltungsort gebucht haben, bevor ich überhaupt die Chance habe, Autumn zu unserem ersten Date auszuführen.«

»Okay, dann erzähle ich es eben Grandma«, erwidert sie frech. Ich spüre, wie mir jegliche Farbe aus dem Gesicht weicht. Erst als wir OP vier erreichen, begreife ich, dass mich Ashers kleiner Teufelsbraten nur aufziehen will.

Einfach großartig.

14

Autumn

»Was meinst du?«, frage ich und trete einen Schritt zurück, um die Wirkung des goldenen Bodycon-Kleides im Spiegel zu betrachten. Ich habe es mir vor über einem Jahr von KC geliehen und nie die Gelegenheit gehabt, es zu tragen.

»Es gehört mir«, merkt meine beste Freundin an, und ich werfe einen Blick auf mein Handydisplay, um ihr Grinsen zu sehen. »Also sieht es toll aus.«

Ich rolle mit den Augen und drehe mich in alle Richtungen, um meine Erscheinung aus jedem Winkel zu prüfen. »Komm schon«, jammere ich. »Was denkst du? Dr Mayson wird jede Minute hier sein, und ich will perfekt aussehen. Ich habe nur eine Chance, ihn für mich zu gewinnen.«

»Wirklich«, versichert sie mir und scheint endlich Mitleid mit mir zu haben. »Du siehst unglaublich aus. Jeder Kerl wäre glücklich, wenn er die Nacht mit dir verbringen könnte. Außerdem brauchst du ihn nicht mehr zu überzeugen. Wie ich gehört habe, ist der Typ ganz vernarrt in dich.«

Ich schnaube und sehe erneut auf mein Handy, wo ihr

Gesicht den ganzen Bildschirm einnimmt. »Bist du sicher?«

»Auf jeden Fall. Welche Schuhe hast du dazu an?«

Ich hebe meinen Fuß in die Kamera, damit KC ihn sehen kann. »Meine schwarzen sexy Pumps. Ich befürchte, dass ich mir die Füße wund laufen werde.«

»Vergiss es«, wirft sie ein. »Riskiere die Blasen. Diese Pumps sind perfekt. Damit wirst du ihn noch mehr um den Finger wickeln.«

Ich grinse breit und fühle mich lebendiger als je zuvor. Was vielleicht daran liegt, dass mein Herz so verdammt schnell schlägt. Man könnte fast meinen, ich würde einem Herzinfarkt gefährlich nahe kommen. Vielleicht sollte ich meinen Blutdruck überprüfen. Ich bin sicher, dass er noch nie so hoch war.

Dreimal atme ich zittrig ein und aus und fächle mir unter den Armen Luft zu, während ich zu KC schaue. »Warum bin ich so verschwitzt? Es ist nur Dr Mayson. Ich sehe ihn jeden Tag bei der Arbeit. Ich verbringe unzählige Stunden damit, ihm im OP gegenüberzustehen und in seinem Büro zu arbeiten. Es ist ja nicht so, dass ich den Kerl noch nie gesehen hätte.«

»Das wird schon. Du machst dir zu viele Gedanken. Aber mal eine ernste Frage«, beginnt KC, und ihre dramatische Pause bringt mich dazu, in nervöser Erwartung meinen Blick wieder zu ihr schweifen zu lassen. »Willst du ihn wirklich den ganzen Abend mit Dr Mayson ansprechen? Wäre das nicht seltsam? Ich glaube, ich habe noch nie gehört, dass du ihn beim Vornamen nennst.«

Erschrocken reiße ich die Augen auf. »Heiliger Bimbam. Du hast recht«, hauche ich. »Ich kann bei unserem

Date nicht so förmlich sein. Aber alles andere wäre mir unangenehm. Was soll ich tun? Mir wurde beigebracht, dass man einen Arzt mit seinem Titel anspricht.«

»Nun, du könntest auf Dr Arsch zurückgreifen«, erwidert sie lachend. »Obwohl ich sicher bin, dass du im Bett seinen richtigen Namen rufen wirst. Das ist so natürlich wie das Aufwachen am Morgen.«

Ich nehme mein Kissen vom Bett und werfe es auf mein Telefon, sodass KC nur noch meinen sich drehenden Deckenventilator sieht. »Sehr erwachsen«, brummt sie.

»Wer im Glashaus sitzt …«

Kopfschüttelnd gehe ich zum Spiegel. Ich muss mich entscheiden, ob ich mich voll ins Zeug lege und ein bisschen Lippenstift auftrage oder bei einem natürlicheren Look bleiben soll. Der Rest meines Make-ups lässt beides zu. Will ich schön oder atemberaubend aussehen? Eigentlich halte ich mich gern zurück. Heute Abend gibt es jedoch einen besonderen Anlass, hinreißend zu sein.

Viel zu lange grüble ich darüber nach. Ehe ich mich versehe, klopft es an meiner Tür. Überrascht reiße ich die Augen auf und gerate noch mehr ins Schwitzen. »Oh Mist«, rufe ich panisch, eile zu meinem Handy und halte es mir vor das Gesicht. »Er ist hier.«

»Du schaffst das. Hör auf, dir Sorgen zu machen, und sei ganz du selbst.«

»Du hast leicht reden. Dein Ehemann ist deine Highschool-Liebe. Und du hast keine Ahnung, wie eine Verabredung unter Erwachsenen funktioniert.«

»Halt die Klappe und geh an deine blöde Tür«, kontert sie amüsiert. »Ich hab dich lieb.«

Mit diesen Worten wird mein Bildschirm schwarz. Ich atme tief durch und greife nach meiner Handtasche. Mir ist klar, dass ich keine Minute mehr habe, um mich für diesen Abend vorzubereiten. *Ich habe alles unter Kontrolle*, bete ich mir vor. KC hat recht: Ich sollte einfach ich selbst sein und den Dingen ihren Lauf lassen.

Ich gehe in den Eingangsbereich. Sobald meine Hand die Klinke berührt, überkommt mich eine seltsame Ruhe und ich muss lächeln. Noch nie in meinem Leben war ich gleichzeitig so nervös und freudig aufgeregt. Den Abend werde ich allein mit ihm verbringen. Die drei Stunden im OP, in denen ich heute an seiner Seite gestanden habe, zählen nicht wirklich. Das hier ist anders. Ganz anders.

Ich öffne die Tür. Er steht vor mir, und meine Gefühle fahren Achterbahn.

Ach du liebe Güte. Dr Thorne Mayson in einem Anzug. Wenn ich nicht vor Nervosität sterbe, dann bestimmt vor Verlegenheit, weil ich unweigerlich zu sabbern beginne.

»Wow«, haucht er und nimmt meinen Anblick in sich auf, während ich dasselbe mit ihm tue. »Du siehst unglaublich aus.«

Ein schüchternes Lächeln schleicht sich auf meine Lippen, meine Wangen werden wärmer. Warum ich auf seine Gegenwart so reagiere, ist mir ein Rätsel. Dieser Mann hat schon meine schlimmsten Seiten zu sehen bekommen. Er hat allerdings etwas an sich, das mich gefühlstechnisch in eine Jugendliche mit Schmetterlingen im Bauch verwandelt und mich völlig aus der Bahn wirft.

»Das musst du gerade sagen«, erwidere ich. »Du solltest eine Frau vorwarnen, ehe du in einem Anzug vor ihrer

Tür stehst.«

Er zwinkert mir zu und versetzt mein Herz in Aufruhr. »Das merke ich mir fürs nächste Mal.«

Oh Mann.

Die Schmetterlinge flattern schneller. Als er mir seine Hand entgegenstreckt, lege ich meine sofort in seine. Er schlingt seine starken Arme um meine Taille, meine Hände liegen auf seiner breiten Brust. Er drückt mir einen Kuss auf die Wange. »Bist du bereit?«

»Wie noch nie zuvor.«

Thorne zieht sich zurück und schenkt mir ein umwerfendes Lächeln. Mir fehlen einen Moment lang die Worte. Das verräterische Funkeln in seinen Augen lässt mich ahnen, dass ihm meine Reaktion verdammt gut gefällt. »Schön«, erwidert er und tritt zurück, damit ich abschließen kann.

Ich sehe ihn wieder an. »Lass uns gehen.«

Er nickt in die Richtung meines Apartments. »Ist es hier sicher?«, fragt er und zieht die Stirn in Falten, während er zu der Tür meines Nachbarn blickt. »Ich habe nie wirklich viel Zeit in diesem Stadtteil verbracht. Es gibt doch keine Idioten, die dir von der Bar auf der anderen Straßenseite folgen, oder?«

Ich winke ab und lehne mich an seine Seite, und er lässt seine Hand zu meinem unteren Rücken gleiten. Meine Welt versinkt in Glückseligkeit. »Abgesehen von Breaker bist du der Einzige, der mir jemals von der Bar nach Hause gefolgt ist.«

»In Ordnung«, murmelt er und schaut zu mir herunter. »Ich möchte nur wissen, ob du hier sicher bist.«

»Mir geht es gut«, beruhige ich ihn. »Ich habe ein gutes

Schloss an meiner Tür, und wenn nichts mehr hilft, versteckt sich ein Baseballschläger dahinter.«

Er zieht die Brauen zusammen. »Hast du je einen Selbstverteidigungskurs besucht?«

»Im Ernst?« Ich muss lachen. »Alles in Ordnung. Ich habe die Sache im Griff. Ich bewahre in meinem Zuhause nichts Wertvolles auf. Es gibt keinen Grund, bei mir einzubrechen.«

»Du befindest dich oft genug hier. Das macht dein Apartment für mich zum wertvollsten in der ganzen Stadt.«

Meine Wangen werden heiß. Ich muss mich zwingen, darauf zu achten, wo ich hintrete. Wenn ich ihn weiter anstarre, werde ich stolpern und mir die Nase auf dem Bürgersteig brechen. Auch wenn ich mich glücklich schätzen kann, im Notfall einen preisgekrönten Arzt zur Stelle zu haben.

Thorne führt mich auf die Straße. Die frische Luft berührt mein Gesicht und die Brise streicht durch mein Haar. Ich sehe auf und bleibe abrupt stehen. »Was zum Teufel ist das?«, frage ich und lasse meinen Blick über einen kirschroten *Ferrari* schweifen, der direkt vor meinem Wohnkomplex geparkt ist.

»Wonach sieht es denn aus?« Er lacht. »Es ist ein Auto. Was hast du erwartet? Dass ich dich mit den öffentlichen Verkehrsmitteln abhole oder uns ein Taxi rufe? Du verdienst nur das Beste.«

»Ja, aber ein Ferrari? Was ist an einem *Corolla* auszusetzen?«

Er betrachtet mich, als wäre er noch nie in seinem Leben so beleidigt worden. »Ein *Corolla*?«, wiederholt er und hat Mühe, das amüsierte Grinsen in seinem gutaussehenden Gesicht zu verbergen. »Hast du jemals einen Chirurgen getroffen, der in einem verdammten *Corolla* herumfährt?«

»Vermutlich nicht, Euer Exzellenz«, kontere ich mit übertriebenem britischen Akzent. »Hätte ich gewusst, dass ich mit Königen dinieren würde, hätte ich Diamanten angelegt.«

Thorne schnaubt belustigt und führt mich zu seinem Auto. »Wirklich? Du hast Diamanten und möchtest gern mal mit einem König dinieren?«

Ich zucke mit den Schultern und erlaube ihm, mir die Beifahrertür zu öffnen. »Aber sicher doch«, entgegne ich und grinse stolz. »Zumindest hat die Dame, die sie mir auf Bali für zwanzig Dollar verkauft hat, versprochen, dass sie echt sind.«

Thorne lacht erneut und hilft mir beim Einsteigen, bevor er sich herunterbeugt und meinen Blick mit seinem festhält. »Eine Frau wie du sollte mit Diamanten überhäuft werden.«

Verdammt noch mal, dieses blöde Erröten. Vor Verlegenheit beiße ich mir auf die Unterlippe.

Thorne schließt die Beifahrertür, geht um den *Ferrari* herum zur Fahrerseite und setzt sich hinein. Als sich seine Tür mit einem leisen Geräusch schließt, verstummt die Außenwelt, und meine Nerven drehen sofort wieder durch.

Das passiert gerade wirklich. Ich habe ein Date mit Dr Thorne Mayson.

Mist, ich muss wirklich aufhören, ihn so zu nennen. Er heißt *Thorne*, einfach nur *Thorne.* Diesen Dr-Blödsinn müssen wir nur bei der Arbeit beibehalten. Vielleicht auch im Schlafzimmer. Verdammt, ich würde ihn liebend gern in mein Schlafzimmer bekommen. Sex mit Thorne Mayson ... heiliger Bimbam. Ich wette, er wäre der beste ... *Nein, nein, nein, nein. Dafür ist jetzt keine Zeit. Denk nicht so unanständige Dinge, Autumn, sonst überlebst du die Nacht nicht.*

»Worüber machst du dir Gedanken?«, erkundigt er sich, während er den Motor startet und ich die Vibrationen in meinem Körper spüre.

»Sex«, platze ich heraus. Von mir selbst überrascht schlage ich mir eine Hand vor den Mund und starre ihn entsetzt an. Ich kann nicht glauben, dass ich das gerade gesagt habe.

Thorne blinkt und fädelt sich in den Verkehr ein. »Was wäre dir lieber?«, fragt er mit einem neckischen Funkeln in den Augen. »Dass ich dich den ganzen Abend damit aufziehe oder so tue, als wäre es nie passiert?«

Stöhnend vergrabe ich das Gesicht in meinen Händen. »So tun, als ob«, antworte ich mit gedämpfter Stimme. »Tu bitte so, als hätte ich nichts gesagt.«

»Okay.« Belustigt greift er nach meiner Hand und verschränkt seine warmen Finger mit meinen. »Dann also necken.«

Ich atme tief aus, muss dann aber sofort über die Situation lachen. Das war das Peinlichste, was mir je passiert ist. Trotzdem fühle ich mich mit ihm wohl.

Nach einer kurzen Fahrt hält Thorne vor dem besten italienischen Restaurant der Stadt. Ich schaue ihn überrascht an, obwohl ich keine Ahnung habe, warum ich schockiert bin. Er weiß, dass ich gerne Italienisch esse. Warum sollte er mich also nicht hierher bringen?

Thorne geht um den Wagen, öffnet mir die Tür und hilft mir beim Aussteigen. Noch nie in meinem Leben bin ich wie eine Dame behandelt worden und genieße den warmen Schauer, den der Gedanken bei mir auslöst. Schon in den ersten fünfzehn Minuten dieses Rendezvous hat er die Messlatte so hochgelegt, dass kein anderer sie je erreichen könnte.

Kurz darauf sitzen wir am besten Tisch des Restaurants bei einer guten Flasche Wein. Meine Nervosität ist völlig verflogen, seit ich gemerkt habe, dass sich Thorne genauso gut amüsiert wie ich.

Wir bestellen unser Essen und die Zeit vergeht wie im Fluge. Ehe ich mich versehe, ist die Hälfte des Abends vorbei und ich bin traurig, dass unser Date fast zu Ende ist. Vorher muss ich unbedingt noch etwas erfahren. »Also«, beginne ich vorsichtig und sehe über den Rand meines Weinglases zu ihm auf. »Ich weiß, diese Frage ist klischeehaft, aber wieso bist du noch single? Ein Typ wie du ... Du bist der begehrteste Junggeselle in Nashville. Du könntest jede Frau haben. Sie werfen sich dir bestimmt scharenweise an den Hals.«

»Um ehrlich zu sein«, verrät er mir, »war ich fast verlobt. Ich hatte die perfekte Freundin, den perfekten Job, das perfekte Zuhause. Alles lief so gut, dass sie bei mir eingezogen ist. Ich habe ihr sogar einen Ring gekauft. Als ich an dem Tag nach Hause kam, sah ich, wie sie von meinem besten Freund auf meinem Küchentisch flachgelegt wurde.«

Überrascht schnappe ich nach Luft. »Wirklich?«

»Ja. Seither denke ich, man sollte wenigstens die Tür abschließen, wenn man schon fremdgeht«, antwortet er ironisch und grinst, als wäre all das schon lange her.

»Auf jeden Fall.« Nun muss auch ich lachen. »Der gesunde Menschenverstand sollte in solchen Situationen immer die Oberhand haben. Wenn eine Frau ihren Mann betrügt und damit durchkommen will, sollte sie nicht strohdumm sein.«

»Ganz genau«, stimmt er zu. »Und wie stehst du zu Betrug?«

Ich schüttle den Kopf, seine Frage weckt Erinnerungen in mir, die mich unwillkürlich meine Hände zu Fäusten ballen lassen. »Ich wurde während der Highschool dreimal betrogen. Einer der Jungs machte sogar eine Art Wettbewerb daraus und vögelte drei Mädchen in einer Nacht. Nur, um am nächsten Morgen per Nachricht mit mir Schluss zu machen«, erkläre ich. »Mit dem nächsten Typen hatte ich eine etwas ernstere Beziehung. Aber nach einem Jahr habe ich ihn mit der Freundin seiner Mutter erwischt. Der letzte Kerl hat den Vogel abgeschossen. Jeder von ihnen hat mich ein bisschen mehr verletzt. Zwar waren sie keine Traumprinzen oder gar mit mir seelenverwandt. Doch der Schmerz reichte, dass ich wusste, welche Art Mensch ich sein wollte. Der Gedanke, jemanden zu betrügen ... das könnte ich nie.«

Seine Brauen heben sich, und einen langen Moment starrt er mich an. »Wie heißen sie?«

Ich grinse und verdrehe die Augen. »Du wirst doch nicht meinen Highschool-Freunden einen Besuch abstatten wollen?«

»Bitte«, fordert er, und das Funkeln in seinem Blick macht es mir fast unmöglich, zu widerstehen. »Ich möchte nur hingehen und *Hallo* sagen und ihnen vielleicht mitteilen, dass sie ein Niemand sind und ich ihre Frauen flachlegen könnte, wenn ich wollte.«

»Genau so, hm?«

»Natürlich.« Er nickt. Ich beobachte ihn und wecke damit seine Neugierde. »Was ist los?«, fragt er und scheint mich schon gut genug zu kennen, um zu wissen, dass ich etwas auf dem Herzen habe.

»Keine Ahnung. Ich frage mich nur, wie das funktionieren soll«, antworte ich.

»Wie was funktionieren soll?«, hakt er nach und seine Miene wirkt nachdenklich.

»Du und ich«, erkläre ich und fühle mich etwas unbehaglich. Ich will nicht, dass er denkt, ich würde es mit ihm jetzt schon ernst meinen. »Du weißt schon, unser Date, obwohl wir zusammenarbeiten. Ich bin deine Auszubildende. Und das ist bestimmt nicht gern gesehen.«

»Ist es nicht«, bestätigt er mit einem Grinsen, wobei er sich offensichtlich nicht darum kümmert. »Um ganz ehrlich zu sein, habe ich schon darüber nachgedacht. Wenn du damit einverstanden bist, habe ich nicht vor, unsere Beziehung zu verstecken, denn für mich ist es genau das: eine Beziehung. Du bist für mich kein schmutziges kleines Geheimnis. Was nicht heißt, dass ich es im ganzen Krankenhaus plakatieren werde und dem Vorstand mitteile, dass er mich wegen seiner Richtlinien für Beziehungen am Arbeitsplatz mal kann.«

»Wie geht es dann weiter?«

Er zuckt mit den Schultern. »Ich weiß es nicht. Ich habe mich noch nie mit einer mir unterstellten Kollegin verabredet. Aber ich gehe davon aus, dass ich mich aus dem Programm zurückziehen und diese Aufgabe an

Dr Harding übergeben werde. Zumindest was dich betrifft.«

Überrascht reiße ich die Augen auf. »Du möchtest mich nicht weiter betreuen?«

»Ich weiß nicht, ob das klug wäre.«

»Nein.« Ich schüttle den Kopf. »Ich will die verdammt beste Hebamme werden, die dieses Land je gesehen hat. Das bedeutet, von dem Besten zu lernen, von dir. Wir müssen uns etwas anderes überlegen. Nicht von dir ausgebildet zu werden, kommt für mich nicht in Frage.«

Er lächelt und nickt. »In Ordnung«, verspricht er. »Ich werde eine Lösung finden.«

»Danke«, erwidere ich und beiße mir vor Nervosität auf die Unterlippe. Damit wäre das Dienstliche geklärt, aber das Private ... »Bevor ich mich also blamiere, indem ich zu viel darüber nachdenke: Du meinst es ernst mit mir? Wir führen eine Beziehung?«

»Ja.« Er greift über den Tisch hinweg nach meiner Hand und nimmt sie in seine. »Ich will es mit dir nicht langsam angehen oder mir alle Optionen offenhalten. Ich will dich. Und ich möchte keine Chance bei dir verpassen. Darauf musst du vorbereitet sein.«

Sein intensiver Blick bringt mich zum Lächeln. »Okay. Aber ich bin nicht gerade die einfachste Person für eine Beziehung. Ich bin bereits mit meinem Job verheiratet.«

»Gut. Ich würde es nicht anders haben wollen.«

Neue Zuversicht macht sich in mir breit. Ich könnte platzen vor Glück. Als der letzte Bissen von meinem köstlichen Essen in meinem Magen verschwunden ist, schallt das Piepen eines Pagers durch das Restaurant. Thornes Augen füllen sich mit Bedauern. »Es tut mir so leid«, murmelt er und wirkt genauso unglücklich darüber, wie ich mich fühle. »Das ist das Krankenhaus. Ich muss los.«

Meine Hoffnung, dass der Abend noch lang nicht zu Ende ist, schwindet schlagartig. Schließlich ist mir bewusst, dass so etwas passieren könnte. »Oh, okay. Sicher«, erwidere ich, versuche, mir meine Enttäuschung nicht anmerken zu lassen und greife nach meiner Tasche.

Ich krame darin herum und hole etwas Geld heraus, bis mir auffällt, dass Thorne mich betrachtet, als wäre mir ein zweiter Kopf gewachsen. »Was glaubst du, was du da tust?«, fragt er mit gesenkten Brauen und wirkt fast beleidigt.

Verwirrt schaue ich ihn an. »Ähm ... bezahlen? Wonach sieht es denn aus?«

Er schüttelt den Kopf und schenkt mir ein liebevolles Lächeln. »Nein, zum Teufel, das tust du nicht«, antwortet er nachdrücklich. »Ich weiß die Geste zu schätzen, aber ich werde dich auf keinen Fall bezahlen lassen, schon gar nicht bei unserem ersten Date. Kommt nicht infrage.«

»Aber ...«

»Nein. Außerdem ist die Rechnung schon erledigt.«

Ich öffne den Mund, während ich den Abend in Gedanken Revue passieren lasse. »Wann ... wie? Du hast den Tisch nicht ein Mal verlassen.«

Thorne zwinkert mir zu, eher er sich mit der Hand über das Gesicht reibt. »Wie wollen wir das anstellen? Ist es okay für dich, mit mir ins Krankenhaus zu fahren? Tut mir leid, ich hätte dir sagen müssen, dass ich Bereitschaft habe. Und überlegen sollen, wie ich dich sicher nach Hause bringen kann.«

»Es ist völlig in Ordnung«, gebe ich zurück. »Mach dir keine Sorgen um mich. Ich gehe meistens allein nach Hause, schon seit Jahren. Ich weiß, dass du vorhin gegen ein Taxi warst, aber das ist mein Hauptverkehrsmittel. Ohne die könnte ich nicht überleben«, erkläre ich und grinse ihn an. »Ich bin kurz davor, Platin-Mitglied zu werden.«

»Ich weiß nicht, ob ich entsetzt oder beeindruckt sein soll.«

»Definitiv beeindruckt«, entgegne ich amüsiert. »Und jetzt verschwinde und rette endlich jemandem das Leben. Außerdem will ich KC anrufen und ihr von dir und diesem Abend erzählen.«

»Aber nur die guten Dinge.« Grinsend geht er um den Tisch herum auf mich zu und zieht mir meinen Stuhl heraus.

»Versprochen«, flüstere ich und drehe mich zu ihm, damit ich ihm in die Augen sehen kann. »Ich werde ihr alles über deinen *Ferrari* erzählen, auch wenn sie behaupten wird, dass du etwas überkompensierst.«

Er legt seine Hand in meinen Nacken und drückt seinen Mund sanft auf meinen. Endlich bekomme ich, wonach ich mich sehne, seit ich seine Lippen zum ersten Mal auf meinen gespürt habe.

Thorne verweilt einen Moment länger als bei einem Abschiedskuss üblich. Ich spüre, wie sehr er sich wünscht, bleiben zu können. »Ich werde es wiedergutmachen.«

»Das bezweifle ich nicht«, sage ich, bevor er das Restaurant verlässt. Ich schaue ihm nach und wünsche mir, wir hätten den Abend anders beenden können.

15

Thorne

Nachdem ich mich vergewissert habe, dass meine Patientin Ashleigh, die von häuslicher Gewalt betroffen ist, nur harmlose Vorwehen hat, verlasse ich den Untersuchungsraum und lehne mich neben der Tür gegen die Wand.

Wut steigt in mir auf. *Dafür* habe ich mein erstes Date mit Autumn abgebrochen? Für Vorwehen? Welche Krankenschwester oder Hebamme auch immer entschieden hat, mich wegen so einer Kleinigkeit anzupiepsen, steckt ziemlich in der Klemme. Ich werde sie zur Rechenschaft ziehen.

Natürlich bin ich dankbar, dass Ashleigh mutig genug war, zu mir zu kommen und sich von mir untersuchen zu lassen. Schon nach zwei Wochen geht es ihr viel besser. Das Baby hat an Gewicht zugelegt und wirkt gesund. Ich verstehe einfach nicht, warum die diensthabende Krankenschwester nicht festgestellt hat, dass es sich um falsche Wehen handelt. Es wäre ihre Aufgabe gewesen, Ashleigh wieder nach Hause zu schicken.

Die arme Autumn. Ich habe sie in diesem verdammten Restaurant ganz allein gelassen. Als ich einen Blick durch das Fenster ins Innere geworfen habe, war ihre Unterlippe leicht geschürzt. Die Verzweiflung in ihren Augen hat mich erschüttert. Zum Glück kam ein Kellner mit der Dessertkarte vorbei. Für sein Timing bin ich ihm unendlich dankbar. Auch wenn er vielleicht ihre Traurigkeit ausnutzen wollte, weil ihr Date gerade abgesprungen war. Trotzdem bin ich froh, dass sie die Karte genommen hat. Ich hoffe bei Gott, dass sie etwas Leckeres bestellt hat. Vor allem aber wünsche ich mir, dass sie gut nach Hause gekommen ist. Sie hat darauf bestanden, dass sie auf sich selbst aufpassen kann. Daran zweifle ich keine Sekunde. Trotzdem mache ich mir deshalb Vorwürfe. Ich hätte ihr zumindest ein Taxi bestellen sollen.

Ich schaue auf meine Uhr und seufze. Es ist kurz vor Mitternacht, und sie hat morgen Dienst. Jetzt bei ihr aufzutauchen, wäre dumm. Doch der Gedanke, dass ihr etwas passiert sein könnte, lässt mich nicht los. Ich schalte mein Handy ein und werfe einen Blick auf den Bildschirm. Keine Nachrichten von ihr. Warum auch? Schließlich habe ich sie nicht gebeten, mir zu schreiben, ob sie sicher zu Hause angekommen ist.

Diese ganze Situation ist total verkorkst. Ich habe gerade eine Stunde mit ihr zu Abend gegessen und ihr erklärt, dass ich mit ihr zusammen sein will und es mir ernst mit uns ist. Meine gottverdammte Telefonnummer habe ich ihr auch nicht gegeben. Was zum Teufel ist los mit mir? Wahrscheinlich denkt sie, ich erlaube mir einen Spaß mit ihr. Sie anzurufen, um mich nach ihr zu erkundigen, ist ebenso unmöglich, weil auch ich ihre Nummer nicht habe. Wahrscheinlich könnte ich sie über die Akten der Krankenhausangestellten rausbekommen, aber damit würde ich eine Grenze überschreiten.

Mit einem schweren Seufzer stoße ich mich von der Wand ab und verlasse das Krankenhaus. Mein Job ist erledigt. Es hat keinen Sinn, hierzubleiben. Morgen stehen drei Geburtseinleitungen an, und ich muss etwas schlafen, bevor ich das Leben von drei verschiedenen Frauen und ihren Neugeborenen in meine Hände lege. Für Schlafentzug werde ich nicht bezahlt.

In der Tiefgarage wartet mein *Ferrari* auf mich. Dieser Ort fühlt sich um diese Uhrzeit immer wie eine Geisterstadt an. Ich lasse mich auf den Fahrersitz fallen, starte und spüre das Dröhnen des Motors.

Zehn Minuten später bin ich fast zu Hause. Doch statt links abzubiegen, lenke ich instinktiv nach rechts und fahre in die Innenstadt zu Autumns Apartment. Was zum Teufel tue ich da? Bestimmt wird sie mich für einen verdammten Stalker halten. Alles in mir weigert sich, vernünftig zu sein und umzukehren.

Nachdem ich während der ganzen Fahrt mit mir selbst gerungen habe, parke ich meinen Ferrari vor Autumns Apartmentkomplex und schaue über die Straße zu der heruntergekommenen Bar. Entweder ich gehe dort rein und spüle mein Elend runter, oder ich kämpfe um diese wundervolle Frau. Die Entscheidung fällt mir nicht schwer.

Misstrauisch lasse ich meinen Blick die leeren Straßen entlangschweifen, bevor ich aussteige und die Türen verschließe. In diesem Teil der Stadt verschwindet öfter mal ein Auto wie meines. Das wäre mir egal, wenn nicht die Abwicklung mit der Versicherung so viel Zeit und Wege in Anspruch nehmen würde. Zum Glück habe ich mir neulich den Code für den Hauseingang gemerkt, als ihn

Autumn nach unserem zufälligen Treffen in der Bar eingetippt hat. Ich gebe die Zahlenfolge ein und gehe hinauf zu ihrem Apartment.

Gegen den Türrahmen gelehnt, bin ich unentschlossen, was ich tun soll. Welche Frau würde ihre Zeit mit einem Mann verschwenden wollen, der sie in einem Restaurant allein lässt? Meiner Erfahrung nach ist das einer der Augenblicke, in dem die Frau beschließt, dass die Beziehung mit mir zu kompliziert ist. Sie will an erster Stelle in meinem Leben stehen und kommt nicht damit klar, dass für mich immer mein Job diesen Platz einnehmen wird, egal was passiert. Ich habe gar keine andere Wahl, als das so zu sehen. Mein Gefühl sagt mir aber, dass Autumn diejenige sein könnte, die das wirklich versteht.

Bevor ich es mir anders überlegen kann, klopfe ich gegen die Holztür.

Mit hängendem Kopf lehne ich mich erneut gegen den Türrahmen und lausche aufmerksam auf jedes kleine Geräusch, das aus dem Apartment dringt. Es ist mucksmäuschenstill. Für einen kurzen Moment frage ich mich, ob sie schon schläft, denn es ist weit nach Mitternacht.

Gerade als ich gehen will, höre ich das Geräusch eines Metallschlosses, das aus seiner Position gleitet, und sehe, wie sich der Türknauf dreht. Ich hole tief Luft und trete einen Schritt zurück. Keine Sekunde später steht Autumn vor mir, nur mit einem *Hello Kitty*-Tanktop und Baumwollshorts bekleidet. Ich würde sie am liebsten in ihre Wohnung drängen.

Autumn sieht mich neugierig an. Sie knabbert an ihrer Unterlippe. Ich weiß inzwischen, dass sie das nur tut, wenn sie nervös ist. »*Hello Kitty*?«, frage ich und lasse meinen Blick über ihren Körper gleiten.

Sie betrachtet sich selbst und verzieht das Gesicht. Sie wirkt, als hätte sie völlig vergessen, was sie anhat. »Ich, ähm ... heute ist Waschtag«, erklärt sie. »Wenn ich gewusst hätte, dass ein König vorbeikommt, hätte ich meine Seidengewänder, Spitzenhemden und Diamanten vorbereiten lassen.«

Ich kann mir ein Grinsen nicht verkneifen, denn ich glaube, dass sie das jeden Abend trägt. Es würde mich nicht wundern, wenn sie das gleiche Paar Shorts in sieben verschiedenen Farben hätte – eine für jeden Abend der Woche. »Es tut mir leid«, murmle ich und versuche wieder ernst zu werden. »Auch wenn es spät ist, ich musste wissen, ob du gut nach Hause gekommen bist.«

Sie unterdrückt ein Lächeln. »Du hättest anrufen können«, schlägt sie vor, als wäre das die naheliegendste Lösung der Welt.

»Das hätte ich getan, wenn ich deine Nummer hätte.«

»Oh«, erwidert sie nur und ihre Wangen färben sich in dem schönen Rosaton, den ich so liebe. Sie lehnt sich gegen die offene Tür und sieht durch ihre langen Wimpern zu mir auf. »Da du es unbedingt wissen willst: Ja, ich bin gut nach Hause gekommen. Ich habe mir sogar ein Dessert gegönnt, das schon bezahlt war.«

Ich sehe zu ihr hinunter und fange ihren Blick ein. »Du machst mir keine Vorwürfe?«

Sie runzelt die Stirn und bewegt sich einen kleinen Schritt auf mich zu. »Was sollte ich dir vorwerfen? Du bist Arzt. Das gehört zu deinem Beruf. Was du tust, ist wichtig.«

»Bist du sicher?«

Sie zuckt mit den Schultern, und ihr *Hello Kitty*-Tanktop rutscht über ihre Shorts und entblößt ihre Taille. Ich kann nicht widerstehen und greife nach ihr, spüre ihre Wärme unter meinen Fingern, als ich sie an mich ziehe. »Versteh mich nicht falsch«, flüstert sie. »In einem Restaurant allein gelassen zu werden, ist nicht gerade der Traum aller Frauen. Aber mir ist klar, dass es nötig war. Ich hätte das Gleiche getan.«

Ihre Augen funkeln und ich betrachte sie abwartend, weil ich das Gefühl nicht loswerde, dass sie mir noch mehr sagen will. »Aber?«, hake ich nach, damit sie fortfährt.

»Aber wenn du das nächste Mal mitten in einer Verabredung aufstehst und gehst, um eine Schwangere in Not zu retten, tu mir den Gefallen und nimm mich mit.«

Ein Lächeln umspielt meine Lippen, als ich mit meinen Fingern unter den Saum ihres Shirts fahre, um so viel wie möglich von ihrer Haut zu entdecken. »Es gibt ein nächstes Mal?«

Sie zuckt mit den Schultern. »Nachdem du die *Wir haben eine Beziehung*-Bombe platzen gelassen hast, wäre ich ziemlich sauer, wenn du nicht wieder mit mir ausgehen würdest.«

Ich lasse meine Hände von ihrer Taille zu ihrem unteren Rücken gleiten, drücke sie fest an mich und küsse sie so, wie man eine Frau wie sie küssen sollte.

Ihr Körper schmiegt sich an meinen, als würde sie mir unbedingt noch näher kommen wollen. Ein wohliges Seufzen dringt aus ihrer Kehle, ihre Finger gleiten meinen Oberkörper hinauf, und sie schlingt die Arme um meinen Nacken. Ich gebe ihr, was sie will, halte sie fester und erobere mit meiner Zunge ihren Mund.

Ihren Po umfassend, hebe ich sie hoch und dränge sie mit dem Rücken gegen die Wand. Ihre Beine schlingen sich um mich, und ich habe das Gefühl, dass sie genau dorthin gehören. Ich drücke mich an sie, und sie stöhnt.

Gott, ich kann mich kaum beherrschen. Ich will sie schmecken und dazu bringen, meinen Namen zu schreien. Das wäre unglaublich. Doch sie verdient mehr.

Ich ziehe mich etwas von ihr zurück, während ich sie an der Wand festhalte. Wir ringen beide nach Atem, unsere Blicke ineinander verhakt. »Es tut mir leid«, sage ich und erspähe die empfindliche Haut unter ihrem Ohr. Ich wünschte, ich könnte mit den Lippen darüberstreichen und ihr gestehen, wie sehr ich sie will. »Das ist nicht der Grund, warum ich hier bin. Ich will nicht, dass du einen falschen Eindruck bekommst. Du bedeutest mir so viel mehr als ein zufälliger One-Night-Stand.«

Sie nickt.

»Lass es mich wiedergutmachen. Was hältst du davon, wenn wir morgen Abend noch einen Versuch wagen? Ich zeige dir, wo ich lebe, und koche für dich.«

»Du kochst?«

Ich zucke mit den Schultern. »Ich bin kein Spitzenkoch, der Menüs aus dem Hut zaubert, aber eine Mahlzeit bringe ich zustande.«

»Also gut«, antwortet sie, löst ihre Beine von mir und strahlt mich an. »Wir haben ein Date.«

»Auf jeden Fall«, bestätige ich und lege meine Hand in ihren Nacken. Ich neige mein Gesicht zu ihrem und beobachte, wie sie tief einatmet und sich auf die Unterlippe beißt. Ich küsse sie auf die Stelle direkt neben ihrem

Mundwinkel. »Geh ins Bett. Wir haben morgen drei Entbindungen.«

Freude spiegelt sich in ihrem Blick wider. Ich muss mich regelrecht von ihr losreißen, um nicht in ihrem Mund zu versinken. »Gute Nacht, Autumn«, verabschiede ich mich und gebe sie frei.

Sie sieht mich an, ihre Augen funkeln vor Erregung und Verlangen. »Gute Nacht, Dr Mayson«, antwortet sie und lässt meinen Namen wie einen Sirenengesang klingen. Auf dem Weg zum Aufzug höre ich ihre leise Stimme in dem dunklen Flur. »Thorne«, wispert sie, und ich drehe mich um. Sie steht in der Tür ihres Apartments und der dünne Stoff ihres Tanktops gleitet von ihren zierlichen Schultern. »Willst du reinkommen?«, murmelt sie, schüchtern und nervös. »Es wäre eine Schande, unser Date nicht gebührend zu beenden.«

Ausgehend von ihrem Körper strömt mir pures Verlangen entgegen. Trotzdem ist mir bewusst, dass ich nicht bleiben sollte. Sie soll sich an den Gedanken gewöhnen können, dass sie für immer meine Frau sein wird. Das habe ich bisher noch nicht erwähnt, aber sie wird es sicher schnell herausfinden. Auf keinen Fall will ich sie verängstigen. Allerdings kann ich einer solchen Einladung nicht widerstehen.

Ich verringere den Abstand zwischen uns. Und je näher ich ihr komme, desto deutlicher wird meine Entschlossenheit. Ein schelmisches Grinsen breitet sich auf ihrem Gesicht aus. Als ich sie erreiche, hebt sie ihre Arme und lässt sich von mir hochnehmen und forttragen. Ihre Beine schlingen sich um mich, während meine Lippen mit ihren verschmelzen und mein Schwanz hart wird. Ich trage sie über die Schwelle in ihr Apartment, trete die Tür hinter uns zu und gehe einem gedämpften Licht entgegen. Ich habe die Absicht, ihr alles zu geben, was sie braucht.

Gerade als ich sie auf der Couch absetzen will, löst sie die Umklammerung ihrer Beine und kommt vor mir zum Stehen. Ihre Hände gleiten von meinem Nacken zum obersten Knopf meines Hemdes. Unsere Blicke fest verbunden, öffnet sie einen nach dem anderen. Sie packt den Stoff und zieht ihn aus meiner Hose. Dann streicht sie mit ihren Fingern über meine Haut. Das Gefühl ist geradezu berauschend. Ihre Berührung wandert hoch zu meinen Schultern, dabei schiebt sie das Hemd soweit nach oben, dass es von meinen Armen rutscht und auf den Boden fällt. Sie betrachtet mich.

Sich auf die Unterlippe beißend, nimmt sie meinen Anblick in sich auf und es ist klar, dass ihr gefällt, was sie sieht. Mit den Händen erkundet sie meinen Oberkörper, und ich halte sie nicht davon ab. Ihre Finger graben sich in meine Muskeln, und Verlangen lodert in ihren Augen.

Ich umfasse ihre Taille, und die subtile Bewegung lässt sie zu mir aufblicken. Erneut ziehe ich sie zu mir heran und berühre ihre Haut unterhalb vom Saum ihres Tanktops. Ich gebe ihr die Chance, mich zu stoppen, falls es ihr zu schnell gehen sollte. Als sie nichts dergleichen tut, schiebe ich den Stoff hoch. Ich streichle über ihre Taille, und eine Gänsehaut breitet sich darauf aus. Autumn atmet tief ein. Nachdem ich ihr das Oberteil abgestreift habe, betrachte ich ihren perfekten Körper.

Wieder lege ich eine Hand an ihre Taille und lasse sie über ihre warme Haut hoch zu ihrem Nacken gleiten. Ich drücke meinen Daumen gegen ihren Kiefer, zwinge ihr

Kinn nach oben. Als sie mich ansieht, presse ich meine Lippen auf ihre und küsse sie tief. Autumn tastet nach dem Knopf an meiner Hose. Während sie ihn öffnet, schiebe ich ihre Baumwollshorts über ihre Hüften hinunter. Unsere Kleidungsstücke fallen auf den Boden. Wir kicken sie achtlos zur Seite. Mit beiden Händen wandere ich über ihren Hintern und finde nichts als einen Spitzentanga vor.

Ihre Finger gleiten in meine Boxershorts. Sie schlingen sich um meine Erektion, und ich zerreiße ihren Tanga, weil ich sie unbedingt spüren will. Sie befreit mich von dem Stoff, nimmt meine Härte in ihre Faust und bewegt sie auf und ab. Mit meinen Lippen an ihren Hals stöhne ich ihren Namen und taste mich zu ihrer süßen Mitte vor. Mit zwei Fingern gleite ich über ihre Klit und an ihrem Eingang vorbei. Deutlich kann ich ihre Nässe spüren, wie bereit sie für alles ist, was ich ihr geben kann. Sanft reibe ich über ihre empfindlichste Stelle. Sie stöhnt leise.

Ihre Hand hört nicht auf, mich zu massieren. Als ihr Daumen über meine Spitze kreist, befürchte ich, schon bald die Kontrolle zu verlieren. Ich habe eine ganze Nacht, um sie zu verwöhnen. Und genau das habe ich vor.

Ich schlinge beide Arme um ihre Taille, hebe sie hoch und gehe in die Küche, wo ich sie auf dem Tresen absetze. Sie sieht mich mit einem wilden Blick an, voller Verlangen und Vertrauen. Stillschweigend gibt sie mir die Erlaubnis, mit ihr zu machen, was ich will.

Wieder lasse ich meine Lippen auf ihren Hals sinken und drücke ihren Körper sanft zurück, bis sie gezwungen ist, sich auf die Ellenbogen zu stützen und mir ihre Brüste entgegenzustrecken. Eine davon umfasse ich und drücke sie zärtlich, ehe ich meinen Mund über ihren Nippel schließe. Sie stößt einen Fluch aus und murmelt leise meinen Namen. Ich bin sicher, dass sie es gar nicht bemerkt.

Mit der Zunge streiche ich über ihre harte Spitze, und sie drängt sich mir entgegen, fordert nach mehr. Ich sauge ein wenig fester und schiebe ihre Schenkel auseinander, um dazwischen Platz zu finden.

Sie lässt den Kopf nach hinten sinken und schließt in gieriger Erwartung die Augen. Ohne eine Sekunde zu verlieren, dringe ich mit zwei Fingern tief in sie ein, lasse sie langsam kreisen und treffe die Stelle, die ihr Becken zum Zucken bringt.

Ich nehme jede ihrer Bewegungen in mich auf, beobachte, wie sich ihre Hände zu Fäusten ballen, und die Lust, die sich in ihrem Gesicht widerspiegelt. Mir wird klar, dass ich all das die ganze verdammte Nacht lang tun könnte.

Mit meinen Fingern tief in ihr übe ich einen leichten Druck aus, bis ich spüre, wie sich ihre Muskeln zusammenziehen. »Nein ...«, stöhnt sie. »Ich will noch nicht kommen.«

Langsam lasse ich von ihr ab. Als sie zu mir aufblickt, lecke ich ihren Glanz von meiner Hand. Erneut beißt sie sich auf die Unterlippe und ihre Augen glühen vor Begierde. Es verstärkt sich noch, als ich ihre Knie weiter auseinanderschiebe und mich dazwischen niederlasse. »Heiliger Bimbam«, keucht sie in der Sekunde, als mein Mund auf ihrer süßen Mitte landet. Mit meiner Zunge streiche ich darüber und sauge an ihrer Klit. Sie richtet sich ein wenig auf, um mich zu beobachten. *So ist es richtig,*

Baby, sieh mich an. Ich grinse in mich hinein.

Autumn fasst in mein Haar. Und als ich noch einmal mit den Fingern in sie eindringe, stöhnt sie auf. »Thorne! Ja, ja!«

Ich gebe ihr alles, was sie braucht, und spüre es, wie sie sich immer näher an den Rand der Theke drängt, mir entgegen. Sie will so viel mehr und zögert nicht, es einzufordern.

Mit meiner Zunge und einer Hand verwöhne ich sie weiter, die andere bewege ich langsam auf meinem Schwanz. Sie schmeckt so verdammt süß, dass ich sie am liebsten zu jeder Tageszeit vernaschen würde. Als ich merke, wie sich ihre Muskeln zusammenziehen und sie auf meiner Zunge kommt, ist es wie nichts, was ich jemals zuvor erlebt habe. Autumn Mathers ist einzigartig, und ich werde sie nie wieder gehen lassen.

Sie ruft meinen Namen, krallt sich an meinem Haar fest, während sie ihren Höhepunkt auskostet. Ich sauge weiter an ihrer Klit, bis das Pulsieren ihres Körpers abebbt.

Keuchend versucht sie, ihre Atmung zu kontrollieren. Sie sieht mich an, als wäre ich eine Art Gott. »Heiliger Bimbam«, flüstert sie und ihre Lippen verziehen sich zu einem verruchten Grinsen. »Das war ...«

»Ja«, stimme ich zu und bin überrascht, wie gut wir zusammenpassen. Ich sehe in ihre Augen und grinse ebenfalls. »Ich bin aber noch lange nicht fertig mit dir.«

Sie gleitet von der Theke direkt in meine Arme. »Darauf habe ich gehofft«, sagt sie, und führt mich ohne zu zögern in ihr Schlafzimmer. Sie legt sich auf das Bett und sieht mich an. Mit einer Hand umschließe ich meinen Schwanz und betrachte sie in dem Durcheinander von Laken. Ich hege keinen Zweifel daran, dass ich mich bereits in sie verliebt habe. »Was jetzt?«, fragt sie und leckt sich über die Lippen, während sie mich fasziniert beobachtet. »Worauf wartest du noch?«

Ich drücke ihre Schenkel auseinander und versenke mich in ihr, bis wir beide Sterne sehen und die ersten Sonnenstrahlen durch ihr Schlafzimmerfenster hereinfallen.

16

Autumn

Gott, ich bin so verdammt neidisch.

Thorne steht am anderen Ende des OPs und assistiert einer Auszubildenden bei ihrer ersten Steißgeburt. Ich presse die Kiefer fest zusammen. Ich hasse das. Bisher hatte ich noch keine Gelegenheit, ein Baby in Steißlage zu entbinden. Aber ich kann auch nicht erwarten, dass Thorne mich bevorzugt. Das wäre nicht fair. Wir sind jetzt seit fast einem Monat zusammen. Es war die beste Zeit meines Lebens. Dennoch haben wir darauf bestanden, unser Arbeitsleben professionell zu gestalten. Schließlich ist das in unser beider Interesse. Trotzdem brodelt die Gerüchteküche. Vorgestern wurden wir von einer Krankenschwester in einem Restaurant gesehen. Diese Neuigkeit verbreitet sich seitdem rasend schnell. Es ist nur eine Frage der Zeit, bis jemand Wichtiges davon erfährt und uns die Realität einholt.

Ich beobachte das Geschehen vom schlechtesten Platz im Raum aus und wünschte, ich könnte direkt dabei sein. Thorne blickt auf und lächelt mich an. Er weiß genau, dass ich lieber an seiner Seite stehen würde. Es ist so großartig, ihn bei der Arbeit zu erleben. Egal, was er gerade tut, er ist einfach toll. Sein Wissen und sein Selbstvertrauen sind grenzenlos. Die Art, wie er sich einsetzt, ist das Beeindruckendste, was ich je gesehen habe. Ich bin so glücklich, ihn in meinem Leben zu haben. Und dass er bereit ist, all seine Berufserfahrung mit mir zu teilen. Er will mir helfen, die beste Hebamme zu werden. Sobald ich mein Ausbildungsprogramm absolviert habe, werden Thorne und ich ein unschlagbares Team sein.

Ich gehe umher und versuche, einen besseren Blick auf die Geburt zu erhaschen. Die andere Auszubildende befolgt Thornes Anweisungen und arbeitet inzwischen zügig daran, die Schultern durch den Geburtskanal zu bringen.

Ein Lächeln breitet sich auf meinem Gesicht aus. Es ist schon unglaublich, bei einer Geburt nur dabei zu sein. Obwohl ich viel lieber direkt beteiligt wäre.

Mit Thornes Hilfe kommen die Schultern zum Vorschein. Als die Praktikantin jedoch in Panik gerät und den Kopf des Babys ungeschickt hält, greift Thorne ein und übernimmt ihre Aufgabe. Ich bin stolz auf ihn und liebe es, wenn er der Held sein darf. Noch mehr mag ich, dass ich diejenige bin, die er danach breit grinsend ansehen wird.

Thorne musste seine Erfolge so lange allein feiern. Selbst wenn er es seiner Familie und seinen Freunden erklärte, haben sie es nie ganz verstanden. Ich schon. Ich erlebe ihn bei der Arbeit und verstehe, wenn er sagt, dass es das Schwerste war, was er je getan hat. Und wenn er dieses alberne Lächeln zeigt, weiß ich, dass er stolz und die Geburt gut verlaufen ist. Das macht mich zur glücklichsten Frau der Welt, weil ich diejenige bin, die an seiner

Seite stehen darf.

Thorne arbeitet konzentriert weiter. Steißgeburten bringen immer eine ganze Reihe von möglichen Komplikationen mit sich, und er muss schnell und effizient sein. Ablenkungen sind nicht zulässig.

Alle Anwesenden sehen mit angehaltenem Atem, wie die Mutter durch die Schmerzen hindurch presst und um das Leben ihres Babys bangt. Steißgeburten ... verdammt. Ich beneide sie nicht, aber sie hat den besten Arzt des Landes. Das gibt ihr und dem Baby die bestmögliche Chance für ein Happy End.

Der Kopf ist schon fast draußen. Ich verfolge das Geschehen genauestens und warte gespannt darauf, dass auch dieses Baby sicher zur Welt kommt. Und ich will Thornes Lächeln sehen, nachdem alles vorbei ist.

Jemand greift nach meinem Arm, und ich runzle die Stirn, als ich weggezogen werde. Verärgert sehe ich meine Vorgesetzte Patricia an, die mich zur Tür zerren will. »Was ist los?«, frage ich leise, um Thorne nicht zu stören oder abzulenken. »Ich bin beschäftigt. Das ist die erste Steißgeburt, die ich miterleben darf.«

Patricias Augen verengen sich. »Es wird noch andere geben«, schnauzt sie mich an, als sich die Tür zwischen uns und dem Kreißsaal geschlossen hat. »Vorausgesetzt, Sie haben das Glück, je wieder bei einer Entbindung dabei zu sein.«

»Wie bitte?«, hake ich überrascht nach und befreie meinen Arm aus ihrem Griff. Es fällt mir viel zu schwer, ihr gegenüber in dieser Situation Respekt zu zeigen.

»Sie haben mich gehört«, blafft mich die ältere Frau an und versucht, ihre Stimme gedämpft zu halten. »Ist es wahr, dass Sie eine sexuelle Beziehung mit Dr Mayson haben?«

Mir wird siedend heiß, und ich versuche, mich schnell wieder zu fangen. »Ich ...«

»Ja oder nein, Autumn?«

Ich stoße einen Seufzer aus. »Ja, Dr Mayson und ich führen eine Beziehung«, sage ich ehrlich, weil eine Lüge alles nur noch schlimmer machen würde. »Bei der Arbeit bleiben wir aber streng professionell. Er bevorzugt mich nicht gegenüber den anderen Auszubildenden und er wird auch nicht meine Beurteilungen schreiben.«

Patricia legt ihre Hände an die Schläfen und dreht sich weg, als wäre es für sie im Moment zu anstrengend, mir ins Gesicht zu schauen. Sie holt ein paar Mal tief Luft, bevor sie sich wieder mir zuwendet. »Was habe ich an Ihrem ersten Tag gesagt? Was werde ich nicht tolerieren?«

Ich denke an das Treffen mit ihr zurück. Alles, woran ich mich erinnere, ist, dass ich spät dran war und einen ganzen Haufen Papierkram erledigen musste. Danach hat mich Thorne auch noch mit diesen dicken Ordnern überrumpelt, die ich alle durchlesen musste.

Ich schüttle den Kopf und merke viel zu spät, dass es mir nicht hilft, zuzugeben, dass ich mich nicht erinnern kann. »Es tut mir leid, ich ... ich bin mir nicht sicher.«

»Drama«, entgegnet sie mit scharfer Stimme. »Ich dulde keine Dramen auf meiner Station. Sich mit dem Sie betreuenden Arzt zu verabreden, ist ein Paradebeispiel dafür. Sie werden die Sache sofort beenden.«

Überrascht reiße ich die Augen auf und spüre, wie Wut in mir aufsteigt. Wie kann sie es wagen, das von mir zu verlangen? Ich weiß, wir sind erst seit einem Monat zusammen. Wenn es jedoch um Thorne Mayson geht, sehe ich ein gemeinsames Leben mit ihm vor mir. Das ist nicht nur eine lächerliche Büroaffäre. »Ich werde nichts dergleichen tun«, antworte ich unmissverständlich. Ganz sicher werde ich mein Privatleben nicht nach ihrem Bedürfnis für Ruhe und Ordnung auf der Station ausrichten. Außerdem herrscht zwischen Thorne und mir kein Drama. Es ist ein einfacher Fall von Mann trifft Frau, und sie verlieben sich ineinander. Es gibt keine Geheimnisse, keine verrückten Verflossenen und keine beschissene Wendung, die alles ruinieren würde.

Patricia scheint Rauch aus den Ohren zu quellen. »Dann bleibt mir nichts anderes übrig, als den Fall der Ethikkommission zu melden.«

»Nur zu«, erwidere ich. »Bevor Sie das tun, denken Sie daran, dass diese Sache nicht nur mich betrifft. Sie wollen beweisen, dass Sie Autorität über mich haben? Dann gerät aber auch Dr Maysons Ruf als bester Geburtshelfer in diesem Bundesstaat in Ihr Visier. Wenn Sie sich mit uns anlegen, stellen Sie seine Karriere infrage, und ich kann Ihnen versichern, dass er eine solche Bedrohung nicht auf die leichte Schulter nehmen wird. Mich können Sie vielleicht in die Enge treiben und meine berufliche Laufbahn beenden, aber ihm können Sie nichts anhaben.«

Patricias Stirn bildet tiefe Falten. »Schon als Sie hier aufgetaucht sind, wusste ich, dass Sie Ärger bedeuten.«

»Und ich wusste, dass Sie sich wie eine alte Hexe aufführen würden«, erwidere ich aufgebracht. Mir ist klar, dass ich das später bereuen werde. »Wenn Sie mich jetzt entschuldigen würden, ich muss mich um einige Patientinnen kümmern.«

»Den Teufel werden Sie tun«, entgegnet sie barsch, bevor ich verschwinden kann. »Sie sind mit sofortiger Wirkung von allen Pflichten entbunden.«

»Wie bitte?«, platze ich heraus und drehe mich zu ihr zurück. »Das können Sie nicht.«

»Das kann ich, und das habe ich gerade getan«, schleudert sie mir entgegen. »Sie werden, bis die ganze Angelegenheit geklärt ist, Papierkram erledigen. Sie werden aus Dr Maysons Dienstplan gestrichen. Und alle Beurteilungen, die er seit Beginn Ihrer Ausbildung geschrieben hat, werden nicht angerechnet.« Bevor ich die Gelegenheit habe, darauf zu reagieren, versetzt sie mir einen Tiefschlag. »Vielleicht überlegen Sie es sich zweimal, bevor Sie sich für eine gute Note an einen anderen Arzt ranmachen.«

Wütend gehe ich einen Schritt auf sie zu und beobachte mit Vergnügen, wie sie vor mir zurückweicht. »Ich habe nichts dergleichen getan«, antworte ich. »Keine Ahnung, was die anderen Schwestern und Hebammen tun, um ihre Ziele zu erreichen. Aber Dr Mayson und ich sind in einer festen Beziehung, wenn auch erst seit Kurzem. Und wir haben absolut nicht vor, etwas daran zu ändern. Tun Sie, was Sie für nötig halten, aber ich verspreche Ihnen: Wenn Sie auch nur versuchen, diese Beziehung zu zerstören, werde ich mich zu revanchieren wissen. Angefangen mit einer Beschwerde bei der Ethikkommission, weil Sie mir unterstellen, mich für gute Noten zu prostituieren.«

Damit wende ich mich ab und lasse sie stehen. Tränen sammeln sich in meinen Augen. *Ich werde nicht weinen. Ich werde nicht weinen.*

Endlich erreiche ich den Pausenraum und laufe darin

sofort auf und ab. Sie kann mich doch nicht aus seinem Dienstplan nehmen, oder? Verdammt, wahrscheinlich kann sie das. Sie ist die leitende Hebamme auf der Station, sie kann tun und lassen, was sie will. Allerdings muss ich im Rahmen meiner Ausbildung eine bestimmte Anzahl praktischer Stunden pro Woche ableisten. Mir nur Papierkram aufzuhalsen, würde gegen die Bedingungen meines Vertrags verstoßen.

Es wird alles gut werden. Das muss es einfach. Sie wird uns nicht einfach an den Vorstand des Krankenhauses ausliefern. Ich weiß, dass es Regeln und Vorschriften für Beziehungen am Arbeitsplatz gibt, aber die sind bei allen verpönt. In der Geschäftsordnung steht nirgends, dass es verboten ist, mit einem Kollegen auszugehen. Das habe ich selbst zehnmal überprüft. Um Thornes Ruf müssen wir uns dennoch sorgen. Kein Arzt steht gut da, wenn er mit einer Untergebenen erwischt wird. Aber das hier ist so viel mehr als ein Flirt. Ich habe mich in ihn verliebt. Ich kann mir vorstellen, mit ihm den Rest meines Lebens zu verbringen. Keinesfalls bin ich bereit, ihn aufzugeben.

Obwohl es erst zehn Uhr vormittags ist, nehme ich mein Mittagessen aus dem Kühlschrank. Ich muss irgendetwas tun, sonst laufe ich nur weiter durch den Raum und schmiede Rachepläne.

Ich setze mich auf einen der unbequemen Stühle und esse die Reste der billigen Spaghetti Bolognese von gestern Abend. Wütend wie ich bin, rast mein Verstand, jeder Gedanke wird davon überrollt, und es ist fast unmöglich, mich zu entspannen.

Die Minuten vergehen wie im Flug. Ehe ich mich versehe, wird die Tür aufgestoßen. Thorne steht mit hochgezogenen Brauen vor mir. »Wo zum Teufel warst du? Ich wollte das Baby in deine Obhut geben, aber du warst nicht da. Ich hatte keine andere Wahl, als Sarah zu bitten, das Kind zu nehmen.«

Verdammte Sarah.

Ich sehe Thorne an. »Patricia hat mich aus dem Kreißsaal gezerrt und zur Rede gestellt.«

»Was?« Er stöhnt auf und schließt die Tür. »Warum sollte sie das tun?«

»Sie weiß Bescheid.«

Er runzelt die Stirn und stößt einen frustrierten Seufzer aus. »Scheiße. Wie hat sie es aufgenommen?«

»Nicht gut. Sie verlangt, dass ich die Beziehung beende. Als ich freundlich gesagt habe, dass sie mich mal kann, hat sie angekündigt, dass sie mich aus deinem Dienstplan streicht und ich bis auf Weiteres mit Papierkram zu tun haben werde. Anschließend hat sie noch gemeint, dass ich mich für gute Noten prostituiere.«

Thornes Miene verfinstert sich. »Sag mir, dass sie das nicht wirklich gesagt hat.«

»Wort für Wort«, erwidere ich, und seine Anwesenheit bessert meine Laune ein wenig. »Sie will mit der Ethikkommission über uns sprechen. Ich habe sie daran erinnert, dass sie zwar die Macht hat, meine Karriere zu versauen, dass es aber ein großer Fehler wäre, sich mit dir anzulegen.«

»Verdammt, Babe«, antwortet er, durchquert den Raum und zieht mich von meinem Stuhl. Er schließt mich in seine Arme, bis mein Gesicht an seinem Arztkittel vergraben ist. »Sie wird damit nicht durchkommen, keine Sorge. Sie kann uns nichts anhaben.«

»Ich weiß, aber ... Papierkram?«

Thorne lacht. »Ich glaube nicht, dass ich daran viel ändern kann, aber du bleibst weiterhin mir unterstellt. Daran kann sie nichts ändern. Wenn ich sage, dass du für mich arbeitest, dann wirst du das auch tun. Und das weiß sie.«

»Was ist mit der Ethikkommission?«

»Die werden nichts unternehmen«, versichert er mir. »Sie werden nachforschen. Aber wenn sie merken, dass wir eine ernste Beziehung führen, werden sie uns in Ruhe lassen.«

»Bist du sicher?«, frage ich und sehe ihn an.

»Auf jeden Fall. Und Patricia hält sich für den Platzhirsch, weil sie schon ewig die leitende Hebamme ist. Einmal im Monat droht sie mit einem Besuch bei der Ethikkommission, hat aber bisher noch nie etwas unternommen. Lass sie nur reden.«

Ich nicke und drücke mein Ohr wieder gegen seinen Brustkorb, um den gleichmäßigen Schlägen seines Herzens zu lauschen. »Okay«, antworte ich schließlich. »Aber ich warne dich. Nachdem sie mich als Hure bezeichnet hat, werde ich sie dafür ein wenig büßen lassen. Wann immer sie mich demnächst sieht, wird sie sich umdrehen und in die andere Richtung laufen.«

»Gut«, erwidert er amüsiert. »Übertreibe es aber nicht mit ihr und unterschätze sie nicht. Wenn du gegen Patricia in den Krieg ziehen willst, musst du vorbereitet sein.«

»Ist das deine Art, mir zu sagen, ich soll mich zurückhalten?«

»Nein, sie hat meine Liebste beleidigt. Ich hoffe, du erteilst ihr eine Lektion, die sich gewaschen hat. Mir ist nur wichtig, dass du dich auf ihren Gegenschlag vorbereitest. Ich bin immer für dich da, egal was passiert.«

Ich grinse ihn an. Keine Sekunde später berühren seine Lippen die meinen. Er küsst mich zärtlich und knetet sanft meinen Hintern. Dann löst er sich widerwillig von mir. »Und jetzt raus hier und an die Arbeit. Meine Frau versteckt sich nicht den ganzen Tag im Pausenraum. Du schaffst das.«

Er löst seinen Griff um mich und verlässt den Raum. Ich fühle mich gestärkt und gehe mit neuer Zuversicht den Tag an. Zur Hölle mit Patricia.

17

Autumn

Verärgert verziehe ich das Gesicht, als sich ein weiterer Stapel Unterlagen zu denen gesellt, die ich in den letzten zwei Tagen bearbeitet habe. Wann wird diese Folter ein Ende haben?

Thorne hatte recht, als er sagte, dass mich Patricia nicht aus seinem Dienstplan entfernen kann. Allerdings hat sie mich dazu verdonnert, den gesamten Schriftverkehr unserer Station zu erledigen. Dafür wird sie büßen. Warum werde ich dafür bestraft, dass ich eine Beziehung mit einem tollen Mann habe? Das ist völliger Blödsinn. So etwas kann sich nur eine Frau ohne Partner ausdenken, oder wenn sie sexuell frustriert ist.

Ich beobachte neidisch, wie die Hebammen an mir vorbeieilen und von Patientin zu Patientin gehen.

Ich versuche, mich auf den Papierkram zu konzentrieren, der verstreut auf dem Schreibtisch der Schwesternstation liegt. Mein Plan wird von Thorne durchkreuzt, der vorbeigeht und sich ein amüsiertes Grinsen verkneift.

Thorne sieht mich an. Ich verdrehe die Augen und vollführe eine Geste, die jeden erwachsenen Mann zum Erröten bringen würde. Er lacht und fährt mit seiner

Arbeit fort. Ich fühle mich in meiner Situation etwas besser. Diesen ganzen Mist erledigen zu müssen, behagt mir überhaupt nicht. Obwohl mich meine Arbeit frustriert, gleichen die Blicke und Sticheleien, die ich von Thorne jedes Mal ernte, wenn er vorbeikommt, den Ärger wieder aus. Natürlich ist er von diesem Theater mehr als genervt. Ständig sagt er mir, dass er sich wünscht, mir diese Last abnehmen zu können. Obwohl das unmöglich ist, tut er alles, meine Strafe erträglicher zu gestalten. Was leider auch bedeutet, dass er mich neckt und provoziert.

Bei jedem anderen wäre ich sauer. Thorne macht das aus Mitgefühl. Deshalb freue ich mich den ganzen Tag auf Momente wie diesen. Dass er am Ende meiner Schicht da sein wird, seinen Arm um mich legt und sich vergewissert, dass es mir gut geht, ist ein weiterer Bonus. Wenn ich an die letzten beiden Nächte denke, lässt er mich einfach alles vergessen, bis ich mich nur noch an den Klang seines Namens erinnern kann, der mir über die Lippen kommt.

Die letzten fünf Stunden habe ich hinter diesem lächerlich kleinen Schreibtisch verbracht. Ich beschließe deshalb, mir etwas die Beine zu vertreten. Selbst bei der Auswahl meines Arbeitsplatzes hat sich Patricia nicht gerade großzügig gezeigt. Statt mir den großen Schreibtisch zur Verfügung zu stellen, muss ich mit dem winzigen vorliebnehmen. Dabei bietet er nicht einmal genug Raum, um ein bisschen Ordnung in die Papierflut zu bringen.

Ich mag diese Arbeit zwar nicht, ertrage sie aber mit einem Lächeln, denn meine Beziehung zu Thorne ist mir all das wert.

Auf dem Weg über die langen Flure knurrt mein

Magen. Ein kleiner Happen zwischendurch kann nie schaden, also mache ich einen Umweg zum Pausenraum. Dort begegne ich Suzi, Thornes leitende Hebamme, die gerade den Raum verlassen will. Sie schenkt mir nickend ein knappes Lächeln, was ich erwidere. Sie hat mich nie besonders beachtet. Doch seit bekannt ist, dass ich mit Thorne zusammen bin, scheint sie mich zu verachten. Ich frage mich, ob sie nicht insgeheim in meinen Mann verknallt ist. Noch hat sie unsere Beziehung nicht kommentiert, wofür ich dankbar bin, aber ich weiß, dass sie es irgendwann tun wird. Auch jetzt beißt sie sich auf die Zunge, was mir nur recht ist.

Die Tür schließt sich hinter ihr. Als ich zum Kühlschrank gehe, wird mir klar, dass ich nicht allein bin, und ich sehe mich um. Dr Harding sitzt auf der alten, abgenutzten Couch am anderen Ende des Zimmers und beobachtet mich wie ein Adler.

»Oh«, sage ich und beschleunige meine Schritte. »Tut mir leid, ich wusste nicht, dass Sie hier sind. Ich nehme nur mein Mittagessen und gehe.«

Dr Harding steht auf. »Halten sie so wenig von mir, dass Sie glauben, ich würde Leute aus einem Gemeinschaftsraum werfen?«

Ich zucke mit den Schultern. »Ich ... Es tut mir leid. Ich wollte nicht unhöflich sein. Ich hatte angenommen, dass Sie Ihre Ruhe haben wollen«, erkläre ich, sehe ihn aber nicht an. »Ich habe von den Schwierigkeiten gehört, die Sie heute Morgen mit Ihrer Patientin hatten ...«

Der Weg zum Kühlschrank scheint unendlich lang, und als ich ihn erreiche, könnte ich nicht glücklicher sein. Ich will nur noch mit meinem Mittagessen verschwinden, bevor die Situation unangenehmer wird.

»Sie sind doch die Auszubildende, die mit Dr Mayson rummacht, nicht wahr?«, fragt er, und seine Stimme klingt viel näher, als mir bewusst war.

Ich richte mich auf, werfe einen Blick über die Schulter und entdecke Dr Harding direkt hinter mir. Sein Blick wandert über meinen Körper und bleibt an meinem Po hängen. »Wie bitte?«, frage ich nach und zwinge ihn, mir ins Gesicht zu sehen.

»Es stimmt also«, sagt er in einem kühlen Flüsterton, während er sich so vor mich stellt, dass ich nicht entkommen kann. »Ich habe gehört, dass Sie sexuelle Gefallen für gute Noten eintauschen.«

»Ich ...«

»Shht«, unterbricht er mich, rückt näher und zwingt mich, einen Schritt an die offene Kühlschranktür heranzutreten. »Sie stecken in großen Schwierigkeiten«, bemerkt er, fast so, als wolle er mich necken. »Wenn der Vorstand davon hört, können Sie sich von Ihrer glänzenden neuen Karriere verabschieden. Aber so muss es ja nicht kommen.«

»Lassen Sie mich vorbei – und zwar sofort«, antworte ich mit fester Stimme, während mein Herz rast und meine Handflächen feucht werden. Mein Blick wandert zur verschlossenen Tür. Verzweifelt wünsche ich mir eine Chance auf Flucht.

Dr Harding streicht mit seiner Hand seitlich an meinem Gesicht hoch und verringert den Abstand zwischen uns noch weiter. »Zier dich nicht, Darling«, sagt er. »Niemand muss es wissen. Wir haben beide was davon.«

Ich drücke gegen seine Schultern, aber er wehrt sich

und bleibt dicht vor mir stehen. Er versucht, eine Hand unter mein Oberteil zu schieben. »Lassen Sie mich los«, fordere ich.

»Was ist das Problem?«, spuckt er aus und zerrt an meiner Kleidung, während ich mich vehement gegen seinen festen Griff wehre. »Für Mayson spielst du die kleine Hure, aber mich fasst du nicht an?«

»Sie sind ein Schwein«, erwidere ich und stoße ihn mit ganzer Kraft weg. Er stolpert einen Schritt zurück, das bedrohliche Verlangen in seinen Augen wird noch intensiver.

»Oh, du magst es hart, was?« Ich versuche fortzulaufen, aber er erwischt mich, packt mich am Ellenbogen und bugsiert mich unsanft gegen den offenen Kühlschrank. Ich taumle halb hinein, sodass ein Teil des Inhalts herausfällt.

Mein Rücken schmerzt an der Stelle, wo ich gegen eines der Glasfächer geprallt bin. »Hilfe!«, schreie ich so laut ich kann.

Dr Hardings Hand landet auf meinem Mund und hält ihn zu. Ich setze mich auf jede mögliche Weise zur Wehr, ohne den Kühlschrank zu Fall zu bringen, der mich sicher erschlagen würde. Dr Harding schafft es trotzdem, sich aus seinem Kittel zu befreien. »Hör auf, es dir so schwer zu machen«, zischt er, lehnt sich dabei gegen die Kühlschranktür und lässt ihn hin und her wippen.

Er gibt meinen Mund frei und will wieder unter mein Shirt greifen. Das ist meine Chance. »Hilfe!«, schreie ich erneut. Meine Stimmbänder fühlen sich strapaziert an. Verzweifelt versuche ich, diesem Mistkerl zu entkommen.

Die Tür wird aufgerissen und Thorne stürzt herein.

Suzi und zwei weitere Krankenschwestern sind ihm dicht auf den Fersen. Dr Harding reißt die Augen auf, wirbelt herum, schafft es aber nicht, mich loszulassen, bevor Thorne uns erreicht. Er packt Harding und zieht ihn von mir weg. Suzi stürmt auf mich zu und fragt mich etwas. Ich höre kaum hin, weil ich Thorne beobachte, der Harding mit einem Fausthieb zu Fall bringt, bevor er weiter auf ihn einschlägt. Er scheint ihm so viel Schaden wie möglich zufügen zu wollen.

Als er abermals ausholt, wird mir klar, dass ihn eine solche Aktion seine Karriere kosten könnte, egal wie die Umstände sind.

»Thorne!«, rufe ich, renne zu ihm und packe ihn am Arm. »Stopp. Du musst aufhören.«

»Autumn«, sagt er warnend. Er will wohl, dass ich zurücktrete, damit er Dr Harding verprügeln kann, ohne mich in Gefahr zu bringen.

»Bitte«, flehe ich, und Tränen steigen mir in die Augen. »Du musst aufhören. Dieser Dreckskerl ist es nicht wert, dass du deine Karriere aufs Spiel setzt. Bitte, wir werden ihn vor Gericht fertigmachen und ihm alles nehmen. Lass es gut sein. Du hast zu hart dafür gearbeitet und solltest nicht alles für ihn wegwerfen.«

Thorne wehrt sich noch einmal gegen meinen Griff, zieht sich dann aber mit einem schweren Seufzer zurück und sieht mich an. Sein verzweifelter Blick schweift über mein tränenfeuchtes Gesicht. Innerhalb eines Wimpernschlags ist Harding vergessen. Thorne schlingt seine Arme um meine Taille und drückt mich an sich. »Es tut mir leid«, murmelt er. »Du hast recht.«

»Entschuldige dich nicht bei mir«, sage ich. »Ich würde

ihn gern Verbluten sehen, aber du bist mir so viel wichtiger.«

Thornes Kopf ruht für einen kurzen Moment an meinem, und ich höre, wie er langsam und ruhig atmet, bevor er mich an den Schultern etwas von sich wegschiebt. »Bist du verletzt?«, fragt er besorgt und betrachtet meinen Körper.

»Er hat mich in den Kühlschrank gestoßen, und ich bin mit den Rippen gegen ein Regal geprallt. Ich bin nicht sicher, ob sie ernsthaften Schaden genommen haben. Vielleicht eine Prellung.«

»Okay«, murmelt er und streicht beruhigend über meine Arme. »Wir werden dich untersuchen lassen. Suzi wird sich um dich kümmern.«

»Was ist mit dir?«, frage ich, berühre seine Hand und betrachte die wunden Knöchel.

Er schüttelt meine Besorgnis ab. »Ich komme schon klar.«

»Sei nicht dumm. Du bist Arzt. Du darfst keine offenen Wunden haben. Das muss sich jemand ansehen und säubern«, erwidere ich und schaue zu einer der Krankenschwestern hinüber. Sie wirkt, als sei sie jederzeit bereit, meinen Mann zu versorgen. »Gehen Sie und finden Sie jemanden, der ihn verarzten kann. Und nicht irgendwen. Dr Mayson verdient nur den Besten.«

Die Krankenschwester nickt und läuft aus dem Zimmer, als Suzi an meine Seite tritt und auf mein Oberteil zeigt. »Darf ich?«, fragt sie in einem Ton, der normalerweise Patienten vorbehalten ist, die Opfer eines schrecklichen Verbrechens geworden sind. Vermutlich trifft das jetzt auf mich zu.

Ich nicke und greife nach dem Saum. Bei dem Versuch, es mir über den Kopf zu ziehen, zucke ich zusammen. Thorne nimmt meine Hände in seine, bevor Suzi das Shirt gerade hoch genug anhebt, um die Rückseite meiner Rippen betrachten zu können.

Sie holt tief Luft, und Thorne wirft selbst einen Blick darauf. »Ist es schlimm?«, will ich wissen und fürchte mich vor seiner Antwort.

Er schaut zu Suzi, die mein Oberteil wieder zurechtrückt. »Ich möchte ein Röntgenbild machen, nur um sicherzugehen.«

Sie nickt. »Ich werde es sofort veranlassen«, sagt sie und huscht aus der Tür. Kaum ist sie verschwunden, betreten vier weitere Leute den Pausenraum, unter ihnen Patricia, die sich den bewusstlosen Dr Harding ansieht.

»Was in aller Welt ist hier passiert?«, fragt sie energisch.

Ich sehe rot.

»Was passiert ist?« Empört löse ich mich aus Thornes Armen. »Sie haben jedem einzelnen Menschen, der Ihnen über den Weg gelaufen ist, leichtfertig erzählt, dass ich mich für eine gute Bewertung prostituiere. Und jetzt kommen solche *Idioten* ...« Ich kann mich nicht zurückhalten und trete gegen Dr Hardings Bein. »... und denken, das gäbe ihnen das Recht, sexuelle Gefälligkeiten von mir einzufordern. Ein *Nein* akzeptieren sie nicht und nehmen sich, was sie wollen.«

»Ich ... ich .... Nein, ich ...«, stottert Patricia, ohne den begonnenen Satz vollenden zu können.

»Genug«, schreitet Thorne mit erhobener Hand ein. »Wir können uns später mit diesem Mist beschäftigen. Vorher muss jemand diesen Bastard von meiner Station entfernen und in einen bewachten Raum bringen. Merken Sie sich diese Worte: Er wird untergehen. Und damit das geschieht, werden wir alle nach Vorschrift handeln. Versorgen Sie ihn anständig, und lassen Sie ihn nicht eine Sekunde unbeaufsichtigt. Ist das klar?« Zwei Hebammen nicken, während Thorne seinen Blick auf Patricia richtet. »Und was Sie betrifft: Gehen Sie und holen Sie Zeugenaussagen über den Vorfall ein. Ich möchte, dass jeder, der heute in irgendeiner Form beteiligt war, einen gründlichen Bericht schreibt, auch wenn er nur zufällig vorbeigekommen ist.«

»Ja, Dr Mayson«, erwidert sie, ohne ihm in die Augen zu sehen. Keine zwei Sekunden später erscheint ein Pfleger in der Tür, der dabei hilft, Dr Harding aus dem Zimmer zu bringen. Suzi hat unterdessen einen Rollstuhl geholt und fordert mich auf, darin Platz zu nehmen. Weil ich zögere, hebt mich Thorne hoch, setzt mich hinein und schiebt mich auf den Flur hinaus.

Binnen einer halben Stunde sitze ich mit Thorne in einem Behandlungszimmer, wo der Leiter der plastischen Chirurgie seine Hand näht. Thorne starrt auf meine Röntgenbilder, obwohl alle Kollegen, die inzwischen ein- und ausgegangen sind, ihm bestätigt haben, dass meine Rippen nur geprellt sind. Ich kann es ihm nicht verübeln, denn ich habe darauf bestanden, dass der beste Chirurg seine aufgeplatzten Knöchel versorgt. Manche mögen das für überfürsorglich halten, aber ich kümmere mich gern um die Menschen, die mir wichtig sind. Und um alle, die Hilfe benötigen.

Kurz darauf öffnet sich die Tür und Patricia tritt sichtlich nervös mit einigen Papieren in der Hand ein. Sie reicht sie an mich und an Thorne weiter. Als ich einen Blick darauf werfe, wird mir klar, dass es sich um das Formular handelt, das zu Dr Hardings Entlassung beitragen wird.

Ich bedanke mich bei ihr, vermeide jedoch einen direkten Blickkontakt. Statt zu gehen, bleibt sie an der Tür stehen. Sie wirkt unbeholfen. Mit gerunzelter Stirn beobachte ich sie einen Moment lang. »Können wir Ihnen helfen?«, frage ich, unfähig, eine gewisse Verachtung aus meiner Stimme herauszuhalten.

»Ich, ähm ...«, beginnt sie und blickt zwischen Thorne und mir hin und her. »Ich muss mich bei Ihnen beiden entschuldigen. Mein Verhalten Ihnen gegenüber war unprofessionell, und ich sehe jetzt, was Sie sich gegenseitig bedeuten. Das ist eindeutig mehr als eine Affäre am Arbeitsplatz. Es ist offensichtlich, dass Sie beide sich sehr mögen. Deshalb muss ich mich dafür entschuldigen, dass ich dazu beigetragen habe, Ihre Beziehung vor unseren Kollegen in Verruf zu bringen. Ich bedaure, dass meine Handlungen zu dem schrecklichen Ereignis von heute Nachmittag geführt haben, und hoffe, dass Sie mir eines Tages verzeihen und wir in Zukunft in einer gesunden Weise zusammenarbeiten können.«

Ich ziehe die Brauen hoch und kann kaum glauben, was ich da höre. Bevor ich etwas sagen kann, geht Patricia zur Tür hinaus und lässt Thorne, den Leiter der Plastischen Chirurgie und mich irritiert zurück.

18

Thorne

Ich sehe Autumn dabei zu, wie sie gemütlich auf meiner Couch sitzt und an ihrem Glas Wein nippt. Mir bedeutet es viel, sie in meinem Zuhause zu haben. Nach dem heutigen Tag glaube ich nicht, dass ich sie jemals wieder gehen lassen werde.

Sie wirkt entspannt und zufrieden, und das einfallende Mondlicht verleiht ihrem Gesicht etwas Strahlendes. Selbst nach den Ereignissen heute schenkt sie mir jedes Mal ein Lächeln, wenn sie in meine Richtung blickt. Einfach umwerfend. Ich hege keinerlei Zweifel mehr daran, dass der Boom existiert und Autumn zu mir gehört, bis ans Ende unserer Tage.

Zurück im Wohnzimmer stelle ich das Abendessen auf dem Couchtisch ab, und Autumn wickelt die Decke enger um sich. Allmählich hält der Winter Einzug. Obwohl es eine kalte Nacht wird, bin ich sicher, dass ihr die Decke mehr Trost als Wärme spenden soll. So fest eingekuschelt sieht sie verdammt niedlich aus. Ich glaube nicht, dass ich mich jemals in meinem Leben so sehr danach gesehnt habe, mich einer Frau zu nähern und sie zu umarmen.

Obwohl ihre Mimik Tapferkeit widerspiegelt, weiß ich,

dass sie tief verschreckt ist. Sie will es nicht zugeben, aber das muss sie auch nicht. Ich bin nicht hier, um sie zu zwingen, sich der Realität zu stellen, sondern um ihr das Vergessen zu erleichtern. Was geschehen ist, muss nicht bestimmen, wer sie ist. Wenn sie aber zulässt, dass es das tut, wird es sie in Zukunft beeinflussen. Sie ist eine starke Frau, sie wird das Geschehene verarbeiten und gestärkt daraus hervorgehen. Sie kann für sich sorgen, sich verteidigen, geht mutig gegen einen Mann vor, der das Potenzial hatte, sie zu zerstören. Sie hatte keine Angst, um Hilfe zu bitten. Das beweist, dass sie viel stärker ist, als sie vielleicht ahnt. Sie war in einer schrecklichen Situation, und ich bin stolz darauf, wie sie gehandelt hat. Sie kämpft, egal was passiert. Sie ist hier die Gewinnerin. Er wird nie Anspruch auf sie erheben, er wird nie mit ihrer Angst belohnt werden, und er wird ganz sicher nie ein freier Mann sein. Nicht, wenn ich einen Einfluss darauf habe.

Allein der Gedanke lässt mich die Hände zu Fäusten ballen und ich spüre, wie die Nähte unangenehm an meiner Haut ziehen. Ich lockere meine Finger. Nicht aus Angst, dass die Wunden aufreißen könnten, sondern weil mir Autumn die Hölle heiß machen würde, wenn ich nicht auf mich aufpasse. Grinsend lege ich ein paar Holzscheite in den Kamin, ehe ich nach dem Feuerzeug suche.

»Ist der echt?«, fragt Autumn.

»Natürlich.«

»Wie schön«, sagt sie, nimmt einen weiteren Schluck Wein und steht von der Couch auf. Sie geht zu mir und kämpft mit der Decke, die sie um sich gewickelt hält, während sie in der anderen ihr Glas trägt. »Ich dachte, es wäre einer von diesen schicken elektrischen, bei denen man nur auf einen Knopf drücken muss.« Sie lässt sich neben mir nieder und kuschelt sich eng an mich, während sie mir dabei zusieht, wie ich das Feuer entfache. »Das oder ein falscher, der nur zur Dekoration dient.«

Ich halte inne und schaue sie an. »Im Ernst? Glaubst du wirklich, dass ich so viel Aufwand ...« Ich deute auf das riesige Wohnzimmer, das ich speziell für diese Feuerstelle entworfen und eingerichtet habe. »... betrieben habe, nur um einen unechten Kamin einzubauen?«

Autumn blickt sich um und nimmt den Raum in sich auf. »Okay«, antwortet sie, führt ihr Weinglas an die Lippen und unterdrückt ein Grinsen. »Wenn du es so ausdrückst, macht es Sinn. Aber du könntest auch einer dieser Typen sein, die gerne mit ihrem Geld angeben. Immerhin bist du im letzten Monat ständig mit deinem *Ferrari* durch meinen heruntergekommenen Stadtteil gefahren.«

»Hey, mein *Ferrari* nimmt es mir schon übel genug. Dabei ist es gut für ihn, ab und zu mal rauszukommen. Du weißt schon, um neue Orte zu erleben und daran erinnert zu werden, wie gut er es hat.«

Autumn verdreht die Augen und lehnt sich dicht an mich, während ich in die knisternden Scheite puste, bis die Glut auflodert. Der sanfte Schein umspielt Autumns Gesicht, während sie völlig fasziniert in die Flammen starrt. »Dein *Ferrari* kann mich mal. Wenn du mich demnächst abholst, solltest du dir eines der billigen Autos besorgen, wie man sie am Flughafen mieten kann.«

»Was meinst du damit? Billige Autos? Ich zahle die Premium-Variante und erhalte die bestmögliche Ausstattung.«

Leiser Spott kommt ihr über die Lippen. »Natürlich leistest du dir Premium. Warum bin ich nicht überrascht?«

Ich kann mir ein Lachen nicht verkneifen. Als das Feuer richtig zu brennen anfängt, lehne ich mich mit dem Rücken gegen den Couchtisch und ziehe Autumn an meine Seite. Ich schnappe mir unser Abendessen und schicke ein stilles Dankeschön an die Person, die daran gedacht hat, Servietten einzupacken, damit ich nicht wieder aufstehen muss.

Ich reiche Autumn ihre Lieblingsspeisen. Sie beginnt sofort zu essen, sodass ich mich frage, ob das heute ihre erste Mahlzeit ist. Sie war so damit beschäftigt, den ganzen Papierkram zu erledigen, den Patricia ihr aufgebürdet hat, dann auch noch die Sache mit Dr Harding. Nach dem Röntgen hat sie sich sofort an den Bericht gesetzt, weil sie befürchtet, dass Dr Harding davonkommen könnte, wenn sie nicht alles richtig notiert. Ich glaube, sie hat mindestens viermal von vorne begonnen, ehe sie die Formulare schließlich einreichte. Trotzdem macht sie sich Sorgen, dass es für eine Verurteilung nicht ausreicht.

Ich sehe ihr beim Essen zu, während der Schein der Flammen über ihre Haut tanzt. Sie ist still. Zu still. Autumn ist nie um ein Wort verlegen. Daher ist es seltsam, dass sie stumm in das Feuer starrt und dem Knistern lauscht. Auch wenn dies einer meiner bisher schönsten Momente mit ihr ist: in aller Seelenruhe mit ihr in meinem Wohnzimmer zu sitzen, während es draußen dunkel wird.

»Was hast du auf dem Herzen?«, frage ich leise, um den Augenblick nicht zu stören.

Sie zuckt mit den Schultern. »Keine Ahnung. Ich denke nur darüber nach, was mit dir passieren wird.«

Ich ziehe die Brauen hoch. »Mit mir?«, erkundige ich mich. »Du brauchst dir keine Sorgen um mich zu machen. Ich komme schon klar.«

»Du hast einen Kollegen tätlich angegriffen«, erinnert sie mich, als hätte ich es bereits vergessen. Dabei ziehen die Nähte jedes Mal, wenn ich die Finger zu einer Faust balle. Vielleicht sollte ich besser die Hand schonen. Schließlich werde ich erst wieder Eingriffe durchführen können, wenn die Wunden verheilt sind.

»Und?«, hake ich nach. »Vermutlich wird die Ethikkommission ein paar Dinge dazu sagen. Wenn ich aber erkläre, was passiert ist, wird sich das schon fügen.«

»Bist du sicher?«, fragt sie und hält mit der Gabel auf halbem Weg zu ihrem Mund inne.

»Natürlich.«

Sie schaut auf ihr Essen hinunter und knabbert an ihrer Unterlippe. »Wie geht es jetzt weiter?«

»Ich vermute, dass der Ausschuss die Nacht damit verbringt, die Berichte aller Beteiligten durchzugehen und alle Beweise zu prüfen. Wahrscheinlich werden sie auch Dr Hardings frühere Arbeitsverhältnisse genauer unter die Lupe nehmen, bevor sie eine Entscheidung treffen. Du brauchst dir deswegen keine Gedanken zu machen, der Fall ist eindeutig. Es wird alles gut.«

Autumn nickt und sieht mich mit diesen großen Augen an, in die ich mich unsterblich verliebt habe. »Warst du schon einmal in dieser Lage?«, möchte sie wissen, und in ihrer Stimme schwingt Nervosität und Sorge mit.

Ich schüttle den Kopf. »Habe ich je zuvor einen Mann geschlagen, der versucht hat, sich an der Frau zu vergreifen, mit der ich für den Rest meines Lebens zusammen sein will? Nein, das kann ich nicht behaupten.«

Überrascht öffnet sie den Mund. Ich beobachte lächelnd ihre Reaktion auf meine Worte, als wäre sie das Unterhaltsamste, was ich je erlebt habe. Sie schließt ihren Mund wieder und schluckt schwer, ohne ihren Blick von mir zu nehmen. »Was hast du gerade gesagt?«

»Du hast mich gehört, Autumn. Ich bin dabei, mich in dich zu verlieben, und ich will dich nie wieder loslassen.«

Ihre Unterlippe zittert. »Bist du sicher?«, flüstert sie. »Wenn ich mich erst einmal in dich verliebt habe, gibt es kein Zurück mehr. Du wirst für immer an mich gebunden sein. Ich werde nicht zulassen, dass du mich verlässt.« Ich lege meine Hand in ihren Nacken und staune zum wiederholten Mal darüber, wie perfekt wir zusammenpassen.

»Gut«, erwidere ich, nehme ihr den Teller aus der Hand und stelle ihn neben mir auf dem Parkettboden ab. Sanft hebe ich sie auf meinen Schoß. Während sie sich rittlings auf mir niederlässt, rutscht die Decke von ihren Schultern. Unsere Blicke treffen sich, und ich ziehe sie enger an mich. »Verliebe dich in mich«, sage ich. »Und alles wird perfekt sein.«

Autumn senkt die Lider und drückt ihren Mund auf meinen. Vorsichtig, um ihre geprellten Rippen zu schonen, lege ich meinen Arm um ihre Taille und halte sie fest. Sie schmeckt süß und zart, genau das, was ich nach diesem höllischen Tag brauche. Das Feuer lodert hinter ihr und wärmt unsere Körper. Sie greift nach ihrem Oberteil und streift es langsam ab. Sie zuckt leicht vor Schmerz, versucht aber, sich nichts anmerken zu lassen. Ich begegne ihrem Blick. »Nein, Autumn, nicht heute Abend«, flüstere ich, um ihre Gefühle nicht zu verletzen.

Sanft schiebe ich sie von mir weg. »Nicht nach dem, was passiert ist. Du brauchst Zeit ... Deine Rippen ...«

Sie schüttelt den Kopf und küsst mich. »Die werden morgen auch noch da sein. Jetzt muss ich deine Hände auf meinem Körper spüren und die schrecklichen Bilder aus meinem Kopf verbannen. Bitte, Thorne. Ich brauche deine Berührungen.«

Ich drücke zart ihren Nacken und hebe mit dem Daumen ihr Kinn an, bevor ich mit meinen Lippen über die empfindliche Haut an ihrem Hals streiche. »Bist du sicher?«, frage ich, als sie sich in meine Liebkosung lehnt und vor Verlangen leise stöhnt.

Autumn reibt sich an mir. Ich spüre ihre Hitze, die mich geradezu anfleht, nicht aufzuhören. »Wie könnte ich mir da nicht sicher sein?«, flüstert sie, während sie nach meinem Shirt greift und es mir über den Kopf zieht. Mit ihren Fingernägeln fährt sie sanft über meine Schultern und meinen Oberkörper. »Alles ist perfekt. Wir sitzen vor dem knisternden Kamin im Mondschein bei einem Glas Wein. Das Einzige, was mir fehlt, ist, dich tief in mir zu spüren. Worauf wartest du noch?«

Sie senkt ihren Kopf, bis ihre Lippen knapp unter meinem Ohr schweben. Ihre Hand wandert meinen Bauch entlang und weckt die Lust in mir. »Ich will dir nicht wehtun, Autumn. Das würde ich mir nie verzeihen.«

Ich spüre ihr Lächeln an meiner Haut. »Dann tu gar nichts. Halte mich einfach nur fest und lass mich dich führen.«

Ich ziehe die Brauen hoch. In ihrem Gesicht lese ich, dass sie weiß, wer diese Runde gewonnen hat.

Sie erhebt sich, steht vor mir, ihren Blick auf mich

gerichtet, und öffnet ihren BH. Der dünne Stoff löst sich und gleitet an ihren Armen hinunter, ehe er zu meinen Füßen auf den Boden fällt. Das Feuer hüllt ihren Körper in ein Leuchten. Völlig fasziniert betrachte ich dieses Schauspiel.

Sie dreht sich um, zeigt mir ihre schönen Kurven und schaut mich über die Schulter an. Sie lässt die Finger über ihre Haut wandern, und als sie die Daumen in den Bund ihrer Baumwollshorts einhakt, bin ich wie gebannt. Langsam zieht sie den Stoff an ihren Beinen hinunter, zeigt alles, was sie zu bieten hat, und lässt meinen Schwanz so hart werden wie nie zuvor.

Ich befreie meine Erektion aus meiner Hose. Autumn beobachtet mich und leckt sich über die Lippen. Als sie wieder auf mich zukommt, weiß ich, dass es heute Nacht um mehr als um heißen Sex gehen wird. Es geht um Verbindung, Liebe und Vertrauen.

Direkt vor mir bleibt Autumn stehen, einen Fuß auf jeder Seite meiner Beine. Ich kann nicht anders, als ihre Hüften zu umfassen und meinen Mund auf ihren Oberschenkel zu pressen. Sie sieht auf mich herab, die verdammte Unterlippe erneut zwischen ihren Zähnen. Langsam sinkt sie auf die Knie und lässt sich rittlings auf meinem Schoß nieder. Meine Härte mit ihren Fingern umschließend, beginnt sie mich zu massieren, ehe sie sich grinsend aufrichtet und meinen Schwanz direkt vor ihrer süßen Mitte positioniert. Ich nehme einen tiefen Atemzug, denn die Vorfreude bringt mich fast um.

Die erste Berührung ist himmlisch. Als sie mich langsam in sich aufnimmt, ist es, als würde ich von einer verbotenen Frucht kosten. Es ist verblüffend, wundervoll, atemberaubend. Nichts ist schöner, als mit Autumn Mathers zu verschmelzen.

Als ich vollständig in ihr versunken bin, halte ich ihre Hüften fest, so wie sie es sich gewünscht hat. Sie klammert sich an meine Schultern, und ich spüre, wie ihre Nägel in meine Haut drücken, als sie sich endlich zu bewegen beginnt. Unsere Körper eng aneinandergeschmiegt, berühren wir uns auf jede erdenkliche Weise. Ich lasse meine Finger zu ihrem Hintern wandern, gleite mit ihnen über ihren Körper.

Autumn beißt sanft in meine Schulter und vergräbt ihre Finger in meinem Haar. Sie reitet mich, ihre Pussy zieht sich eng um mich zusammen, und mein Name dringt keuchend über ihre Lippen. Es ist mir fast unmöglich, mich zurückzuhalten. Doch ich werde ihrer Bitte nachkommen und ihr die Kontrolle überlassen. Ich werde mich zurücklehnen und zusehen, wie sie meinen Namen schreit.

Ihr Stöhnen wird lauter, als ich ihren Hintern fester massiere, und sie steigert langsam das Tempo. Ihre Brüste wippen direkt vor meinem Gesicht, und ich sauge an ihrem Nippel. Sie ist so wunderschön, wenn sie ihren Kopf zurückwirft und vor Lust keucht. Die Muskeln ihrer Schenkel spannen sich an, als ich mit meiner Zunge über ihre verhärteten Nippel streiche.

Ich habe mein Becken, strecke mich ihr entgegen, und sie schnappt nach Luft, als ich tief in sie eindringe. »Oh Gott.« Ihr Stöhnen wird lauter, während sie die Hüften wiegt. »Ja, genau da.«

Mit jeder Bewegung ziehen sich ihre Wände enger um mich zusammen, während ich sie genau dort treffe, wo sie es will. Dann kneift sie die Augen zusammen und vergräbt ihr Gesicht an meinem Hals. Sie ruft meinen Namen, vermischt mit einem lauten Stöhnen, und ihre Lust wird mir zum Verhängnis. Ich verliere mich in ihr wie nie zuvor.

Als Autumns Höhepunkt abklingt, lehnt sie sich gegen mich, und ich lege stützend die Arme um ihren Körper. »Verdammt, Babe. Das war ...«

»Ich weiß«, sagt sie und ringt noch immer nach Atem. »Ich sollte das jede Nacht machen.«

Ich nicke. »Wann immer du willst. Aber sobald deine Prellung verheilt ist, werde ich dich über diesen Tisch beugen und dich wie meine gottverdammte Königin nehmen. Ich kann es kaum erwarten, deine süße Pussy zu schmecken.«

Ihre Wangen röten sich, und sie steht auf. »Ich meine ... ich wüsste nicht, warum du das nicht schon jetzt tun könntest«, murmelt sie grinsend, während das Licht des Feuers Schatten auf ihren Körper wirft. »Wenn ich sicher und geborgen in deinem warmen Bett liege, was kann mir da schon passieren?«

Mit diesen Worten geht sie mit perfekt schwingenden Hüften zu meinem Schlafzimmer und bittet mich stumm, ihr zu folgen. Wie könnte ich da *Nein* sagen?

19

Autumn

Mit den Fingern trommle ich auf dem Tisch herum, während ich in der unangenehmen Stille verharre und den Mann anstarre, der meine Zukunft in seinen Händen hält.

Dr Raymond Terrace, Chefarzt der Chirurgie und der Boss in diesem Krankenhaus, sitzt an seinem schicken Schreibtisch und hat seinen Blick auf mich gerichtet. Momentan warten wir darauf, dass Thorne auftaucht und die Befragung beginnen kann. Er ist spät dran, und ich sollte ihm dafür gehörig die Leviten lesen.

»Kaffee?«, fragt Dr Terrace.

Ich schenke ihm ein höfliches Lächeln. »Nein«, schlage ich sein Angebot viel zu schnell aus. »Danke.«

Er nickt und lehnt sich in seinem Stuhl zurück. Die Stille ist trotz meines Fingertrommelns so laut, dass ich beinahe all die Herzmonitore hören kann, die im Rest des Krankenhauses piepen. Meine Unbehaglichkeit nimmt zu. Seinem Gesichtsausdruck nach zu urteilen, spürt er sie auch.

Ich schenke dem Mann ein freundliches Lächeln und will ihm gerade sagen, dass ich draußen warten kann, als seine Bürotür aufgestoßen wird. Ein wenig subtiles *Oh,*

Gott sei Dank ist von Dr Terrance zu hören, als Thorne hereinkommt.

»Es tut mir leid«, entschuldigt er sich und setzt sich so auf den Stuhl neben meinem, dass ich befürchte, das Teil könnte unter ihm zusammenbrechen. »Ich hatte heute Morgen ein kleines Malheur mit meinem Parkplatz. Irgendein Idiot in einem *Aston Martin* hat mir den Platz geklaut. Ich wäre fast in das Ding reingekracht, aber damit hätte ich dem Kerl einen Gefallen getan. Wer einen *Aston Martin* fährt, ist meistens ein arrogantes Arschloch.«

Thorne wendet seinen Blick zu mir und stellt fest, dass ich hier die ganze Zeit ganz ohne ihn sitzen musste. Es tut mir leid«, fügt er grinsend hinzu. Seine Augen funkeln vor Vergnügen, und ich frage mich, wann er den Ernst der Lage begreifen wird.

Dr Terrace räuspert sich und betrachtet meinen Freund. »Ich nehme an, es geht um meinen brandneuen *Aston Martin*«, erwidert er trocken, offensichtlich nicht beeindruckt.

Die Lippen zu einem schmalen Strich zusammengepresst, versuche ich, nicht zu lachen, während Thorne sein Gesicht vor Überraschung verzieht. »Ich ... Verdammt. Ein schöner Wagen, Sir. Sie können ihn, wenn nötig, jederzeit dort parken.«

»Hm, das werde ich«, sagt er an Thorne gewandt, bevor sein Blick zwischen uns beiden hin- und herwandert. »Verschwenden wir keine Zeit. Es gibt ein viel dringenderes Thema, das geklärt werden muss.«

Ich nicke. »Ja, das ist wahr«, erwidert Thorne, und seine Miene verfinstert sich. »Wie geht es Dr Harding heute Morgen? Ich höre, er soll sich gut erholen.«

Dr Terrace zieht die Brauen zusammen und beobachtet Thorne misstrauisch. »Ja, er erholt sich gut«, bemerkt er in einem kühlen Ton. »Ihr Urteil in dieser Angelegenheit und Ihr Bedürfnis, Gewalt in mein Krankenhaus zu bringen, ist jedoch eine völlig andere Sache, um die wir uns zu gegebener Zeit kümmern werden.«

Thornes Kiefer spannen sich an. »Ja, Sir.«

»Was den gestrigen Vorfall betrifft, so möchte ich betonen, dass ich über Dr Hardings Handeln entsetzt bin. Ich bedaure, dass so etwas in meinem Krankenhaus geschehen ist. Der Vorstand hat Ihre Aussagen und die vom Personal geprüft und sich auch die Sicherheitsaufzeichnungen angesehen.«

»Sicherheitsvideos?«, hake ich nach und rufe mir den Pausenraum in Erinnerung. Eine Überwachungskamera habe ich dort nicht gesehen.

»Ja«, antwortet Dr Terrace. »Im Flur vor dem Pausenraum befindet sich eine Kamera, die den Vorfall in der Spiegelung des Glases aufgenommen hat. Ich kann Ihnen versichern, dass wir sofort Maßnahmen ergreifen werden, um ihm zu kündigen und ihn bis zum Abschluss der Untersuchungen suspendieren. Der Vorstand wird auch seine früheren Dienstverhältnisse gründlich prüfen und nach den wahren Gründen für seine bisherigen Entlassungen suchen. Mein Krankenhaus ist ein Ort der Heilung. Ich werde hier niemanden dulden, der eine so eklatante Respektlosigkeit gegenüber meinem Personal an den Tag legt.«

Ich schaue zu Thorne hinüber, der seine Hand nach meiner ausstreckt. Begierig ergreife ich sie, und er drückt sie, um mir so seine Unterstützung zu signalisieren. »Ich werde also meinen Job nicht verlieren?«

Überrascht reißt Dr Terrace seine Augen auf. »Gütiger Himmel, nein. Wie kommen Sie denn auf diese Idee?«

»Ich ...«, stammle ich und zucke mit den Schultern, ehe ich fortfahre. »Um ehrlich zu sein, hat es wahrscheinlich etwas mit Schlafmangel, Grübeln und den vier Kaffees zu tun, die ich heute Morgen schon getrunken habe.«

»Das würde einiges erklären«, meint Thorne amüsiert.

Dr Terrace ignoriert Thornes Bemerkung und richtet seinen Blick wieder auf mich. »Es gibt nichts, worüber Sie sich Sorgen machen müssen. Die Situation wurde geklärt. Ich möchte, dass sich alle meine Mitarbeiter sicher fühlen. Ich weiß jedoch, dass solche Angriffe Spuren hinterlassen. Also sprechen Sie ruhig mit einem unserer Spezialisten da oben«, bietet er an und meint damit unsere vielen Therapeuten. »Allerdings kann ich verstehen, dass psychologische Betreuung nicht jedermanns Sache ist.«

»Das war es also?«, frage ich.

»Ganz genau«, bestätigt er. »Ich habe alles getan, was mir möglich ist. Wenn Sie die Sache weiterverfolgen möchten, ist das Ihre Entscheidung. Sollten Sie diesen Weg einschlagen, dann haben Sie dafür die volle Unterstützung dieses Krankenhauses.«

Tränen sammeln sich in meinen Augen. »Danke«, murmle ich und atme erleichtert auf. »Ich habe noch nicht entschieden, ob ich zur Polizei gehen möchte, aber je mehr ich darüber nachdenke, desto eher denke ich, dass ich es tun sollte.«

Thorne drückt noch einmal meine Hand, während Dr Terrace nickt. »Meiner Erfahrung nach setzen Männer wie Dr Harding dieses abscheuliche Verhalten fort, wenn sie nicht gestoppt werden. Sie haben die Möglichkeit, anderen Frauen einen solchen Übergriff zu ersparen, die dann vielleicht nicht so viel Glück hätten wie Sie, schnell Hilfe zu bekommen.«

Ich sehe zu Thorne hinüber. »Was denkst du?«

»Ich stimme Dr Terrace in dieser Sache zu«, entgegnet er. »Er muss aufgehalten werden. Und du hast die Chance dazu. Du könntest andere Frauen vor etwas viel Schlimmerem bewahren.«

»Okay«, sage ich. »Ich werde heute nach meiner Schicht bei der Polizei Anzeige gegen ihn erstatten.«

»Ausgezeichnet«, erwidert Dr Terrace. »Halten Sie mich bitte auf dem Laufenden.«

Ich schenke ihm ein knappes Lächeln und stehe auf. »Ich möchte Ihnen dafür danken, dass Sie sich die Zeit genommen haben und diese Angelegenheit so ernst nehmen. Andere Verantwortliche hätten ein Auge zugedrückt.«

Er erwidert mein Lächeln. Als ich gehen will, hält er mich sofort zurück. »Wir sind noch nicht fertig«, sagt er, und ich versteife mich. »Es gibt eine weitere Angelegenheit, die besprochen werden muss: Ihre Beziehung zu Dr Mayson.«

Ich zucke zusammen und lasse mich wieder in meinen Sitz sinken. Thornes sieht mich besorgt an. »Richtig ... das.«

»Ja, *das*«, wiederholt Dr Terrace. »Ich gehe davon aus, dass Sie beide eine romantische Beziehung führen. Wie Ihnen bestimmt bekannt ist, verstößt jede Form von sexuellem Kontakt zwischen Kollegen gegen die Krankenhauspolitik.«

»Das stimmt«, entgegnet Thorne und hebt trotzig das Kinn. »Autumn und ich sind zusammen, aber es ist viel mehr als ein sexuelles Verhältnis. Ich habe die Absicht, diese Frau zu heiraten. Nicht einmal für meinen Job würde ich diese Frau verlassen. Ich habe nicht vor, die Regeln außer Acht zu lassen. Wenn ich ganz offen sein darf«, fügt er hinzu, fast wie ein Nachsatz, »dann deutet die Regel lediglich an, dass eine Beziehung unerwünscht ist, nicht aber, dass sie verboten oder untersagt ist.«

Dr Terrace lehnt sich in seinem Schreibtischstuhl zurück und streicht sich nachdenklich über das Gesicht. Ich sehe zu Thorne hinüber, und meine Gefühle spielen verrückt. Ich könnte schwören, er hat gerade gesagt, dass er mich heiraten will. Meine Augen füllen sich mit Freudentränen. Als ich Dr Terrace ansehe, treffe ich seinen warmen Blick.

»Und was sind Ihre Absichten, Autumn? Betrachten Sie diese Beziehung genauso wie Dr Mayson?«

»Das tue ich«, antworte ich aus tiefstem Herzen. »Dr Mayson ist meine Zukunft. Wenn Sie also beschließen, dass einer von uns von seinen Pflichten in diesem Krankenhaus entbunden werden muss, dann sollen Sie wissen, dass Ihre Entscheidung keine Auswirkungen auf unser Privatleben haben wird.« Meine Aufmerksamkeit richtet sich wieder auf Thorne. »Ich werde weiterhin wahnsinnig in ihn verliebt sein, egal wo ich arbeite.«

Ein Lächeln breitet sich auf Thornes Gesicht aus. Bevor er etwas erwidern kann, teilt uns Dr Terrace seinen gefürchteten Entschluss mit. »Mir scheint, dass diese Beziehung, egal wie ich dazu stehe, genau so weitergehen wird wie bisher. Es ist klar, dass es sich um mehr als eine

Affäre handelt. Solange Sie beide innerhalb der Mauern dieses Krankenhauses professionell agieren, sehe ich keinen Grund, einen von ihnen zu entlassen. Aber«, fährt er fort und wendet seinen Blick wieder zu mir, gerade als ich dachte, wir könnten uns über seine Antwort freuen. »Sie sind noch in der Ausbildung und Dr Mayson unterstellt. Er ist Ihr beurteilender Arzt.«

»Ja«, bestätige ich, während meine Knie vor Nervosität zu zittern beginnen. »Bitte lassen Sie mich weiter bei ihm arbeiten. Dr Mayson ist der fähigste Geburtshelfer im Bundesstaat und meiner Meinung nach im ganzen Land. Und ich will keine durchschnittliche Hebamme sein. Ich will die Beste sein, und dafür muss ich von dem Besten lernen.«

Tiefe Falten bilden sich auf seiner Stirn. »Verstehen Sie eigentlich, was Sie von mir verlangen?«, fragt er. »Das verschafft Ihnen einen Vorteil gegenüber den anderen angehenden Hebammen.«

Ich schüttle den Kopf. »Nein, das glaube ich nicht. Dr Mayson ist in dieser Hinsicht sehr streng und fair. Er bevorzugt mich nicht. Wenn wir zusammenarbeiten, spielt unsere Beziehung keine Rolle.«

Dr Terrace sieht zu Thorne. »Ist das wahr?«

»Ja, Sir. Autumn ist die Frau meiner Träume. Und ich wünsche mir nichts sehnlicher, als dass sie Erfolg hat und all ihre Ziele erreicht. Ihr alles auf einem Silbertablett zu servieren, wird ihr dabei nicht helfen. Um die Beste zu sein, muss sie hart arbeiten. Falls ich Unterschiede zwischen meinen Auszubildenden mache, dann wird sie es sein, zu der ich strenger bin als zu den anderen.«

Dr Terrace reibt nachdenklich mit Daumen und Zeigefinger an seinem Kiefer. »Okay, wir werden Folgendes tun«, erklärt er und hält seinen Blick auf Thorne gerichtet. »Ich kenne Sie schon sehr lange, Thorne, und es freut mich, Sie glücklich zu sehen. Sie waren so lange mit Ihrer Arbeit verheiratet, dass ich befürchtet habe, Sie würden in Ihrem Leben nie Platz für die Liebe schaffen und allein bleiben. Ich möchte nicht der Grund dafür sein, dass Sie dieses Glück verlieren. In diesem Sinne wird Autumn weiterhin in Ihrem Dienst stehen. Sie werden sie unterrichten, so wie Sie es bis jetzt getan haben. Ihre dienstlichen Beurteilungen werden jedoch von mir übernommen, bis wir einen Ersatz für Dr Harding gefunden haben. Wenn ich auch nur den Hauch eines Hinweises darauf bekomme, dass hier jemand bevorzugt wird, habe ich keine andere Wahl, als weitere Maßnahmen zu ergreifen. Ist das klar?«

»Ja, Sir«, antwortet Thorne, und seine Freude ist unüberhörbar. »Sie haben mein Wort.«

»Was ist mit Ihnen, Autumn?«, fragt er und sieht mich an. »Ich gehe davon aus, dass Sie mit dieser Vereinbarung einverstanden sind?«

Ich nicke erleichtert. »Ja, ich bin einverstanden.«

»Gut, ich bin sicher, dass Sie beide noch zu tun haben. Und wie schon gesagt, halten Sie mich auf dem Laufenden, was Ihre Anzeige betrifft.«

»Das werde ich.« Ich stehe auf. »Danke für Ihre Zeit.«

Dr Terrace nickt mir zu. »Thorne«, sagt er, und Thorne dreht sich mit zusammengekniffenen Augen zu ihm um. Dr Terrace wirkt belustigt. Mit angehaltenem Atem warte ich, um nichts zu verpassen. »Ich war heute Morgen ganz angetan von diesem Parkplatz. Vielleicht komme ich auf

Ihr Angebot zurück, ihn jederzeit zu benutzen.«

Thorne lacht, das übliche leicht überhebliche Grinsen breitet sich auf seinem Gesicht aus. »Nur zu, Sir, aber zu Ihrer Information: Jedes Mal, wenn ich zur Arbeit fahre und Ihren *Aston Martin* auf meinem Parkplatz vorfinde, werde ich meinen *Ferrari* mitten in Ihrer Lobby parken.«

Die beiden Männer starren sich einen Moment lang an, bevor Dr Terrace lachend den Kopf schüttelt. »In Ordnung, Thorne. Und jetzt verschwinden Sie, bevor Sie mir einen Grund geben, meine Meinung zu ändern.«

Ohne weitere Verzögerungen gehen Thorne und ich zur Entbindungsstation. Plötzlich legt Thorne einen Arm um meine Taille und zieht mich in die offene Tür eines Bereitschaftszimmers. Sie fällt hinter uns zu. Er drückt mich an sich und seine Lippen prallen auf meine. Ich versinke in seinen Armen und erwidere seinen Kuss mit allem, was ich habe.

Als er sich schließlich von mir löst, keuchen wir beide und versuchen, wieder zu Atem zu kommen. »Du hast gesagt, dass du wahnsinnig in mich verliebt bist«, wiederholt er genau den Satz, den ich in Dr Terrace' Büro benutzt habe.

Ich muss lächeln, als ich sehe, wie glücklich er wirkt. »Was soll ich sagen?«, ärgere ich ihn. »Du hast mich herausgefordert, mich in dich zu verlieben. Und ich schrecke nicht vor einer Herausforderung zurück. Aber ich warne dich: Ich habe nicht vor, dich einfach nur zu lieben. Es wird die intensivste Art von Liebe sein, die wir beide je empfunden haben.«

»Ich nehme dich beim Wort«, entgegnet Thorne und schließt die Tür von innen ab. Er hebt mich hoch und legt mich vorsichtig auf das Bett, um meine geprellten Rippen besorgt. Sein Körper bedeckt den meinen, und er sieht mich an. Sein Blick verspricht ein wunderbares Leben. »Unser Dienst beginnt erst in einer Stunde. Und hier stört uns niemand. Worauf warten wir noch?«

20

Autumn

»Okay, bist du bereit?«, erkundigt sich Thorne, während seine Hände auf meinen Schultern ruhen und wir vor der Tür des Hauses seiner Tante und seines Onkels stehen. Es ist mein erstes richtiges Treffen mit seiner Familie. Und er wirkt genauso aufgeregt wie ich.

»Geht es dir gut?«, frage ich und berühre seine Stirn, während sich ein Lächeln auf meinem Gesicht ausbreitet. »Du siehst krank aus.«

Mit einem schelmischen Grinsen und einem Augenrollen schiebt er meine Finger weg. »Fang nicht mit diesem Blödsinn an.« Er lacht. »Mir geht's gut. Du bist es, um die ich mir Sorgen mache.«

Ich kann meine Belustigung nicht verstecken. »Bist du sicher? Du siehst aus, als würde dich jemand zwingen, durch diese Tür zu gehen.«

»*Du* willst doch unbedingt meine Familie kennenlernen. Wenn das Essen vorbei ist, wirst du meine Unruhe verstehen«, erklärt er. »Ich versuche nur, ein anständiger Kerl zu sein und dich zu warnen. Meine Familie ist ein chaotischer Haufen, aber sie werden dich lieben. Danach wirst du nie wieder frei sein.«

Ich stelle mich auf die Zehenspitzen und drücke ihm einen Kuss auf die Lippen. »Natürlich werden sie mich lieben«, erwidere ich selbstbewusst. »Ich bin fantastisch, und ich habe bereits zwei der Mayson-Babys versorgt, eines davon sogar auf die Welt gebracht. Schon deshalb werden sie mich lieben. Ich bin der wahrgewordene Traum einer jeden Familie.«

»Du wirst keinerlei Probleme mit ihnen haben«, versichert mir Thorne. Bevor er die Klingel betätigen kann, wird die Tür aufgerissen und die Frau, die ich vor der Notaufnahme getroffen habe, steht mit einem breiten, aufgeregten Lächeln vor uns.

»Thorne«, sagt sie warm und schließt ihn in ihre Arme. »Wie geht es dir, mein Lieber?«

Thorne umarmt sie. Dass die beiden sich mögen, sehe ich sofort. »Mir geht es gut, Tante Susan. Wirklich gut. Was ist mit dir?«

Sie löst ihren Griff um ihn und tritt zurück, um mich zu betrachten. »Oh, Süßer, jetzt geht es mir richtig gut«, erklärt sie, kommt auf mich zu und zieht mich ebenfalls an ihre Brust. »Ich hätte nie gedacht, dass wir den Tag noch erleben würden, an dem Thorne ein Mädchen mit nach Hause bringt.«

Über ihre Schulter hinweg schenke ich ihm ein Grinsen, er verdreht die Augen. »Wem sagst du das«, erwidere ich lachend. »Ich hätte nie gedacht, dass ich den Tag erlebe, an dem er mich endlich um ein Date bittet.«

Susan stimmt in meine Heiterkeit ein, nimmt meine Hand und führt mich in ihr Haus. »Du musst mir wirklich alles erzählen«, fordert sie mich auf, während Thorne uns folgt und die Tür schließt.

Wir schaffen gerade einmal drei Schritte, bis November aus dem Nichts auftaucht, gefolgt von drei Mädchen. Keine Sekunde später ist der ganze Eingangsbereich von Erwachsenen und Kindern überfüllt. Mit großen Augen blicke ich in die Runde, während Susan mir alle vorstellt. Thorne hat mir zwar während der Fahrt erklärt, wen wir treffen werden, doch umsonst. Die Familie ist einfach zu groß. Ich gebe mein Bestes und konzentriere mich auf die Namen. Susan beginnt mit einem Teil der Familie, den ich mir leicht merken kann – November, Asher und ihre vielen wunderschönen Töchter. Ich bin mir sicher, dass ich ihre Namen sofort wieder vergessen hätte, wenn sie nicht nach den Monaten des Jahres benannt worden wären. November umarmt mich herzlich, während sich die Mädchen um mich scharen und mir jeden Bewegungsspielraum nehmen.

Susan geht weiter zu Trevor und Liz, an deren Seite Hannah und Cobi stehen, dann weiter zu Cash und Lily, die zwei entzückende Kinder haben, Ashlyn und Jax. Als sie sich dem letzten Paar zuwendet, bleibt mir der Mund offen stehen.

»Das hier sind Nico und seine wunderschöne Frau Sophie«, erklärt Susan und zeigt auf die beiden, die jeweils ein Kleinkind auf dem Arm halten, umringt von einem Gewusel weiterer Miniversionen der beiden. Wow. Das sind ganz schön viele. Wenn sie nur eine Minute stillstehen würden, könnte ich sie vielleicht zählen. Oh mein Gott, ich habe noch nie eine so große Familie gesehen.

»Ja, ich erinnere mich«, sage ich zu Susan und schaue mir die vielen Paare an. »Ihr wart alle im Krankenhaus, als sich June den Arm gebrochen hat. Aber mit so vielen hatte ich nicht gerechnet. Ihr könntet euer eigenes Footballteam gründen.«

»Wem sagst du das«, antwortet Sophie und schiebt das Mädchen auf ihrem Arm ein Stück höher. »Sie halten mich ganz schön auf Trab. Ich kann mich nicht einmal daran erinnern, ob ich heute Morgen gefrühstückt habe. So wie mein Magen knurrt, ist es gut möglich, dass ich es vergessen habe.«

Innerhalb von Sekunden gibt Asher Nico einen Klaps auf den Hinterkopf. »Hey, wofür war das denn?«, fragt Nico.

Asher wirft Nico einen gespielt bösen Blick zu. »Kümmerst du dich nicht um deine Frau? Warum gibst du ihr nichts zu essen?«

Nico stöhnt frustriert. »Ich gebe ihr genug zu essen. Ich habe ihr heute Morgen drei Portionen Eier mit Speck gebraten, und jede ist kalt geworden. Ich wollte sie schon füttern, als Talon beschlossen hat, die Hände in seine Windel zu stecken und meinen Küchenboden einzusauen.«

Die Jungs lachen auf Kosten ihres Bruders, bevor Susan uns schließlich tiefer in ihr Haus und in den Garten führt, wo sich James am Grill abmüht. Thorne geht neben mir her, seine Hand ruht auf meinem Rücken. Je länger die Rundreise durch die Familie und das Anwesen dauert, desto glücklicher wirkt er.

»Was soll dieses Lächeln?«, frage ich und bleibe stehen, um ihm in die Augen zu schauen.

Er umfasst meine Taille und streift mit seinen Lippen sanft über meine. Dann sieht er mich liebevoll an. »Du hast keine Ahnung, wie lange ich darauf gewartet habe, dich hierher zu bringen, damit du meine Familie richtig kennenlernen kannst.«

Ein warmes Lächeln legt sich auf meine Lippen. Bevor ich die Gelegenheit habe, ihm zu sagen, wie sehr ich ihn liebe, ziehen ihn seine Cousins weg. Und ich stehe allein zwischen ihren erwartungsvoll grinsenden Ehefrauen. Alle scharen sich um mich, und plötzlich habe ich ein Glas Champagner in der Hand. »Also«, beginnt November. Ihre Stimme vibriert vor Aufregung. »Hast du schon mal vom *Boom* gehört?«

Unwillkürlich ziehe ich die Brauen hoch. In diesem Moment ruft einer der Männer und bittet zu Tisch.

Der Rest des Abends ist erfüllt von Liebe, Lachen und Wärme. Am anderen Ende der langen Tafel blicke ich immer mal wieder zu Thorne und denke mir, dass dieser Mann zweifellos der Beste ist, den ich je getroffen habe.

21

Thorne

Die Krankenschwester der Notaufnahme starrt mich finster an, als ich ihr einen Stapel Papiere auf den Schreibtisch lege. Jemand muss diesen Mist erledigen. Meine Zeit ist begrenzt, weil mir heute noch vier Geburten bevorstehen, nachdem ich gerade einen Notkaiserschnitt beendet habe.

Es ist Freitagnachmittag, die geschäftigste Zeit im Krankenhaus. Auch die Idioten der Stadt starten schon mittags ins freie Wochenende, betrinken sich, machen Dummheiten und landen beim Notarzt. Es ist zwar abwechslungsreich, aber meist vermeide ich Dienste am Freitagabend. Wenn ich dann auch noch bis Montag frei habe, ist das ein großer Luxus.

Autumn, die den größten Teil des Tages wegen einer Beurteilung bei Dr Terrace verbracht hat, erscheint in der Notaufnahme. Obwohl ich den Papierkram nicht persönlich und genau um vier Uhr nachmittags hier abliefern muss, habe ich diese Aufgabe gern übernommen.

Als würde sie meine Anwesenheit am anderen Ende des Raumes spüren, blickt Autumn auf. Ihr Lächeln sagt mir, was ich wissen will. Natürlich hat sie es geschafft. Sie ist unglaublich in dem, was sie tut. Sie wird es in ihrer Karriere noch weit bringen, und ich kann es kaum erwarten, sie dabei zu begleiten.

Da Dr Terrace direkt hinter ihr steht, sieht sie nur zu mir herüber, was für mich völlig in Ordnung ist. Ihr zufriedener Gesichtsausdruck allein ist den ganzen Aufwand wert. Außerdem werde ich sie zur Feier des Tages zum Essen ausführen, sobald wir beide hier rauskommen.

Dr Terrace führt sie in einen Besprechungsraum neben der Notaufnahme, vermutlich um ihre Ergebnisse zu bereden. Durch das Fenster beobachte ich sie. Jedes einzelne Wort scheint sie aufzusaugen. Sie lächelt stolz. Ich wünschte, ich könnte bei der Besprechung dabei sein, aber sie wird mir heute Abend alles darüber erzählen.

Wir sind jetzt fast drei Monate zusammen, und bisher war unsere gemeinsame Zeit unglaublich. Sie ist das Licht in meinem Leben, das ich in all den Jahren vermisst habe. Ich kann es kaum erwarten, sie zu meiner Frau zu machen. Allein der Gedanke daran ... Der Ring, den ich für sie ausgesucht habe, scheint ein Loch in meine Tasche zu brennen. Am liebsten würde ich ihn ihr sofort anstecken und sie bitten, für den Rest unseres Lebens die Meine zu sein. Ich warte nur noch auf die richtige Gelegenheit, denn Autumn hat so viel mehr verdient als einen überstürzten Antrag. Sie verdient einfach alles und das Beste. Ich möchte ihr meine Gefühle in einem für sie perfekten Moment gestehen, mit allem, was sie sich je gewünscht hat. Bei nächster Gelegenheit werde ich KC ausfragen, wie sich Autumn einen Heiratsantrag in ihren Träumen ausgemalt hat, denn die beiden Frauen erzählen sich einfach alles. Bis dahin werde ich den Ring sicher verwahren, so wie auch schon in den letzten zwei Monaten.

Es kann sein, dass ich verrückt bin, weil ich sie so schnell zu meiner Frau machen will. Aber es gibt Momente, da weiß man etwas einfach. Und ich wusste es in der Sekunde, als ich ihr begegnet bin. Ich kann bereits vor mir sehen, wie sie zum Altar schreitet. Sie wird sich auf die Unterlippe beißen, die Augen verdrehen und sich fragen, warum sie so emotional wird. Wenn sie dann das Ende des Ganges erreicht und meine Hände nimmt, wird sie alle Leute um sich herum vergessen. Es wird nur noch uns beide geben. Das gemeinsame Leben mit ihr als Mann und Frau ist das wahre Geschenk. Wir werden ein Haus kaufen und eine Familie gründen. Das ist mein größter Wunsch.

Sie in unserer Küche herumlaufen zu sehen, mit unseren Kindern, die um ihre Füße herumwirbeln, ein weiteres unter ihrem Herzen. Das ist einer der Träume, die ich habe, seit ich sie kenne.

Das vertraute Geräusch der sich öffnenden Türen der Notaufnahme reißt mich aus meinen Gedanken. Ich hätte längst wieder auf meiner Station sein sollen.

Mein Blick fällt sofort auf eine Frau, die sich kaum auf den Beinen halten kann. Ashleigh. So schnell es geht laufe ich zu ihr. Ich muss ansehen, wie sie auf die Knie sinkt und sich den runden Bauch hält, bevor ich sie erreiche. Die anderen Patienten im Wartebereich betrachten entsetzt das Blut in ihrem Haar, die zerrissene Kleidung und die dunklen Flecken auf ihrer Haut.

»Sie müssen mir helfen«, wimmert sie, Tränen laufen über ihr Gesicht und vermischen sich mit dem Schmutz darauf. »Mein Baby ... Er ... Mein Mann hat mich gefunden.« Keine Sekunde später fällt sie in Ohnmacht, und ich fange sie auf.

Verdammt, verdammt.

Vorsichtig halte ich sie an der Taille fest und ziehe sie an meine Seite. Ich untersuche sie und vergewissere mich, dass die Blutung an ihrem Kopf nur oberflächlich ist und nicht lebensbedrohlich. »Schwester«, rufe ich. »Ich brauche ein Bett. Jetzt.«

Von dem Lärm alarmiert, kommt Dr Terrace aus dem Besprechungsraum, Autumn direkt hinter ihm. Beide eilen auf uns zu. Dr Terrace stützt Ashleighs andere Seite und wendet sich an mich. »Was ist hier los?«, fragt er. Autumn steht abwartend vor uns, bereit, uns zu helfen.

»Ashleigh Langbrock«, beginne ich. »Sie ist meine Patientin. Ein Fall von häuslicher Gewalt. Im achten Monat schwanger, stark untergewichtig, mit vielen Komplikationen. Sie ist auf der Flucht vor ihrem Mann und wohnt in einem Frauenhaus. Der Ehemann hat sie gerade gefunden.«

Autumn schnappt nach Luft und nimmt Ashleighs Tasche an sich. Dr Terrace flucht und fordert das herumschwirrende Personal auf, sich verdammt noch mal zu beeilen. »Was sollen wir tun?«, fragt Autumn. »Was brauchst du?«

»Halte den Aufzug bereit. Ich muss sie sofort in mein Untersuchungszimmer bringen. Wer weiß, in welchem Zustand das Baby ist.«

Autumn rennt los und winkt die Leute aus dem Lift, die Krankenschwester kommt mit einem Bett herbei. Dr Terrace und ich legen Ashleigh darauf. Innerhalb von Sekunden sind wir in der Kabine, und Autumn drückt auf den Knopf für Ebene vier.

Es herrscht absolute Stille, während wir nach oben fahren und mit einem vertrauten Klingeln die Entbindungsstation erreichen. Wir steigen aus und Autumn bleibt mir dicht auf den Fersen. Dr Terrace schaut bei der Schwesternstation vorbei, um einen Operationssaal in Bereitschaft zu halten, nur für den Fall, dass wir ihn benötigen.

Autumn folgt mir in mein Untersuchungszimmer und kämpft mit den Tränen, als sie Ashleighs Bauch mit den blauen und violetten Blutergüssen betrachtet. Ich taste sie ab, während Autumn alles für einen Ultraschall vorbereitet, um die Herzfrequenz des Babys zu prüfen.

»Verdammt«, stoße ich hervor und greife nach dem Gel. Als ich das kühle Gleitmittel auf Ashleighs Bauch verteile, kommt sie mit einem unterbrochenen Keuchen zu sich und hebt den Kopf. »Was ... was ...«

»Sie sind in Sicherheit, Ashleigh«, beruhige ich sie. »Sie sind in meinem Untersuchungszimmer, und ich werde jetzt nach Ihrem Baby sehen. Wie fühlen Sie sich?«

»Als wäre ich gerade von einem Lastwagen überfahren worden«, murmelt sie und weigert sich, mich anzuschauen. Ihr Kopf sinkt wieder auf den Untersuchungstisch. »Geht es meinem Baby gut?«

»Das versuche ich herauszufinden«, antworte ich. »Können Sie mir erzählen, was passiert ist?«

Ich drücke den Ultraschallstab auf Ashleighs geprellten Bauch und schiebe ihn hin und her, um einen guten Blick auf den Fötus zu erhalten. Sie starrt auf den Bildschirm. Als sich das Baby in ihr bewegt, scheint sie sich ein wenig zu entspannen. »Ich war mit ein paar Lebensmitteln auf dem Weg zurück zum Frauenhaus, als sein Wagen neben mir angehalten hat und er herausgesprungen ist. Ich wollte weglaufen, aber ... Es war sinnlos. In Sekundenschnelle hatte er mich an den Haaren gepackt und zerrte mich zu seinem Wagen. Es war niemand da, der mir helfen konnte. Und als ich zu schreien begann, schlug er zu und brüllte, es sei die Strafe dafür, dass ich weggelaufen bin. Und dass ich den Tod verdiene, weil ich ihn verlassen habe.« Tränen laufen über ihre Wangen, sie sieht mich verzweifelt an. »Sie müssen mir helfen. Er wird mich umbringen. Er wird mir mein Baby wegnehmen und mich umbringen. Ich ... ich weiß nicht, was ich tun soll. Er wird nie aufhören. Er wird mich nie in Ruhe lassen.«

Autumn beugt sich näher, streicht mit ihrer Hand über Ashleighs Haar und versucht, sie zu beruhigen. »Es ist okay«, flüstert sie. »Sie sind hier sicher. Wir werden Ihnen helfen.«

Ashleigh schüttelt den Kopf. »Nein«, wimmert sie. »Sie verstehen das nicht. Er ist hinter mir her. Er hat mich in sein Auto gezerrt und irgendwann an einer Tankstelle angehalten. Als er bezahlen wollte, bin ich losgelaufen. Er denkt bestimmt, dass ich in das nächstgelegene Krankenhaus wollte. Er wird mich finden.«

Autumn fängt meinen Blick ein. Die Hilflosigkeit, die ich in ihren Augen erkennen kann, zerreißt mich fast. Ich schaue zu Ashleigh und drücke sanft ihre Hand. »Ich schwöre Ihnen«, verspreche ich und vergewissere mich, dass sie mich wirklich hört. »Egal was passiert, ich werde nicht zulassen, dass Ihnen etwas zustößt. Haben Sie mich verstanden? Hier wird Ihnen nichts passieren.«

Immer noch weinend, betrachtet sie mich und scheint

zu überlegen, ob sie mir ihr Vertrauen schenken oder erneut flüchten soll. »Okay«, lenkt sie schließlich ein. »Bitte, sagen Sie mir, dass es meinem Baby gut geht. Sie ist alles, was ich noch habe.«

Ich richte meine Aufmerksamkeit wieder auf den Monitor und beginne, die Herzfrequenz des Babys zu verfolgen. Ich presse die Lippen aufeinander und schaue zu Autumn, weil ich weiß, dass sie das Gleiche denkt. »Was ist los?«, fragt Ashleigh und schaut unsicher zwischen uns hin und her.

Eine Hand auf Ashleighs Arm gelegt, schenke ich ihr das aufmunterndste Lächeln, das mir gelingt. »Es tut mir leid, Ashleigh. Ich weiß, dass Sie einen wirklich schweren Tag hatten, aber er ist noch nicht vorbei. Ihr Baby ist in Gefahr. Die Herzfrequenz ist viel zu hoch. Wir müssen Ihre Tochter so schnell wie möglich holen.«

»Was? Nein«, erwidert sie panisch. »Es ist noch zu früh. Ich bin erst im achten Monat.«

»Ich weiß«, entgegne ich. »Aber das Baby hat sich gut entwickelt. Wenn wir jetzt die Geburt einleiten, hat es die größten Überlebenschancen. Sie haben das Richtige getan, als Sie hergekommen sind. Ich weiß nicht, was passiert wäre, wenn Sie gewartet hätten.«

Ihre Augen werden groß. »Ist es wirklich so schlimm?«

»Ja«, antworte ich ehrlich, denn ich mag es nicht, schlechte Nachrichten zu beschönigen. »Der Stress, dem sie ausgesetzt waren, hat auch Ihrer Tochter geschadet. Wir müssen Sie für einen Notkaiserschnitt vorbereiten. Sie werden Ihr Mädchen heute Abend kennenlernen.«

Tränen rollen über Ashleighs Wangen. Autumn drückt ihre Hand. »Es wird alles gut werden«, sagt sie. »Für Sie und das Kind. Der beste Arzt im ganzen Land wird Ihnen bei der Geburt helfen, und ich werde die ganze Zeit an Ihrer Seite sein.«

»Wirklich?«, fragt Ashleigh und sieht zu Autumn auf.

»Ich verspreche es.«

Die beiden tauschen ein kleines Lächeln, dann wendet sich Ashleigh mit neuer Entschlossenheit an mich. »Okay«, murmelt sie. »Dann soll es so sein.«

Erleichterung macht sich in mir breit, und ich verliere keine einzige Sekunde. Ich schaue zu Autumn. »Ruf im OP an. Sorg dafür, dass der Raum für uns bereit ist und ein Team sowie ein Anästhesist auf uns warten. Sag ihnen, dass wir in zwei Minuten da sind.«

»Verstanden«, erwidert sie und eilt zur Tür.

Ich bespreche mit Ashleigh die wenigen Dinge, die sie über den Kaiserschnitt wissen muss, bevor ich ihr einen Patientenkittel hole und sie ins Bad führe. Ich bleibe vor der angelehnten Tür stehen, während sie sich umzieht, damit sie sich sicher fühlt. Als sie herauskommt, helfe ich ihr zurück auf das Bett und schiebe sie durch die Tür. Autumn übernimmt und bringt sie in den OP. Ich entferne mich, um mich zu waschen, und verfolge durch die Glasscheibe, wie der Anästhesist erklärt, was er tun wird.

Als ich in den OP komme, sitzt Ashleigh aufrecht und hält Autumns Hand fest. »Haben Sie irgendwelche Fragen?«, erkundige ich mich, während der Anästhesist ihre Wirbelsäule abtastet und die Spinalanästhesie vorbereitet.

Mit großen, panischen Augen blickt Ashleigh auf. »Ja, wie lange dauert das alles?«

»Normalerweise etwa vierzig Minuten«, antworte ich. »Aber jeder Fall ist anders. Wir holen die Kleine so schnell es geht.«

Ashleigh nickt und legt sich zurück auf das Bett, den Bauch entblößt. Jetzt liegt ihr Leben und das ihrer Tochter in meinen Händen. Autumn steht neben dem Bett und erläutert ruhig den weiteren Ablauf. Sie wird Ashleigh nicht von der Seite weichen.

Ein paar Minuten müssen noch vergehen, bis die Anästhesie ihre Wirkung zeigt und ich mich darauf konzentrieren kann, das Leben dieses Babys zu retten. Hoffentlich kann ich den beiden die Hilfe zukommen lassen, die sie brauchen, um sich von Ashleighs Ehemann fernzuhalten.

22

Thorne

Mein Skalpell schneidet durch die zarte Haut von Ashleighs Unterleib, und ich lasse meinen Blick über die Trennwand zwischen uns schweifen. Sie klammert sich an Autumns Hand, als wäre das ihre einzige Rettungsleine. Da sie zum Glück nicht vor Schmerzen schreit, wage ich zu behaupten, dass die Anästhesie ausreichend wirkt.

Ich arbeite routiniert mit meinem Assistenzarzt neben mir, der mich heute aber eher stört. Es gibt Tage, an denen mir seine Anwesenheit nichts ausmacht, und Momente wie diese, in denen ich Freiraum brauche, um sicherzustellen, dass alles reibungslos abläuft.

Autumns Stimme ist das einzige Geräusch, das im gesamten OP zu hören ist, abgesehen von den Herztönen des Babys und Ashleighs auf den Monitoren. Der viel zu schnelle Sinus-Rhythmus macht mir Sorgen, während Autumns Erklärungen für Ashleigh auch auf mich beruhigend wirken. Ich durchdringe die oberste Hautschicht und wende mich dem Bindegewebe zu, mache präzise und geübte Schnitte. Plötzlich schrillt ein Alarm durch den Raum. Mitten in der Bewegung halte ich inne. Alle Blicke richten sich auf mich.

Mein Herz rast, als ich Autumns panischen Gesichtsausdruck sehe. Es gibt für diverse Notsituationen unterschiedliche Signale. Ihrer Miene nach zu urteilen, hat sie eine ziemlich gute Vorstellung davon, worum es sich handelt.

Ashleigh blickt sich um, ihre Augen ängstlich geweitet. »Was ... was ist das?«, fragt sie träge.

»Okay«, sage ich und halte das Skalpell dabei hoch, um für Ruhe zu sorgen und nichts zu verschlimmern. »Das Krankenhaus wird abgeriegelt. Wenn Ihre Anwesenheit hier nicht absolut notwendig ist, müssen Sie den Raum verlassen und den dafür vorgesehenen Ablaufplan genauestens befolgen. Es gibt viele Patienten auf dieser Station, um die Sie sich jetzt kümmern müssen. Also raus hier.«

Ohne ein weiteres Wort verschwindet das gesamte Team zügig zur Tür hinaus. »Suzi«, rufe ich, bevor sie weg ist.

Sie bleibt stehen und sieht mich abwartend an. »Wie kann ich helfen?«

»Finden Sie heraus, was los ist, und melden Sie sich so schnell wie möglich.«

»Ja, Dr Mayson«, sagt sie und entfernt sich.

Ich stoße einen schweren Seufzer aus. Als ich meine Aufmerksamkeit wieder auf Ashleigh lenke, sehe ich Autumn. »Was machst du hier noch?«, frage ich. »Du musst gehen. Wir werden gleich eingeschlossen sein.«

Sie schüttelt den Kopf. Normalerweise liebe ich ihre sture Art, aber gerade jetzt will ich nicht mit ihr diskutieren müssen. »Nein, ich lasse dich hier nicht allein. Bist du wahnsinnig?«

»Autumn«, warne ich sie und erwäge, sie an der Taille

zu packen und aus dem Raum zu tragen. Ich nehme stark an, dass Ashleighs Ehemann der Grund für die Abriegelung ist. Demnach wäre Autumn auf dem Flur nicht sicherer als hier im OP.

»Nein. Du kannst sie nicht ganz allein operieren. Ashleigh braucht Unterstützung, und du auch. Du bist ein unglaublicher Arzt, aber du bist nicht Superman. Es gibt zu viele Dinge zu koordinieren, und du bist allein. Also bleibe ich, ob es dir gefällt oder nicht. Wir werden das hier gemeinsam zu Ende bringen.«

Ich presse die Kiefer zusammen. Ich hätte nicht gedacht, dass ich jemals so wütend auf die Frau sein könnte, in die ich verliebt bin. Ich bin nur Sekunden davon entfernt, sie rauszuschleppen, als Ashleigh Autumns Arm packt und sie sich an ihr festhält. »Was ist hier los?«, fragt sie benommen. In ihren Augen erkenne ich eine Angst, wie ich sie noch nie gesehen habe. »Er ist es, nicht wahr? Er ist hinter mir her. Er wird mich umbringen.«

»Nein, Ashleigh«, antworte ich und versuche, sie zu beruhigen. »Ich habe Ihnen gesagt, dass Sie bei mir sicher sind, und das meine ich auch so. Ich werde nicht zulassen, dass Ihnen etwas zustößt.«

Autumn nimmt ihre Hand und drückt sie fest. »Es gibt viele Gründe, warum ein Krankenhaus abgeriegelt wird. Es kann alles Mögliche sein. Sie brauchen keine Angst zu haben. Das einzig Wichtige ist, ihr Baby so bald wie möglich auf die Welt zu bringen.«

»Nein«, ruft sie panisch und schüttelt den Kopf. »Er ist es. Ich kann es spüren. Er ist hinter mir her.«

»Ich werde Sie beschützen«, verspreche ich ihr erneut,

während mein Blick zu ihrem Herzmonitor hinüberfliegt, dessen Piepen viel zu schnell ist. »Um das zu tun, müssen Sie mit mir zusammenarbeiten. Ihre Herzfrequenz ist gefährlich hoch. Sie müssen versuchen, sich zu beruhigen. Atmen Sie langsam und tief ein, zählen Sie bis fünf, dann atmen sie aus und wiederholen das Ganze.«

Ashleigh nickt, und ich ziehe die Trennwand ein Stück nach unten, um ihr Gesicht besser sehen zu können. Sie schließt die Augen und folgt meinen Anweisungen.

Autumn sieht mich an. Wir können hören, wie das Piepen des Monitors langsamer wird. Allerdings ist ihre Herzfrequenz noch immer viel zu hoch. Ich mache mich erneut an die Arbeit, denn jede verschwendete Sekunde gefährdet das Leben des Babys.

Als ich merke, dass sich Ashleigh endlich etwas entspannt hat, schaue ich kurz zu Autumn. Obwohl ich sauer bin, dass sie sich nicht in Sicherheit gebracht hat, bin ich ihr dankbar. Diesen Kaiserschnitt allein zu bewältigen, wäre nicht gerade ideal. »Kannst du mir zur Hand gehen?«

Ashleigh löst widerstrebend ihren festen Griff. Autumn hat schon mehr als genug Kaiserschnitte miterlebt, also sollte sie helfen können. habe nicht dass ich eine andere Wahl hätte. Autumn arbeitet stumm neben mir, während der Alarm von allen Wänden des OPs widerhallt. Vor den verschlossenen Türen erklingen panische Schreie, wir hören die Schritte von Menschen, die den Flur auf- und abrennen, Neugeborene, die weinen, und Rufe nach Ruhe.

Ein Klopfen an der Tür erregt meine Aufmerksamkeit. Durch das kleine Fenster im rechten Türflügel der Doppeltür erkenne ich Suzy. Ich nicke Autumn zu, die sofort zu ihr geht.

Mit angehaltenem Atem beobachte ich, wie sie ihre Handschuhe auszieht und die Tür einen Spalt öffnet. Suzi senkt ihre Stimme zu einem Flüstern und beugt sich zu Autumn.

Während Suzi spricht, macht sich Entsetzen auf Autumns Gesicht breit. An ihrer Mimik erkenne ich, dass genau das eingetreten ist, was wir befürchtet haben.

Ashleigh schüttelt den Kopf. Auch sie hat Autumn beobachtet. »Nein«, wimmert sie fast lautlos, und ihre Stimme ist wegen des Alarms kaum zu hören.

Suzy tritt einen Schritt zurück in den menschenleeren Flur. »Los. Verstecken Sie sich«, fordert Autumn sie auf. »Geben Sie auf sich Acht, ja?«

»Sie auch«, erwidert Suzie, bevor sie kurz zu mir blickt und davoneilt. Autumn zieht an der Tür, die sich mit einem dumpfen Ton schließt, und lässt das Schloss einrasten. Dann läuft sie verzweifelt durch den Raum und durchsucht die Schränke. Sie durchwühlt alles, kramt Verbandsmaterial und medizinisches Klebeband heraus, bis sich ihre Finger um die größten Klebebandagen schlingen, die wir haben. Sie reißt die Rückseite ab und läuft zurück zur Tür, presst sie gegen das Fenster und befestigt sie.

»Was ist los?«, frage ich, während sie sich schnell die Hände desinfiziert und zu mir zurückkommt.

Sie sieht mich an, bevor sie einen nervösen Blick auf Ashleigh wirft. »Ein bewaffneter Mann bahnt sich seinen Weg durch die Station. Es sieht so aus, als würde er Zimmer für Zimmer durchgehen und jemanden suchen.«

»Mich«, entfährt es Ashleigh viel zu laut. »Es ist mein Mann. Er wird mich umbringen.«

»Dafür muss er zuerst an mir vorbei«, entgegne ich voller Überzeugung. Meine Patientinnen und Autumns Leben werden für mich immer vor allem anderen stehen.

»Ich ... ich ... Was soll ich tun? Ich muss weglaufen. Ich muss fort von hier.«

»Sie gehen nirgendwo hin«, sage ich auf eine Weise, die keine Widerworte duldet. Ich versuche, ihren Oberkörper so still wie möglich zu halten. »Nicht in Ihrem Zustand. Sie sind in meiner Obhut. Sie müssen sich auf Ihr Baby konzentrieren. Es wird nicht mehr lange dauern, bis Ihre Tochter da ist. Und solange müssen Sie möglichst ruhig bleiben. Können Sie das für mich tun?«

»Ich ... Ja«, antwortet sie, während Tränen über ihr Gesicht und in ihr Haar laufen.

»Langsam und tief atmen«, erinnere ich sie und überlagere mit meiner Stimme die gedämpften Schreie von draußen.

Sie nickt und bemüht sich um langsame, tiefe Atemzüge, die viel zittriger sind, als ich mir erhofft habe. Doch mehr kann ich in dieser Situation nicht erwarten.

Nachdem Ashleighs Herzfrequenz sinkt, öffne ich ihre Gebärmutter und prüfe, ob alles okay und die Fruchtblase noch intakt ist.

»In Ordnung, Ashleigh. Wir haben es fast geschafft«, informiere ich sie, während Autumn an meiner Seite dafür sorgt, dass ich alles habe, was ich brauche. Sie saugt das Blut ab, das aus den Schnitten hervorquillt, und hält alles sauber. »Nur noch ein paar Minuten.«

Ich bereite mich darauf vor, die Fruchtblase anzustechen, als zusätzlich zum Alarm ein lautes Dröhnen durch den Raum schallt. Ich ziehe das Skalpell von

Ashleighs Körper weg, um sie nicht zu verletzen, und sehe die Tür in den Angeln erzittern. Autumn zieht erschrocken die Luft ein. Ich wünschte, ich könnte sie in meine Arme nehmen und ihr sagen, wie sehr ich sie liebe.

Das Dröhnen geht schnell in ein regelrechtes Donnern über, als der Mann auf der anderen Seite versucht, in den Raum einzubrechen. Durch die Lücken zwischen den Klebebandagen, die Autumn notdürftig als Sichtschutz angebracht hat, kann ich Teile seines Gesichtes erkennen, denn er versucht immer wieder, hereinzusehen. Ashleighs Miene nach zu urteilen, trifft ihre Befürchtung zu und es handelt sich um ihren Ehemann.

»Nein, nein, nein, nein, nein«, beginnt sie ängstlich zu rufen, und ihr Herzschlag beschleunigt sich erneut. »Er ist es. Ich kann nicht ... Er kann nicht. Er wird mich umbringen. Sie müssen ihn aufhalten.«

Ich versuche, den Mann vor der Tür zu ignorieren. Auf keinen Fall werde ich das Leben dieses Babys seinetwegen riskieren. Er hat Ashleigh schon genug Schmerzen zugefügt.

Die Tür dröhnt erneut, erzittert im Takt seiner Schläge. Ich höre, wie Autumns Atem stockt. Als sie unbewusst näher an mich rückt, begegne ich ihrem Blick. Ich hätte sie mit den anderen wegschicken sollen. Ich will sie nicht verlieren. Am liebsten würde ich sie in einen verdammten Schrank sperren oder unter dem Bett verstecken.

Ashleighs Blick ist unverwandt auf die Tür gerichtet. Ich beginne mit Autumns Hilfe, das Baby aus der Fruchtblase zu befreien.

Weiterhin donnert Ashleighs Ehemann mit den Fäusten gegen die Sicherheitstür. »Geh weg von meiner

Frau!«, brüllt er. »Mach die verdammte Tür auf!«

Wir geben unser Bestes, um ihn zu ignorieren, während das Trommeln seiner Fäuste die Luft zum Vibrieren bringt. Als ein metallisches Klopfen zu hören ist, schaue ich auf und sehe, wie er sich mit seiner Waffe am Fenster zu schaffen macht. »Gottverdammter Mist«, murmelt Autumn so leise wie möglich, um Ashleigh nicht noch mehr aufzuregen.

Sofort überprüfe ich ihre Herzfrequenz und schüttle den Kopf. Sie ist viel zu hoch. Es sind Momente wie diese, in denen ich froh bin, in einem Krankenhaus zu arbeiten. Ich weiß nicht, wie die Ärzte in Kriegsgebieten so etwas bewerkstelligen, aber sie sind auf jeden Fall besser darauf vorbereitet.

Ein weiteres Dröhnen ertönt, als er sie einzurennen. Wieder und wieder, bis das Schloss unter der Wucht seines Körpers nachgibt. »Nein!«, ruft Ashleigh panisch, als ihr Mann ins Zimmer stürmt.

Er schüttelt verwundert den Kopf, dass er es ins Innere geschafft hat, und kommt auf uns zu. Dabei schwingt seine Waffe gefährlich an seiner Seite. Sein bösartiger Blick schweift über Ashleigh, bevor er auf mich trifft. »Ich habe dir gesagt, du sollst dich von meiner Frau fernhalten«, spuckt er aus, sein Tonfall aggressiv. »Ich nehme sie mit nach Hause.«

»Ashleigh geht nirgendwo hin«, erwidere ich laut und rücke unauffällig näher an Autumn heran, um ihm die Sicht auf sie zu versperren. »Das Leben des Babys ist in Gefahr. Ich muss es so schnell wie möglich holen.«

Der Kerl tritt vor und zielt mit seiner Waffe direkt auf meine Brust. Autumn hinter mir stößt ein scharfes, ängstliches Keuchen aus. Ich wage es nicht, mich zu bewegen, weil der Bastard immer näher kommt. »Ich sagte, lass die Finger von meiner Frau.«

Meine Kiefer spannen sich an, und ich hebe meine Hände, dass er sie deutlich sehen kann. »Okay, ich höre auf«, sage ich ruhig und trete um Ashleigh herum. Ich mache eine kleine Show daraus, damit er nur mich im Auge behält, während ich mich direkt vor sie und Autumn stelle. »Ashleigh braucht dringend ärztliche Hilfe. Ihr Baby wird nicht überleben, wenn ich Ihre Frau zunähe und nach Hause schicke. Verstehen Sie das?«

Er kommt auf mich zu, den Lauf seiner Waffe gegen meine Brust gedrückt. »Die Schlampe ist sowieso tot. Keiner kann vor mir weglaufen. Verstehst du das?«

Ich übe diesen Beruf aus, um Leben zu erhalten und zu schützen, und dieser Dreckskerl hat die Frechheit, in meinen verdammten OP zu spazieren, mich unter Zwang zum Aufgeben zu bewegen und meine Patientin zu bedrohen. Das lasse ich nicht zu. Nicht heute und schon gar nicht in meinem OP.

Bebend vor Wut trete ich näher, seine Waffe drückt sich fester gegen meinen Brustkorb. »Ich schlage vor, dass Sie die Klappe halten und verschwinden. Ich habe zwei Patientinnen auf dem Tisch, die beide dringend medizinische Hilfe benötigen. Sollte einer der beiden sein Leben verlieren, wäre das Ihre Schuld, und ich garantiere Ihnen, dass ich Sie mit der ganzen Härte des Gesetzes verfolgen werde. Und jetzt raus aus meinem OP, damit ich mich wieder um die Rettung Ihrer Frau und Ihrer Tochter kümmern kann!«

Seine Augen verengen sich. Seine Waffe bleibt

unerschütterlich und voller Entschlossenheit auf mich gerichtet. Als sein Blick noch bedrohlicher wird, weiß ich, dass er schießen wird, um mich aus dem Weg zu räumen.

Das wird nicht passieren, Arschloch.

Ich hebe die Hand, das Skalpell immer noch fest in meinem Griff, und stoße es in seinen Hals. Vor Schmerz schreit er auf und stolpert rückwärts.

Autumn schreit auf, während Ashleigh entsetzt aufstöhnt, als ihr Mann das Skalpell herauszieht.

Verdammt. Großer. Fehler.

Blut spritzt aus seiner Wunde und durchtränkt sofort sein Hemd. Er drückt mit der Hand auf die Wunde, kann die Blutung aber nicht stoppen. Seine Haut verliert jegliche Farbe. Er starrt mich wütend und seltsam hilflos an. Er scheint zu wissen, dass ich die einzige Person bin, die ihm das Leben retten kann. Es wird nur noch Sekunden dauern, bis er zusammenbricht. Er sinkt auf die Knie, Blut quillt zwischen seinen Fingern hervor und sammelt sich auf dem Boden unter ihm.

Es ist fast so, als würde alles in Zeitlupe passieren. Sein Körper erzittert, als seine Knie den Boden berühren. Er kippt nach vorn und fängt sich mit der freien Hand auf dem Linoleum ab, in der anderen noch immer die Waffe.

Sein Blick trifft den meinen, während nichts als Stille im Raum herrscht und der Alarm nur noch eine ferne Erinnerung ist. Sein Körper sackt vollständig zusammen, als er in die Blutlache stürzt.

Ich wage nicht, mich zu bewegen. Gerade als ich denke, dass alles vorbei ist, hebt er den Arm. Blut tropft von seinen Fingern und der Waffe. Er zielt und schießt.

23

Autumn

Ein Schrei schallt durch den Raum. Thorne stürzt zu Boden und wirft dabei das Tablett mit den chirurgischen Instrumenten um. Meine Kehle brennt. Ich brauche eine Sekunde, um zu realisieren, dass ich diejenige war, die geschrien hat.

Eilig laufe ich zu Thorne, werde jedoch aufgehalten, als der Lauf der Waffe nun auf meine Brust zielt. »Keinen Schritt weiter«, fordert der Bastard mit gepresster Stimme, während wie in einem Horrorfilm Blut zwischen seinen Fingern hervorquillt. Trotzdem bleibe ich nicht stehen. Wie könnte ich auch? Nicht wenn Thorne auf dem Boden liegt und ich absolut keine Ahnung habe, wo er getroffen wurde.

Blitzschnell bin ich bei dem brutalen Kerl und trete hart auf sein Handgelenk. Knochen brechen und er lässt die Waffe fallen. Der Angreifer kämpft um sein Leben und kann uns nicht mehr gefährlich werden.

Ich kicke die Waffe quer durch den Raum. Klappernd landet sie an den Metallbeinen von Ashleighs Bett. Sie zuckt kurz zusammen, während sich schwere Schluchzer aus ihrer Kehle lösen. Allerdings ist es unmöglich zu erkennen, ob sie aus Kummer oder aus purer Erleichterung weint. Ich tippe auf die zweite Möglichkeit.

Thornes schmerzerfülltes Stöhnen lässt mich neben ihm auf die Knie sinken. Tränen nehmen mir die Sicht, als ich Blut aus der Schusswunde in seinem Oberschenkel sickern sehe. Ich beobachte entsetzt, wie es sich unter ihm zu sammeln beginnt.

»Nein, nein, nein«, rufe ich, drücke auf die Wunde und versuche verzweifelt, die Blutung zu stoppen. »Bitte stirb nicht. Ich habe dich gerade erst bekommen. Ich brauche dich hier.«

»Ich sterbe nicht«, erwidert Thorne und kneift die Augen zusammen, als der Schmerz ihn durchzuckt. »Das kann ich von diesem Hurensohn da nicht behaupten.«

Er wirft einen Blick auf Ashleighs Ehemann, der hilflos am Boden liegt. Der Mann ist kurz davor, ohnmächtig zu werden. Obwohl der medizinisch geschulte Teil in meinem Inneren mich anbrüllt, dass ich sein gottverdammtes Leben retten muss, kann ich mich nicht dazu durchringen, mich zu bewegen. »In der Hölle ist ein besonderer Platz für ihn reserviert«, presse ich zwischen zusammengebissenen Zähnen hervor und weigere mich, ein schlechtes Gewissen zu haben. Dieser sterbende Mann hier, über den ich lästere, hat es nicht anders verdient.

Thorne setzt sich auf und lehnt sich mit dem Rücken gegen die Schränke. Sein Gesicht nimmt einen fahlen Weißton an, als wieder mehr Blut aus seiner Wunde fließt. Ich übe so viel Druck aus, wie ich kann.

Ashleighs Herzschlag sinkt gefährlich tief, und ich fürchte, dass auch sie viel Blut verliert. Die Hände weiterhin auf Thornes Oberschenkel gedrückt, schaue ich zu

Ashleigh auf. »Hilfe«, rufe ich und versuche, lauter als der Alarm zu sein. »Wir brauchen hier drinnen Hilfe!«

Mein Blick fällt auf die offene Tür. Mein Herz rast, während ich darauf warte, dass jemand hereinkommt. Doch die Zeit verstreicht, und mir wird klar, dass ich allein bin.

Thorne sieht mir in die Augen. Ich schüttle den Kopf, weil ich befürchte, dass er mich gleich wegschicken wird. »Du musst das Baby zur Welt bringen«, weist er mich an, wobei sein Blick und sein Tonfall keinen Raum für Diskussionen lassen. »Du musst das Baby holen und Ashleigh stabilisieren. Sonst verlieren wir sie.«

»Ich ... ich kann nicht«, stammle ich. »Dein Bein. Wenn ich loslasse ...«

»Autumn, du musst.«

»Aber ich bin nur Krankenschwester und Hebamme in Ausbildung. Ich kann keinen chirurgischen Eingriff vornehmen. Was ist, wenn ...«

Er lehnt sich vor, legt seine Hand in meinen Nacken und zieht mich zu sich heran. »Geh und rette ihnen das Leben«, fordert er. »Ich weiß nicht, ob und wann ich ohnmächtig werde. Aber ich muss dich anleiten. Du schaffst das, Autumn. Jetzt steh auf und tu, was ich dir beigebracht habe. Je eher du das erledigst, desto schneller kannst du mir helfen.«

Ich schlucke meine Angst hinunter und nicke, während ich auf die Beine komme. Dieser eine Satz hat genug Kraft, mich in die Realität zu holen und in Bewegung zu halten. Schnell verpasse ich Thorne einen Druckverband, reiße mir die blutverschmierten Handschuhe runter, wasche mir zügig die Hände und streife ein neues Paar über. Das Letzte, was wir gebrauchen können, ist eine Infektion.

In den Schränken finde ich einen sterilen Satz chirurgischer Instrumente. Halbwegs vorbereitet, sehe ich nach Ashleigh. Ihr Anblick jagt eine Schockwelle durch meinen Körper. Sie liegt mit weit aufgerissenen Augen und schluchzend auf dem OP-Bett. Blut rinnt aus den Einschnitten in ihrem Bauch, tropft auf das Bett und auf den Boden. Ihr Leben steht auf dem Spiel.

Die Kaiserschnitte, die ich bisher beobachtet habe, liefen nach einem strikten Muster ab, mit Assistenten und OP-Schwestern, die alles unter Kontrolle hatten. Das hier hat nichts Kontrolliertes an sich. »Okay«, sage ich, und meine Nervosität ist sicherlich deutlich zu hören. Mit dem chirurgischen Sauger entferne ich das Blut, um meine nächsten Schritte besser planen zu können. »Was soll ich tun?«

Ich schaue zu Thorne hinunter, der sein Hemd in den Händen hält, am Stoff zerrt und einen langen Streifen abreißt. Er wickelt ihn um seinen Oberschenkel und zieht ihn fest, um die Blutung zu stoppen, die weiter durch den Verband drückt. Hoffentlich gewinnen wir damit etwas Zeit. »Okay.« Seine angespannten Kiefer lassen darauf schließen, dass er versucht, den Schmerz zu ignorieren. »Ich habe die Gebärmutter bereits aufgeschnitten. Du solltest jetzt die Fruchtblase vor dir haben. Siehst du sie?«

»Ja«, antworte ich, stelle den Sauger ab und schnappe mir ein Skalpell, während ich mich frage, wo zum Teufel das Sicherheitsteam ist. Sie müssten schon längst hier sein. Ein Arzt? Krankenschwestern? Die anderen Hebammen? Jeder wäre jetzt nützlich.

Thorne stöhnt qualvoll auf. Ich sehe kurz zu ihm hinunter, um festzustellen, dass er sich neben den ohnmächtigen Mann auf dem Boden schiebt und ihm die Hand in den Nacken drückt. Er scheint immer noch entschlossen, ihn zu retten.

»In Ordnung. Ich bin bereit.«

»Gut.« Er atmet unregelmäßig. »Taste sie ab. Du musst den Kopf des Babys finden. Achte darauf, dass du das Baby beim Durchstechen der Fruchtblase nicht mit dem Skalpell verletzt.«

»Ja«, erwidere ich und konzentriere mich so stark wie noch nie in meinem Leben, während Ashleigh weiter weint und sich wahrscheinlich wünscht, sie könnte irgendwo anders sein als hier.

»Denk daran, dass das Fruchtwasser herausfließen wird«, spricht Thorne weiter, und jedes Wort kommt ihm langsamer über die Lippen. »Darauf musst du vorbereitet sein.«

»Ich erinnere mich.« Tief durchatmend mache ich mich bereit für den nächsten Schritt. Das Skalpell schneidet nicht ganz perfekt in die Fruchtblase, und ich spüre exakt den Moment, in dem ich zu dem Baby durchdringe. Genau wie Thorne gewarnt hat, strömt die Flüssigkeit heraus. Und obwohl mein natürlicher Instinkt mir sagt, ich solle mich zurückziehen, beginne ich sofort, den Schnitt zu dehnen, um Platz für das Baby zu schaffen, damit es herauskommen kann. So wie ich es bei Thorne schon unzählige Male beobachtet habe.

Sobald der Platz breit genug ist, lasse ich meine Hand in die Fruchtblase gleiten und suche den Kopf. Vorsichtig lege ich meine Hand um ihn und drücke ihn sanft in die

Öffnung, in der Hoffnung, dass ich es richtig mache. Als er zu sehen ist, führe ich ihn durch die Öffnung, ehe ich mit der anderen Hand nach dem Körper des Babys greife, um es sicher herauszuziehen. Samt der Nabelschnur und was sich sonst noch darin befindet und eigentlich dortbleiben sollte. Ehrlich gesagt, ist das der grausamste Kaiserschnitt, den ich je erlebt habe. Normalerweise geschieht all das mit Leichtigkeit, Präzision und geübter Professionalität. Davon ist hier nichts zu erkennen.

Mit dem Baby auf dem Arm, das glitschig und schleimig herumzappelt, schaue ich mich verzweifelt um. Die vorbereitete Wiege steht zu weit entfernt, als dass ich sie mit dem Baby im Arm erreichen könnte, solange die Nabelschnur Mutter und Kind verbindet. Also bleibt mir nichts anderes übrig, als die Kleine auf den Tisch neben mir zu legen. Ich vergewissere mich, dass sie sicher liegt, damit sie nicht durch eine Bewegung zu Boden stürzt, dann sprinte ich durch den OP. Ich schleppe die Wiege zu der Kleinen und bette sie hinein, ehe ich mich der Nabelschnur widme. Ich klemme sie ab und schneide sie zügig durch. Das ist die einzige Aufgabe, bei der ich bereits Erfahrungen gesammelt habe. Anschließend nehme ich ein Handtuch und wickle das Baby ein, um es warm zu halten, ehe ich meine Aufmerksamkeit wieder der Mutter zuwende.

Ich stehe vor Ashleigh und blicke auf ihre halb offene Gebärmutter, während ihre Tochter neben mir schreit. Mir ist bewusst, dass ich die Plazenta herausziehen muss, aber ich kann mich nicht erinnern, wie ich das bewerkstelligen soll.

»Was jetzt?« Ich wende mich an Thorne, nur um

festzustellen, dass er ohnmächtig geworden ist und Blut aus seiner Wunde strömt. Ich schnappe nach Luft, während sich Tränen in meinen Augen sammeln. »Nein! Thorne«, rufe ich. »Wach auf. Ich brauche dich. Ich ... ich kann mich nicht erinnern.«

Er bewegt sich nicht, und Panik steigt in mir auf. Noch nie in meinem Leben habe ich mich so allein gefühlt.

Als ich merke, dass Ashleigh die ganze Zeit viel zu ruhig war, lenke ich meinen Blick auf ihren Herzmonitor. Sie wird immer schwächer, und ich weiß einfach nicht, wie ich ihr helfen kann. Das ist zu viel für mich. Ich bin nicht bereit dafür. Sie werden alle sterben.

Das Baby schreit neben mir, und eine überwältigende Angst durchströmt meinen Körper, während mir Tränen die Wangen hinunterrinnen. Ich fühle mich einsamer denn je und tue das, was man mir immer verboten hat: Ich lasse meine Patientin im Stich.

Mit der Schulter stoße ich durch die zersplitterte Tür des OP und laufe auf den Flur hinaus, bevor ich vor Verzweiflung auf die Knie falle und meine blutverschmierten Hände in die Luft halte. »Hilfe!«, rufe ich über den heulenden Alarm hinweg, bis meine Stimme vor Anstrengung bricht. »Bitte, ich brauche Hilfe. Ich kann sie nicht alleine retten!«

Krankenschwestern, Hebammen und Ärzte, wo auch immer sie sich versteckt haben, während ich durch die Hölle gegangen bin, tauchen wie aus dem Nichts auf. »Was ist passiert?«, fragt Patricia, packt mich an den Schultern und schüttelt mich. »Autumn. Was ist los?«

»Thorne wurde angeschossen, und sie werden alle sterben. Ich kann sie nicht retten.«

Die Entbindungsstation verwandelt sich von einer Geisterstadt in eine hektische Großstadt. Suzi stürmt an mir vorbei, gefolgt von Dr Terrace, der mich mit einem entsetzten Blick streift. Patricia zieht mich auf meine Beine und schleppt mich zurück in den OP.

Anweisungen werden gerufen, Krankenschwestern laufen herum, die Ärzte beginnen mit der üblichen Routine, Dr Terrace kümmert sich um Ashleigh, während sich Suzi dem Baby zuwendet. Ein weiterer Arzt gesellt sich zu Dr Terrace. In den nächsten Minuten versuchen sie, ihr Leben zu retten, während Suzi das schreiende Baby untersucht. Ich kann nur hoffen, dass ich alles nicht noch schlimmer gemacht habe.

Patricia eilt zu Thorne und überprüft seinen Puls, ich lasse mich neben ihn fallen und presse meine Hände auf seine Schusswunde. »Sein Puls ist schwach«, sagt Patricia. Das ist die beste Nachricht, die ich je gehört habe. »Er lebt. Wir können ihn retten, aber wir müssen uns beeilen. Holt mir eine Trage. Jetzt.«

Zwei Krankenschwestern kommen mit einer Trage, eine weitere öffnet die andere Hälfte der Doppeltür, um Platz für ein Bett zu schaffen, das gerade gebracht wird. Zwei Krankenpfleger helfen uns, Thorne darauf zu legen, während jemand hinter mir laut in ein Telefon spricht, um einen einsatzbereiten OP zu bekommen.

Binnen Sekunden wird Thorne auf den Flur geschoben.

Ich kämpfe darum, mit dem Geschehen Schritt zu halten, und wünschte, ich könnte mehr tun, aber meine Emotionen überwältigen mich. Ich sacke auf den Boden und kann den Blick nicht von dem Blut auf dem Linoleum abwenden. Thornes, Ashleighs und das ihres

Ehemanns – alles scheint wie in dem schlimmsten Schreckensszenario zusammenzufließen.

Jemand erklärt mir, dass der Ehemann noch lebt. Ich hätte schwören können, dass er längst tot ist. Er wird auf die Trage gelegt, die für Thorne bestimmt war, und weggebracht. Ein Teil von mir will, dass er die schlimmste Art von Tod erleidet, während der andere Teil darum bettelt, dass er es schafft. Denn ich weiß, dass sein Tod Thorne schwer belasten würde.

Dr Terrace ruft etwas über das Chaos hinweg. Plötzlich höre ich das Piepsen von Ashleighs Herzmonitor. Ihr Herz scheint wieder halbwegs normal zu schlagen.

Eine Hand hält meinen Arm fest. Es ist Dr Terrace, der mich auffordert, den OP zu verlassen. Benommen von den Geschehnissen gehe ich zu den Umkleideräumen, ziehe meine blutverschmierten Sachen aus und stelle mich unter den heißen Wasserstrahl. Ich wünsche mir, die Angst und die Zweifel mitsamt dem Blut von meinem Körper spülen zu können.

Meine Brust schmerzt, während mein Verstand jedes Szenario noch einmal durchspielt. Der Mann, den ich liebe, könnte sterben. Und ich habe ihm nicht helfen können. Ich musste mich um das Leben anderer kümmern, während ihm das seine langsam entglitt. Wenn er es nicht schafft, werde ich mir das nie verzeihen. Er muss es überstehen. Ich weiß, dass er es kann. Thorne wird es gut gehen. Etwas anderes kommt nicht infrage. Ich werde es nicht zulassen. Ich werde es nicht akzeptieren. Thorne und ich gehören zusammen. Ich darf ihn nicht verlieren.

Ich drehe das Wasser ab, wickle das Handtuch fest um mich und gehe zu meinem Spind. Irritiert starre ich auf den Stapel sauberer Arbeitskleidung. Ich habe nicht die Kraft, mich der Situation zu stellen. Stattdessen sinke ich zu Boden und weine, bis ich keine Tränen mehr habe. Die Angst um Thorne und die Ereignisse der letzten Stunden drohen meine Brust zu zerreißen.

Bitte, Thorne. Bitte, werde gesund.

24

Autumn

Vor dem Schwesternzimmer gehe ich auf und ab.

Warum dauert das so lange? Es sind schon vier Stunden vergangen. Vier schrecklich lange Stunden. Was zum Teufel ist da drin los? Alles, was sie tun mussten, war nach der blöden Kugel zu suchen, sie rauszuholen und die Wunde zu nähen. Das sollte längst erledigt sein. Er sollte im Aufwachraum liegen und ich an seinem Bett warten, bereit, ihm zu helfen, wenn er etwas benötigt. Morphium? Ein Bad? Ein Glas Wasser? Ich bin die Richtige für diesen Job. Das Arschloch ausfindig machen, das ihm das angetan hat, und dessen erbärmliche Existenz persönlich auslöschen? Betrachte es als erledigt.

Vier Stunden. Vier verdammte Stunden.

Jede Sekunde, die verstreicht, verschlimmert die Angst in mir. Warum ist es noch nicht vorbei? Gibt es Komplikationen? Wird er verbluten?

Stopp, das will ich mir gar nicht erst ausmalen.

Ich konzentriere mich auf meine Schritte. Manchmal ist es in dieser verkorksten Welt das Beste, einfach auf- und abzulaufen. Thornes gesamte Familie wartet draußen im Besucherzimmer und hofft auf Informationen, die ich immer noch nicht habe. Ich weiß, ich sollte rausgehen und mich zu ihnen setzen, aber ich kann mich nicht vom Stationstelefon trennen. Dieses Telefon wird klingeln, wenn die OP vorbei ist. Mit diesem Apparat werden die guten und die schlechten Nachrichten übermittelt.

Langsam setze ich einen Fuß vor den anderen, wandere den Flur vor der Schwesternstation rauf und runter, während Patricia mich mit einem Stirnrunzeln beobachtet. Sie hat bereits vor einer Stunde versucht, mich wegzuschicken, und es ist nicht gut für sie gelaufen. Ich werde in der Nähe dieses Telefons bleiben, bis es klingelt.

Und sobald Thorne aus dem OP kommt, werde ich an seiner Seite sein. Das heißt, *wenn* er rauskommt.

Verdammt, nein.

Positiv denken. Das ist alles, was ich im Moment für ihn tun kann. Dabei glaube ich nicht daran, dass positives Denken das Unmögliche möglich macht. Mein ganzes Vertrauen liegt in der Wissenschaft und in dem, was sie erreichen kann. Für den Fall, dass ich mich irre, setze ich weiter einen Fuß vor den anderen und sage mir immer wieder: *positiv denken.* Vielleicht ist es auch nur ein verzweifelter Versuch, dem Telefon eine gute Neuigkeit zu entlocken.

Vor einer Stunde haben wir erfahren, dass Ashleighs Ehemann irgendwie überlebt hat. Für Thornes Karriere und sein Gewissen ist das eine tolle Nachricht. Er wird nicht damit leben müssen, dass er einen Mann umgebracht hat. Ein Teil von mir, ein sehr dunkler, hätte sich etwas anderes gewünscht. Eine Geschichte, in der ich eines Tages als glückliche Frau sterbe, deren Mann in bester Absicht einen Verrückten getötet hat, der ihn sonst das Leben gekostet hätte.

Das Trauma, das wir alle durch Ashleighs Ehemann erleiden mussten, ist entsetzlich. Ich bin mir nicht sicher, wann ich wieder einen OP betreten und bei einem Kaiserschnitt assistieren werde. Dass ich meine Ausbildung fortsetzen werde, ist klar. Ich weiß nur nicht, ob ich stark genug sein werde. Was wäre, wenn ich die heutigen Ereignisse nie ganz verarbeiten kann und ich bei einem Eingriff dieser Art in Panik gerate, weil all die Erinnerungen mit voller Wucht zurückkommen?

Das Telefon klingelt. Patricia kommt mir zuvor und nimmt den Hörer ab, während sie mich betrachtet. »Entbindungsstation«, sagt sie.

Sie lauscht der Person am anderen Ende, ohne von mir wegzusehen. Dann sackt sie zusammen. »Oh, Gott sei Dank.« Sie seufzt und beendet das Gespräch. »Er ist draußen, und es geht ihm gut. Er sollte in der nächsten Stunde aufwachen.«

Vor Erleichterung lasse ich mich auf den Schreibtisch fallen. »Welches Zimmer?«

»Aufwachraum«, antwortet sie und nennt mir die Zimmernummer.

Ohne ein weiteres Wort drehe ich mich um und laufe. Ich war noch nicht oft in diesem Teil des Gebäudes, weil wir meist den kleinen Aufwachbereich der Entbindungsstation benutzen, der für unsere Zwecke völlig ausreichend ist.

Auf der Suche nach der richtigen Tür sehe ich eine Gruppe von Krankenschwestern und Ärzten, die vor einem Zimmer stehen. Abwechselnd starren sie durch das Fenster in den Raum, als befände sich darin etwas ganz

Besonderes.

Bei ihnen angekommen, öffne ich schwungvoll die Tür, um sie sofort wieder hinter mir zu schließen. Dem schaulustigen Personal nehme ich die Sicht mit dem blickdichten Vorhang, der den Patienten etwas Privatsphäre geben soll. Ich höre sie alle murren, einige wollen wissen, warum ich hier bin, obwohl ich nicht einmal auf dieser Station arbeite.

Ich ignoriere sie und gehe zu Thorne, der nach der Narkose noch fest schläft. Mein Herz schmerzt, wenn ich ihn so sehe. Ich wünschte, der Mistkerl hätte mich getroffen. Wenn ich gekonnt hätte, wäre ich eine Million Mal vor die Kugel gesprungen, um Thorne zu retten.

Ich setze mich zu ihm auf die Bettkante und betrachte die Blutflecken an seinen Armen und im Gesicht. Eigentlich hätte er gesäubert werden müssen. Bei einer OP von vier Stunden blieb wohl nicht viel Zeit für diese Dinge.

In einem kleinen Schrank finde ich eine Schüssel, etwas Desinfektionsmittel und ein paar Schwämme. Damit gehe ich in das angrenzende Badezimmer und fülle die Schüssel mit warmem Wasser. Ich wasche Thorne die Blutspritzer ab, während er seelenruhig weiterschläft. Sein Gesicht ist nur etwas blasser als gewöhnlich. Trotzdem bezweifle ich nicht, dass er Schmerzen haben wird, sobald er aufwacht.

Sanft lasse ich den Schwamm über seine warme, gebräunte Haut gleiten und wische, so gut ich kann, die Schrecken des Tages fort. Es wird bestimmt eine Weile dauern, bis er wieder ganz gesund ist.

Die Minuten verstreichen viel zu langsam. Obwohl ich erst seit etwas mehr als einer halben Stunde bei ihm bin, warte ich seit einer gefühlten Ewigkeit darauf, dass er die Augen aufschlägt. Ein leises Stöhnen dringt über seine Lippen, seine Stirn runzelt sich leicht, als würde er sich an etwas erinnern, dann hebt er die Lider und starrt mich an. »Fuck«, flucht er und versucht, sich im Bett aufzusetzen. »Ich wurde angeschossen.«

»Hey«, antworte ich und drücke sanft seine Schultern in das Kissen, um ihn so ruhig wie möglich zu halten. »Dir geht es gut. Uns allen geht es gut.«

Thorne mustert mein Gesicht und scheint jedes winzige Detail aufzunehmen. Dann öffnet er seine Arme für mich und hält mich ganz fest. Ich höre, wie er meinen Duft einatmet. Es fühlt sich so an, als wäre diese Umarmung das Einzige, was er je wollte. »Verdammt, Autumn. Ich dachte, ich würde dich nie wiedersehen.«

Die Gefühle in seiner Stimme überwältigen mich, und ich vergrabe mein Gesicht an seiner Schulter. »Ich hatte solche Angst. Ich dachte ... Ich dachte, du wärst tot. Du hast nicht mehr geantwortet, und ich wusste nicht, was ich tun sollte, weil ich nicht zu dir gehen konnte und niemand kam. Ich ...«

Ich suche nach Worten, obwohl mir klar ist, dass er mich auch so versteht. Er umfasst meinen Hinterkopf und schiebt seine Finger in mein Haar. »Ich kann dir gar nicht sagen, wie sehr ich dich liebe«, murmelt er nah an meinem Ohr. »Bitte, weine nicht. Es geht mir gut. Ich bin hier und du auch. Das ist alles, was zählt.«

Ich nicke und versuche, ruhiger zu atmen. »Ich will dich einfach nie wieder so sehen müssen.«

»Ich weiß, Baby«, sagt er sanft und streicht über meinen Rücken. »Was ist mit Ashleigh und dem Baby? Hast du sie rechtzeitig entbunden?«

»Ja«, antworte ich und ziehe mich zurück, um ihm in das Gesicht zu sehen. »Ashleigh liegt auf der Intensivstation. Sie hat viel Blut verloren und stand kurz vor einem Herzstillstand, aber Dr Terrace ist rechtzeitig gekommen und hat ihr das Leben gerettet.«

»Gut. Und das Baby?«

»Alles in Ordnung. Sie ist sehr klein, und ihr Puls war anfangs etwas hoch, aber sie wird sorgfältig überwacht. Beide sollten sich vollständig erholen. Das kann ich von ihrem Mann allerdings nicht behaupten.«

Thornes Augen weiten sich, und ich beobachte, wie sich Entsetzen auf seinen schönen Zügen ausbreitet. »Er hat es nicht geschafft? Ich habe versucht, die Blutung zu stillen, wurde aber zu schwach.«

»Nein, nein«, antworte ich und korrigiere mich. »Er hat die Operation überstanden und wird sich erholen. Sofern mich niemand davon abhält, ihn umzubringen.«

Thorne legt seine Hand in meine. Sanft drückt er sie und verschränkt unsere Finger. »Du hast das unglaublich gemacht, Autumn Es war unfair von mir, dich so unter Druck zu setzen, aber ich wusste, dass du stark genug bist, den Kaiserschnitt allein zu Ende zu bringen. Du bist der Grund dafür, dass sie alle noch leben. Dich bringt nichts so schnell aus dem Gleichgewicht.«

Ich schüttle den Kopf. »Nein, sag das nicht. Ich bin in Panik geraten und konnte dem Druck nicht standhalten. Es war zu viel.«

»Du hast alle am Leben erhalten, bis du Hilfe holen konntest. Das allein zählt. Du bist eine Heldin und solltest verehrt werden.«

Ein Lächeln unterdrückend, versuche ich, meine Freude über sein Lob zu verbergen. »Ich glaube, du bist high vom Morphium«, erwidere ich und tue so, als würde ich seine Infusionen überprüfen. »Wenn du mich gesehen hättest, wärst du nicht so beeindruckt.«

Ein Grinsen umspielt Thornes Lippen, und mich überwältigt das Gefühl tiefer Liebe für diesen wunderbaren Mann. Er blickt über meine Schulter auf einen Korb, der auf der kleinen Kommode steht. »Sind das meine Sachen?«, fragt er.

Ich drehe mich um und nicke. »Ja, sie mussten sie dir ausziehen, weil sie voller Blut waren.«

»Kannst du ihn holen?«

»Wirklich?«, frage ich stirnrunzelnd. Mir ist gerade nicht danach, in einem Stapel mit blutigen Klamotten herumzuwühlen. »Warum?«

»Tu mir den Gefallen«, bittet er mich. Widerwillig stehe ich auf und hole den Korb. »Mir ist heute etwas klar geworden«, beginnt er zu erklären. »Als ich auf dem Boden gelegen und versucht habe, nicht ohnmächtig zu werden, musste ich daran denken, dass ich dich vielleicht zum letzten Mal sehe. Ich will nicht ohne dich leben. Ich liebe jeden einzelnen Teil von dir.«

»Ich weiß«, flüstere ich, nehme den Beutel aus dem Korb und löse die verknoteten Griffe. »Ist es verrückt, dass wir so empfinden, obwohl wir erst seit drei Monaten ein Paar sind? Als ich gemerkt habe, dass du nicht bei Bewusstsein bist, ist meine ganze Welt in sich zusammengebrochen. Ich dachte, du wärst tot. Die letzten vier Stunden waren die Hölle. Ich kann nicht ... Ich will dich nicht gehen lassen.«

»Niemals«, flüstert er und nimmt mir die Sachen ab. »Ich habe nicht vor, jemals ohne dich zu sein. Egal, ob in diesem Leben oder was auch immer danach auf uns wartet. Ich möchte, dass du immer bei mir bist.«

Ich nicke und kann mir ein kleines Grinsen nicht verkneifen. »Ein bisschen morbide, findest du nicht? Aber ich verstehe, was du meinst.«

Thorne tut genervt, nur um mich danach anzugrinsen. »Würdest du kurz still sein und mich ausreden lassen?«

»Gut«, murmle ich. »Aber beeil dich. Ich hatte noch keine Gelegenheit, dich zu küssen. Und je länger du mich warten lässt, desto schlimmer wird es für dich werden.«

Die schmutzigen Sachen landen irgendwo neben dem Bett auf dem Boden, und Thornes ganze Aufmerksamkeit richtet sich auf mich. »Du hast gefragt, ob es verrückt ist, nach nur drei Monaten so zu empfinden. Ja, es ist verrückt. Und jetzt verrate mir mal, wie verrückt ich wäre, wenn ich vom ersten Tag an gewusst hätte, dass ich für den Rest meines Lebens mit dir zusammen sein will?«

»Sehr verrückt«, antworte ich, während er meine Hand nimmt und sie liebevoll drückt. Ich habe keine Ahnung, was dieses Gespräch zu bedeuten hat.

»Dann bin ich sehr verrückt«, erwidert er. »Denn genau das ist passiert. Als du aus diesem Aufzug getreten bist, hat alles endlich einen Sinn ergeben. Bevor du mit voller Wucht in mein Leben gestürzt bist, habe ich mich verloren gefühlt. Doch jetzt, mit dir an meiner Seite, glaube ich, dass alles möglich ist. Endlich ist mein Leben mit Klarheit und Liebe erfüllt. Du bist meine ganze Welt, Autumn. Und heute, als mir beinahe alles entglitten ist, habe ich mir geschworen, dass ich nicht mehr länger warte.«

Ich runzle die Stirn. Noch immer ahnungslos suche ich seinen Blick. »Worauf warten?«

»Darauf, dass du mir gehörst«, antwortet er und öffnet seine Hand, um den schönsten Diamantring zum Vorschein zu bringen, den ich je gesehen habe. Ich schnappe nach Luft und sehe ihn erschrocken an. Meine Gedanken irren wild umher. Ich habe mit Vielem gerechnet, aber nicht damit. Natürlich habe ich gewusst, dass dieser Tag kommen wird, denn wir sind perfekt füreinander. Ich bin jedoch davon ausgegangen, dass es noch ein paar Monate dauern wird, bis er mich fragt. Selbst dann wäre es für einen Antrag noch ziemlich früh gewesen.

»Ich möchte dich heiraten, Autumn.« Er klingt entschlossen, auch wenn man seiner Stimme noch anmerkt, dass er gerade von einer Operation aufgewacht ist. »Ich will dich zum Altar schreiten sehen und dir ewige Liebe schwören. Ich wünsche mir ein Zuhause, eine Familie, ein ganzes Leben mit dir. Mir ist egal, ob es verrückt oder zu früh ist. Ich kann keine Sekunde länger warten. Ich muss wissen, dass du für den Rest unseres Lebens zu mir gehörst, denn ohne dich würde in meinem für immer etwas fehlen.«

Tränen sammeln sich in meinen Augen. »Bist du sicher?« Überwältigt von meinen Emotionen kann ich kaum glauben, dass all das wirklich passiert. Es fühlt sich an wie in meinen Träumen.

»Ja«, antwortet er und lächelt. »Ich war mir noch nie so sicher. Seit zwei Monaten laufe ich mit diesem Ring in der Tasche herum und warte auf den richtigen Zeitpunkt, um dich endlich um deine Hand zu bitten. Und jetzt, wo ich es getan habe ... Es fühlt sich großartig an.«

»Zwei Monate?«, frage ich ungläubig. »Da wusstest du schon, dass du mich heiraten möchtest? Wir sind doch erst seit drei zusammen.«

»Was habe ich dir gerade gesagt, Autumn? Bereits am ersten Tag war mir klar, dass du zu mir gehörst.«

»Du bist wirklich verrückt«, erwidere ich und lache.

»Und ob ich das bin.« Er grinst schelmisch. »Was sagst du? Willst du mit mir verrückt sein oder mich noch eine Weile auf die Folter spannen? Willst du mich?«

Ich ziehe die Brauen hoch. Der Gedanke, ihn noch etwas zappeln zu lassen, ist verlockend. Ich beuge mich zu ihm hinunter und gebe ihm einen flüchtigen Kuss. »Völlig egal, lass uns verrückt sein. Noch nie war ich so bereit dafür.«

Thorne küsst mich leidenschaftlich, legt seinen Arm um mich und drückt mich eng an seinen Körper. »Verdammt, ja«, sagt er und zögert kurz. »Ich denke, es ist an der Zeit, deinen Vater anzurufen. Ich hoffe, er wird nicht sauer sein, dass ich dich gefragt habe, ohne ihn vorher um Erlaubnis zu bitten. Diesen Mann möchte ich wirklich nicht verärgern.«

»Meinen Vater?«, wundere ich mich laut. Plötzlich erinnere ich mich an jenen Abend in der Bar gegenüber meiner Wohnung. Damals habe ich Breaker spontan zu meinem Vater ernannt, in der lächerlichen Hoffnung, Thorne Angst einzujagen, damit er nett zu mir ist. Bei dem Gedanken an diese absurde Situation muss ich laut lachen. Thorne sieht mich fragend an. »Also, ähm ... Da wir heiraten werden, gibt es wahrscheinlich eine Kleinigkeit, die ich erklären sollte«, sage ich kleinlaut.

Thorne betrachtet mich mit Misstrauen. »Und was wäre das?«

»Ähm ... Du kennst Breaker? Meinen Vater?«, beginne ich und kann mir ein Grinsen nicht verkneifen, als er langsam nickt.

»Ja?«

»Nun, ich ... wie soll ich es ausdrücken? Er ist nicht mein Dad. Nicht mal annähernd. Er ist nur ein Freund, der gegenüber wohnt und all die Idioten verjagt, die an meine Tür klopfen.«

Mit offenem Mund starrt er mich an, ehe er den Kopf schüttelt. »Wer hätte gedacht, dass Autumn Mathers eine kleine Lügnerin ist?«, erwidert er ungläubig. »Ich kann es nicht glauben. Ich habe das Gefühl, dass ich dich gar nicht kenne.«

»Willst du mich trotzdem heiraten?«

»Hm«, entgegnet er und seine Augen funkeln vor Belustigung. »Welch ein Mann wäre ich, wenn ich eine Lügnerin wie dich einem anderen überlassen würde? Um meinen Mitbrüdern ein Leben voller Rätsel zu ersparen, scheint es mir nur richtig, dich zu meiner Frau zu machen.«

Ich ziehe eine genervte Grimasse, bevor ich mich wieder an ihn lehne. »Wow, du erstaunlicher, selbstloser Mann. Wie konnte ich nur so viel Glück haben?«

Thorne lacht. »Mach dir keine Sorgen, Babe. Ich wusste, dass er nur ein Freund ist. Seit ich dich kennengelernt habe, kann ich in dir lesen wie in einem Buch. Außerdem hast du mir von deinen Eltern in Kentucky erzählt. Ich musste die Puzzleteile nur noch zusammensetzen.«

Ich schüttle den Kopf. »Tja, wer hätte gedacht, dass Thorne Mayson so ein Klugscheißer ist«, antworte ich vergnügt. Bevor er etwas erwidern kann, drücke ich meine Lippen auf seine und küsse ihn, bis uns beiden die Luft wegbleibt, wohl wissend, dass ich gerade die beste Entscheidung meines Lebens getroffen habe. Und das ist erst der Anfang. Von hier an kann es nur noch besser werden. Was soll ich sagen? Ich freue mich auf den Rest meines Lebens.

Epilog

Autumn

Zwei Jahre später …

Thorne nimmt mir die Augenbinde ab, und ich starre völlig überwältigt auf die Villa, die die Mayson-Brüder für meinen Mann und mich gebaut haben. »Was denkst du?«, fragt er, legt den Arm um meine Taille und schaut mit mir auf das Haus.

»Es ist … wow. Einfach toll«, antworte ich und spüre Freudentränen aufsteigen. Die Bauarbeiten haben vor sechs Monaten begonnen. Etwas beschämt muss ich zugeben, dass ich seither viel zu beschäftigt war, um die Arbeiten zu verfolgen. Den ersten Bauabschnitt habe ich noch zu Gesicht bekommen, dann ist mir jegliches Zeitgefühl entglitten. Schlussendlich habe ich einfach abgewartet und mich überraschen lassen.

»Das ist es wirklich«, stimmt Thorne zu und betrachtet die Fassade, obwohl er wahrscheinlich schon eine Million Mal hier war. »Es ist genau so, wie ich es mir vorgestellt habe.«

Ich lehne mich an seine Schulter. »Können wir reingehen? Hast du die Schlüssel?«

Thorne nickt und drückt meine Taille. »Glaubst du wirklich, ich hätte dich hergebracht, ohne die Schlüssel mitzunehmen?«

»Wer weiß? Du hast auch vergessen, unsere Ringe zu unserer Hochzeit mitzubringen«, erwidere ich achselzuckend.

Er verdreht die Augen und murrte leise. »Das wirst du mir nie verzeihen können, oder?«

»Nein«, antworte ich amüsiert und lasse mich von ihm den schönen Weg hinauf zu unserer Eingangstür führen. »Das ist der Höhepunkt unserer bisherigen Beziehung. Ich glaube nicht, dass du das jemals toppen kannst.«

Thorne setzt ein Grinsen auf, das ich nicht deuten kann. Wir erreichen die Tür. Er händigt mir die Schlüssel aus. »Willst du dir die Ehre geben?«

Aufgeregt nehme ich sie ihm ab. »Ja, verdammt, ich will«, antworte ich begeistert. Ich drehe den Schlüssel nach links, nach rechts, hin und her und versuche herauszufinden, wie ich die Tür öffnen kann.

Endlich gelingt es mir, und die Tür schwingt auf. Ich stehe halb drinnen, halb draußen und komme aus dem Staunen nicht mehr heraus. »Es ist perfekt«, flüstere ich und betrachte die hohen Decken und das moderne Design mit den dunklen Dielen, von denen ich schon immer geträumt habe. Nicht in einer Million Jahren hätte ich gedacht, dass ich das Glück haben könnte, ein solches Haus zu besitzen. Doch genau das ist der Fall. Und das alles verdanke ich meinem unglaublichen Mann. Ich habe ihn nicht verdient. Er ist viel zu gut für mich. Dennoch hat er beschlossen, dass ich diejenige bin, mit der er den Rest seines Lebens verbringen möchte.

Thorne nimmt meine Hand, schenkt mir ein umwerfendes Lächeln und schiebt mich sanft über die Schwelle. Sein Daumen zieht auf meinem Handrücken Kreise. »Komm«, fordert er mich auf. »Ich führe dich herum.«

Ich grinse ihn an. Nichts würde ich lieber tun, als jeden Zentimeter dieses Hauses zu erkunden. Ich fühle mich wie ein Kind in einem Süßwarenladen.

Wir gehen an einem großen Wohnzimmer vorbei und gelangen in den Essbereich. Mit den Fingern streiche ich über die glatten Kanten eines fast königlichen Tisches. Ich möchte stehen bleiben und von den Kindern träumen, die diese vielen Plätze füllen werden. Doch Thorne drängt mich mit einem wissenden Lächeln weiter.

Als Nächstes betreten wir ein luxuriöses Fernsehzimmer, das wie ein Kinosaal gestaltet ist. Fensterläden zum Abdunkeln, schwarze Farbe an den Wänden und eingebaute Kinosessel, die sich über die gesamte hintere Wand erstrecken, davor eine weitere Reihe auf einer abgesenkten Ebene.

»Heiliger Bimbam.« Ich stelle mir die vielen Nächte vor, die ich hier mit einer Schüssel Popcorn verbringen werde, um Wiederholungen von *Gossip Girl* zu sehen.

Wir gehen in den Hauptteil der unteren Etage, und ich betrachte die große Küche und das unglaubliche Wasserspiel, das sie vom Wohnbereich trennt. Ich komme aus dem Staunen gar nicht mehr heraus. »Ist all das echt? Und wann können wir einziehen?«

»Wann immer du bereit bist«, erklärt er. »Den Papierkram habe ich gestern erledigt.«

Ich bin nahe daran, in Freudentränen auszubrechen, schmiege mich an ihn, lege meine Arme um seinen Hals und vergrabe mein Gesicht an seiner Schulter. »Danke«, murmle ich. »Dieses Haus ... ist ein wahr gewordener Traum. Ohne dich ...«

»Was sage ich dir jeden Abend, bevor wir ins Bett gehen?«, fragt er, während er über meine Wirbelsäule streichelt. »Du verdienst die Welt, und ich habe versprochen, sie dir zu geben.«

»Ich glaube nicht, dass du jemals verstehen wirst, wie sehr ich dich liebe«, antworte ich, begegne seinem liebevollen Blick und lasse meinen Tränen freien Lauf.

»Vertrau mir«, entgegnet er und wischt mir behutsam über die Wangen. »Ich weiß genau, wovon du sprichst. Ich habe es zuerst gespürt, weißt du noch?«

Ich verdrehe die Augen. Wahrscheinlich werde ich ihn ewig daran erinnern, dass er unsere Eheringe bei unserer Hochzeit nicht dabeihatte. Und er wird nie aufhören, zu behaupten, dass er sich zuerst in mich verliebt hat. Obwohl ich ihn aus ganzem Herzen liebe, würde ich ihm jetzt am liebsten einen Klaps gegen die Schulter verpassen.

Thorne nimmt meine Hand und führt mich zur großen Treppe ins Obergeschoss. »Komm, ich will dir unser Schlafzimmer und das Bad zeigen.« Dort ankommen, bin ich ein wenig außer Atem.

Unser Schlafzimmer ist fantastisch, ich betrachte alles voller Ehrfurcht. Ich komme kaum dazu, es vollständig auf mich wirken zu lassen, bevor er mich weiter in das riesige Badezimmer bringt. Grinsend lausche ich, wie er mich auf jede Einzelheit hinweist, die er bei der Gestaltung berücksichtigt hat.

Die Tür schräg gegenüber steht offen. Sofort verliebe

ich mich in den Raum dahinter. Unbewusst lege ich eine Hand auf meinen kleinen Bauch und sehe mich in dem bezaubernden Kinderzimmer um. Ich bin sicher, dass unser Kind genauso aufgeregt ist wie ich selbst, weil ich zum ersten Mal spüre, wie es sich bewegt. Es wird noch eine Weile dauern, bis wir unseren Sohn oder unsere Tochter kennenlernen. Doch zu wissen, dass er oder sie in diesem Haus, in diesem Zimmer, aufwachsen wird, erfüllt mich mit unbändiger Freude.

Thorne schlingt seine Arme von hinten um meine Taille und legt seine Hände schützend auf unser ungeborenes Kind. Er zieht mich eng an sich, und ich lehne mich gegen ihn. »Gefällt es dir?«

»Ich liebe es«, flüstere ich in die Stille hinein und stelle mir vor, wie dieses Haus eines Tages mit dem wunderbaren Lachen einer Familie erfüllt sein wird.

»Gut«, sagt er leise, neigt den Kopf und drückt mir einen Kuss auf die Wange. »Da bin ich froh.«

Ich drehe mich in seinen Armen und begegne seinem Blick. »Das ist einer der schönsten Tage meines Lebens. Ich werde nie das Gefühl vergessen, als ich zum ersten Mal über die Türschwelle getreten bin.«

»Wirklich?«, fragt er, und ein stolzes Lächeln huscht über sein Gesicht.

Ich nicke. »Weißt du, was noch besser wäre?«

»Was?«, fragt er ahnungslos.

Ich nehme seine Hand und betrachte sein Gesicht. »Wenn wir es einweihen.«

Ein schallendes Lachen bricht aus ihm heraus, und keine Sekunde später hebt er mich hoch und trägt mich ins Badezimmer, wo er mich auf den Waschtisch aus massivem Marmor setzt.

Er sieht mir tief in die Augen, unsere Blicke verbinden sich. Ich kann die Erregung, die sich in mir aufbaut, kaum aufhalten. Er küsst meinen Hals hinunter. Als er nach dem Saum meines Shirts greift und beginnt, es mir über den Kopf zu ziehen, streifen seine Worte über meine Haut. »Ich dachte, du würdest nie fragen.«

Danksagung

Vielen Dank fürs Lesen!

Ich hoffe, dir hat das Lesen dieses Buches genauso viel Spaß bereitet wie mir, es zu schreiben.

Für weitere Informationen über die *Happily Ever Alpha* Welt, folgt mir auf Facebook (www.facebook.com/SheridanAnneAuthor), in der Facebook-Lesergruppe (www.facebook.com/SheridansBookishBabes) oder auf Instagram (www.instagram.com/Sheridan.Anne.Author)

JUST ONE MISTAKE
von Jana Aston

ISBN-Taschenbuch: 978-3-903413-12-2
ISBN-EPUB: 978-3-903413-13-9

Von manchen Männern lässt man besser die Finger. Kyle Kingston ist einer von ihnen. Er ist nicht nur ultraheiß und ziemlich reich, sondern auch verdammt schwer zu erreichen. Vor allem, wenn man ihm mitteilen möchte, dass man von ihm schwanger ist.

Heikle Situationen verlangen nach gewagten Maßnahmen, also schlich ich mich auf die Ruhestandsgala seines Grandpas. Ein guter Plan mit katastrophalem Ausgang. Ich hatte mit vielem gerechnet, aber nicht mit einem Heiratsantrag. Kyle würde alles tun, um das Image seiner Familie zu wahren. Während er noch seinem Pflichtgefühl nachkommt, habe ich längst mein Herz an ihn verloren ...

HOT JESUS
von Katharina Gersch

ISBN-Taschenbuch: 978-3-903413-14-6
ISBN-EPUB: 978-3-903413-15-3

Um ihren Job in London zu behalten, verschlägt es Journalistin und Workaholic Millie Jones vom Großstadtdschungel mitten ins Schweizer Nirgendwo. Ihre Mission? Gloria, partyfreudiges It-Girl und Tochter ihrer Chefin, ausfindig zu machen und heil nach Hause zu bringen. Ein ohnehin schon schweres Unterfangen, das sich noch schwieriger gestaltet, als sie auf Hot Jesus trifft. Sexy Gründer einer Hippie-Kommune, der Millies Verständnis von einem geordneten Leben völlig auf den Kopf stellt und auch ihr Herz nicht unberührt lässt ...